像雪一样温暖

王大进 著

江苏凤凰文艺出版社
JIANGSU PHOENIX LITERATURE AND
ART PUBLISHING, LTD

图书在版编目（CIP）数据

像雪一样温暖 / 王大进著. — 南京：江苏凤凰文艺出版社，2018.3
ISBN 978-7-5594-1355-0

Ⅰ. ①像… Ⅱ. ①王… Ⅲ. ①短篇小说－小说集－中国－当代 Ⅳ. ①I247.7

中国版本图书馆 CIP 数据核字(2017)第 272849 号

书　　名	像雪一样温暖
著　　者	王大进
责任编辑	李珊珊　李　黎
出版发行	江苏凤凰文艺出版社
出版社地址	南京市中央路 165 号，邮编：210009
出版社网址	http://www.jswenyi.com
印　　刷	南京捷迅印务有限公司
开　　本	880×1230 毫米 1/32
印　　张	10.375
字　　数	235 千字
版　　次	2018 年 3 月第 1 版　2018 年 3 月第 1 次印刷
标准书号	ISBN 978-7-5594-1355-0
定　　价	36.00 元

目录

礼　物

1

人生当中会有很多的意外。

有些意外可以给你带来惊喜，有些意外则可能会给你以一种毁灭性的打击，彻底改变你的生活。

柴小青遇到的就是后一种。

那天是个双休日，柴小青正在和一个要好的姐妹在逛街。柴小青是个面貌姣好，身材纤细的女人，而她的女伴长相则要平庸些，个头明显比她矮，腰身粗短。但她们走在一起，远远地看上去，却特别地和谐。她们俩经常在一起逛街。那天是柴小青约她。她需要她作参谋。她认为那个女伴的眼光还是相当不错的。她要办一件大事，给一个人送一件礼物。

关于这件礼物，她已经想了好久了，颇费思量。最后，她想到了，她要给那个人买一双皮鞋。因为是休息天，所以街上到处都是人，商场里更是人头攒动。但她们已经逛了好几个商场，柴小青也没挑到特别中意的，不是价格一般，就是式样不新，总是不尽如人意。最后，两人又打车到了另一条著名的商业街，来到一家新开的外资商厦，才看中了一双最新款式的意大利进口皮鞋。式样好看，价格更是让人咋舌。女伴有些犹豫，劝她放弃。

但柴小青犹豫了一下，还是勇敢地决定买下。

两人刚心满意足地离开那个商场，柴小青的手机就响了。事实上，她的手机已经响了好几遍了，但她们一直没听见。接通了以后，是一个陌生的声音，在确认了她的身份后，那个陌生的声音告诉她，她的丈夫杨健出事了，被车撞了，让她迅速赶到市第二医院。

柴小青关上手机，脸色发白。身边的女友也听到了，意识到出了大事，安慰她说，不会有太大的事，并且鼓励说，她要陪她一起去。好朋友就是要有共患难的意识。因为这突然而至的消息，粉碎了原本一个浪漫的午餐会。原本的计划是：她们俩一起逛街，尽情地逛，然后打电话叫那个人出来，找个好点的饭店，开开心心地吃一顿。女友一直很好奇，想看看那个人，并扬言要好好地敲他一顿。而柴小青也愿意她“狠狠地”敲他一顿，看看他的男人本色。她相信他是会做到泰然处之的，声色不动。她知道他一向是很大方、从容的。再说，他有能力处理那种消费的。既然女友对他表现得那样的好奇，她也愿意把他展现给她看（一开始，他是有点犹豫的。后来她在他面前撒娇，央求，说她是自己最好的朋友，不会透露他的半点信息，他才答应了）。女人都是有虚荣心的。她把他看成是自己的成果。她相信她一定是会羡慕自己的。但现在看来，这场约会是要取消了。

大街上人来人往，异常的热闹。天气正在变得暖和起来，人们开始穿上了春装，一些年轻的女孩子，十八九岁的样子，已经大胆地穿上了短裙，她们是异常的时髦而美丽。阳光变得比过去更有穿透力，分外地灿烂。整个城市都在阳光下变得辉煌无比。空气里有一种新鲜的味道。街道两边的树木开始吐絮，纷纷扬扬的，就像在下雪。远远地看去，整条街都像是一个迷幻的世界，显得不太真实。

柴小青和女友迅速地拦了一辆车，急急忙忙地往医院赶。柴小青的脸色有些苍白，并没有从惊骇中恢复过来，而且眼里有了惊恐的泪水。她一言不发。她也不知道说什么好。这事太突然了，把她的好心情全破坏了。她出来的时候，杨健是好端端地呆在家里的。他一早就在家里忙碌着，又是洗又是涮的。他是一个闲不住的男人，热爱干家务。他喜欢把家里收拾得干干净净的。柴小青对他是既满意，又不满足。或者说，不满足的成分更多。在她的心目中，优秀的男人应该是个事业型的。杨健显然不是。他在单位里虽然是个小科长，但也还是改不掉庸庸碌碌的个性。当别的女友都夸赞她的丈夫持家时，柴小青却是不以为然。在她眼里，他唯一的优点就是当她上街或是因为别的原因外出时，他总是默默地接受，从不多说什么。

夫妻十多年了，现在的柴小青对婚姻已经有点麻木。原来她对婚姻还有所期待，后来才发现婚姻生活里其实什么都没有。它就像一张钞票，刚开始时还是崭新的，手感也好。后来是越用越旧，光泽黯然，而且价值也在走低。原先的百元大钞，能买一两件很像样子的时尚奢侈物件，现在却只能买点米面油盐了。

杨健就是在去菜场买米时，回来的路上被撞的。一辆电力工程车在拐弯时，没有减速，把杨健从车上撞出了好几十米，当场昏迷，大出血。柴小青手里大包小包地赶到医院，他还在急救，没能完全脱离生命危险。她和女友就一直守在走廊上。她的哥哥和姐姐也都赶来了，甚至把儿子也叫来了。柴小青看到儿子眼泪就下来了，痛哭起来。而他们都一起簇拥着她，努力地安慰她。时间一点点地过去，大家都在焦急地等待，等待他从急救室推出来。这样的等待，就如同等待像那吊滴里的水滴，将下面的大理石滴穿。这过程中，那个人来了一个电话，问柴小青情况。柴小青告诉他，她现在有事，不能和他见面了。他大概听出了她声音的异样，急急地追问为什么，她没有多和他说，然后就把电话挂了。

她不想告诉他。

对她而言，这一天真的是糟糕透了。她爱那个男人。她只愿把自己高兴的事和他分享。当然，过去自己不开心的时候，也会寻求他的理解与安慰。但这事太严重了，她不想当时就告诉他。也许，过几天，等她心情平静了，再把这不幸的消息告诉他。她现在心里还不能接受这样的现实。

这现实有点残酷！

一直到下午三点，柴小青才被允许看一下杨健。杨健的命总算被医生从死神手里拉了回来，但他还没有完全摆脱危险，仍然在重症监护病房。柴小青看到他紧闭着双眼，脸色苍白，鼻孔里插着氧气管。医生对柴小青说，命是救过来了，但是他只怕是要瘫痪了。当然，如果恢复得好，能站起来的希望也还是会有的。柴小青木木地听着，她觉得自己已经不会做什么表情反应了。她能表示什么呢？毫无疑问，她的生活将会被彻底地改变。她不敢想以后会怎样，一切都变得不可预测了。她的心里沉重得很，就在这个时候，手机又响了，一接，还是那个人的。显然，那个男人已经通过别的渠道知道了她的事，看来他的神通广大。他在电话里努力地安慰着她。她不想在那个场合和他多说，向他简洁地道了谢，然后挂断了。

他关心她，是对的。但这个时间，却显得有点乱。事实上，她那天上街，也是为了想对他表达爱意，但却被这意外事故破坏了。那天她逛街，是她早就计划好了的，为了要买份礼物送给他。她知道他的生日快到了，她逛了好几个商场，请女友再三参谋，最后选中了那款进口皮鞋。

她相信他会喜欢的。

他是一个很讲究品牌的男人。他的衬衫、领带、手表、腰带到皮鞋，都是有品牌的。以她的个人收入来说，那双皮鞋算是相当昂贵了，至少，她是舍不得给杨健买的——有意思的居然是他俩的尺码是一样的。当然，就算是给杨健穿上了，和他的身份也不太符。杨健是个很随意的人，要是穿新衣服，都感觉浑身不自在。他和那个人是两种不太一样的人。那个人是个有身份的男人。他身材高大，器宇轩昂。他是很讲究的。她喜欢他的那种讲究。而现在，她不能提前对他说“生日快乐”了，也不能把爱意递到他的手上，只能以后再送给他。

看着躺着的丈夫，柴小青忽然觉得格外的悲凉。远处的男人和近处的男人，是那样的不同，暗处的那个人是美好的，浪漫的。而眼前的这个，却是现实的，而且现在的景况变得很悲惨。这完全是一天一地呀！想到这里，她不由得伤心起来。事实上，她当时并不是完全为了杨健而感到伤心，更多的是想到了自己，想到了今后的生活可能面临的种种不幸。她不自主地流下了眼泪，泪水正好滴在了杨健的脸上。就在滴上去的刹那，杨健艰难地睁开了眼睛。

看到了她，他对她艰难的一笑。

那是歉意的一笑，或是别的什么的一笑。

柴小青觉得他不应该那样笑的。

他为什么要歉意地或是别的什么的一笑呢？是因为自己的受伤吗？是觉得自己从此拖累了她？可是，她一点也笑不起来。

她只觉得他真的不应该笑。

她差不多有些恼怒了。

2

柴小青很努力地照顾着杨健。

大家对她的遭遇都是同情的。

这是一场飞来的横祸。

杨健单位里的领导和同事都来看望过他，除了同情，大约也没有别的办法。出于人道主义原则，他们决定过两年再讨论他的伤退问题，现行的工资待遇，全都不变。看来，杨健在单位里人缘还相当不错。但谁都知道，这对他只是一种安慰。他是再不可能重回岗位上去的。肇事单位和责任人，也进行了赔偿。可是，这对杨健来说，赔偿是没有什么实在的意义的。

柴小青感觉自己简直就要垮掉了。虽然单位里给她放了假，但她自己过意不去，还是要求承担一些时间上不是很紧的工作。于是，她时不时地还要赶过去处理。另一方面，她还要照顾孩子。于是她就在这三者当中奔忙，身心疲惫。杨健的命保住了，但真的就只能从此躺在床上了。他躺在床上，几乎一动不动，就像一个死人。开始的几天中，有好几次陷入昏迷。她真的担心他会停止生命活动。但是，他每次在抢救下又化险为夷。

最终，他缓过来了。

可是，他已经是个废人了。

柴小青有点不能接受这样的现实。她真的不敢去想以后的生活。难道自己以后就要一辈子陪伴这样的人吗？

她这一辈子要被他害苦了，她想。

这个世界上有多少夫妻并不相配呢？恐怕谁也说不清。柴小青和杨健实际上就属于并不相配的夫妻。比如说，杨健不爱说话，而柴小青偏偏就是个特别爱说的，她说要是一天不让她说话，真的还不如杀了她。她说起话来语速极快。杨健爱静，柴小青却特别喜欢热闹。杨健马虎随便，柴小青却认真仔细，甚至有时可以说是到了斤斤计较的地步。杨健会谦让，柴小青能顶真。也许就是谦让对上了她的顶真，所以他们最终走到了一起。

人，往往只有结过婚以后，才能知道婚姻的对错。这就像是一双看上去挺漂亮的鞋子，一定要在试穿之后，才能知道是否合脚。但问题是，鞋子是可以试穿的，婚姻却是领了证就不能反悔的。柴小青开始和杨健恋爱的时候，还是蛮幸福的。在当时她的眼里，杨健那时候条件是相当不错的。杨健长得还是不错的，家庭条件也好，自己在国有单位里上班。而柴小青当时是在一个工厂里，工资也不高。所以，别人介绍了以后，他们通过一段时间的接触，很快就确立了恋爱关系。恋爱中的柴小青是幸福的，甜蜜的，满足的。她相信她以后的日子一定是美好的。她也觉得他们在性格上有些差异，但她相信老一代的人说，夫妻就要不一样的类型，才会和谐。

结婚后，他们很快就有了孩子，一年、两年、三年……很快就过去了。在这几年里，柴小青慢慢地发觉其实她内心里有许多的不满足。她也说不出来到底什么地方不满足，反正就是觉得过得挺没劲的。其实，在外人眼里，他们的日子过得挺不错的，相当平静，波澜不惊的。杨健是个比较稳重的男人，在家里不声不响的，对她也是体贴的。但他们也看到了，柴小青是个风风火火的女人。她聪明，也有想法，不甘寂寞。但她是个女人，没有什么施展的空间。相比之下，杨健是个眼里只有单位和家庭的人。对生活，他没有太多的想法。

柴小青在婚后的第三年，就有了一个追求者。那个人是她过去的高中同学，后来自己开了一个公司。公司虽然不大，但经营得还不错。至少在柴小青眼里，那个人也算是步入了有钱人的行列。在众多的同学里，他算是一个小小的成功者。在此之前，他们并没有联系。是在一次同学聚会上，他们碰到了。那是她第一次参加那样的同学聚会。他在人群发现了她，就像发现了一笔可以赚钱的生意，立即两眼放光。他说她变了，原来她只是一个没发开的黄面疙瘩，而现在则成了被开水浸泡开来的白馒头。因为他的自我感觉良好，所以他的追求也就变得非常的赤裸，无所顾忌。

说实在的，柴小青开始是有点反感他的，觉得他太直白了。她不喜欢他那赤裸裸的样子。但是，另一方面，她又不得不承认他很会讨好人。他时不时地会献些小殷勤，还会说些甜言蜜语。世界上，有几个女人不吃这一套呢？不顾她的拒绝，他几次三番的邀请，一会请吃饭，一会请唱歌，毫不气馁，而且，甚至是一次比一次更执着。而柴小青并不是个铁石心肠的女人，天性又是个爱玩，爱热闹，很快就从拒绝变成婉谢，从婉谢变为犹豫，从犹豫变为沉默，从沉默再变为应约。

最终，被他俘虏了，从精神到肉体。

那是一段终生难忘的日子。

柴小青觉得那一段日子，她有些疯狂。只要他约她，她会想方设法找借口出去。他们经常一起吃饭，一起逛街。当然，也经常做爱。她得承认，和他做爱很刺激。她发现自己爱上了那个男人。一开始时，她还有所隐讳他们这样的关系。后来在他的那些朋友和一部分同学面前，她已经不再忌避。她坦然地接受情人这样的身份，一点也不羞涩。因为，她觉得那是一种爱。

在婚前，柴小青有过两三次恋爱，但都不是很深入。和杨健，也算是一种恋爱，并且还最终结了婚。但是，过后回头看看，却是一点激情也没有。她认定自己的婚姻就像是一间不透气的黑笼子，而那个昔日的男同学，粗鲁地把木笼子给砸了，拉了她出来。虽然动静很大，招来了许多人惊诧的目光，但她不在乎。她在乎的是从此可以大口地呼吸新鲜空气，并且感受到了洒在身上的阳光的热量。那感觉真好，非常的畅快。她甚至想过，要和杨健离婚，和那个人在一起。当然，那是不可能的，她自己也知道。

杨健对她的行为，当然是早就有所察觉的，但他一直没有及时的制止。一方面他是有点宠她，忍让着；另一方面他也是不相信她能怎样。直到后来已经满城风雨，他才变得坚决起来，阻止她所有的外出（哪怕是正规的逛街）。而她当然是要反抗的。为此，他们发生过好多次非常激烈的争吵，甚至把家里的东西都砸了。柴小青事后想起来，自己当时已经变得不管不顾了，一点也不加掩饰。但就在他们矛盾越来越深的时候，她却发现那个人已经在有意地疏远她了。他的疏远当然不是由于她和杨健的矛盾，而是他又有了新的想法。他对她已经有些腻味了，当她觉得不能忍受，而去指责他的时候，他表现得特别的无情，干脆开始躲避起来，就像她是一只讨人厌的苍蝇。

柴小青不甘心，她想知道原因。她的女友劝她不要追查了，明摆着那个人又有了。可是，柴小青就是不信。有一次，她跟踪着他，结果在一个饭店里真的就看到他和一个妖艳的年轻女子在亲热地吃饭。她怒不可遏，完全失去了理智，和那个女子扭打起来。而他不仅不帮她，相反还痛打了她一顿，骂得她连狗屎都不如。

那句句话像是刀一样地，扎在她的心上。

柴小青伤心极了。

之后，她心灰意冷，甚至一度想自杀。

杨健看到她那样子，倒有些可怜她。他没有再骂她，平静地让那件事成为过去。柴小青虽然不太清楚他心里是怎么想的，但自己在后来的日子里，却表现得很本分。她想：有过一次那样的疯狂之事，对她来说已经足够了。她仿佛明白了什么是爱，什么是恨了。为了那事，她寻死觅活的，差不多把自己的尊严都丢光了。家里家外的人，都知道了，简直就是一大新闻。为了维护今后自己已经不多的体面与尊严，她觉得自己以后再也不能那样傻了。她觉得自己算是悟明白了，一个男人想要你的，就是性。良家女人就是一块洒了香水的漂亮、干净手绢，男人在上面尽情地排泄，当变得污秽不堪，成了一团抹布的时候，他就扔下它，扬长而去……她不仅屈辱，也感觉自己这样，其实是对不住丈夫与孩子的。

但是，一道大坝要是决过堤了，再怎么拦截，也还是不如原来结实。它的裂缝还在，虽然重新填过了，但是它却是不牢的，一直在渗水，随时都有再破堤的可能。柴小青寂静了一段时间后，再度陷入了一些乱七八糟的关系中。好在她在这样的关系中，涉足不深。首先，她在心理上已经有了拒绝的意思。她不想重蹈覆辙。但是，很多事由不得她，一些男人总会主动靠近她，觊觎她，并想伺机下手。这年头，男人们总是很敢想，也敢干，尤其是那些在社会上经常走动的，成功或并不怎么成功的男士。

事实上，柴小青知道自己并不是个漂亮女人。单凭脸蛋长相，也就是中等姿色。但是，她是属于耐看的那种，甚至，是越看越有味，而且她的身材相当好，在这样的年龄有这样的身材是相当不易的。她的很多女伴都是羡慕她的，羡慕她有好的腰身和浑圆结实的屁股。从后面看，她简直就是一个成熟的大姑娘。她想：那些男人看中的可能还不只是她的脸蛋和身材，更可能觉得她的性格是开朗的。男人们会有错觉，觉得她是容易俘获的。而事实上，她只是不想那样冷漠罢了。她努力地应付着，周旋着。而她越是周旋着、应付着，那些男人就越起劲。这样的男人，她一共遇到过有三四个。在这些纠缠中，杨健一直是不知道的。她平时只要从单位一回到家里，就会关掉手机。晚上她也不再出去了，她把自己的社交圈，尽量地缩小，缩小到只和一些女同事或少数女友来往。这一段时间，持续得很长，一直到那个人的出现，才把她又彻底改变了。

柴小青感觉这回是真的爱那个人的。

这和她过去爱上那个同学是不一样的。

这个人稳重、体面，有身份。

她喜欢他的稳重、体面，有身份。

对于她的这次越轨恋情，杨健是一无所知。因为有了前一次的失败而且狼狈的经验，她变得更加的小心了。她想：自己虽然不爱丈夫杨健了，但是也不能伤害他。她觉得，凭良心说，他也有很多好的地方，比如说，顾家，没有什么恶习，对她也是尽心的，等等。她做事很小心，努力不露一点的破绽。她不想让他发现她有任何的问题。他不知道，也就等于没那回事。他心里没有那回事，也就不会受到伤害。

柴小青有时也在心里问自己，已经受过一次伤害了，为什么还要再来一次？说到底，不是因为别的，就是自己的春心荡漾。她忍不住不去爱。她为了那个男人心动。她喜欢那个男人。她骨子里就是喜欢那种男人的。她的一个好朋友讥笑她，说是碰到了出色的男人，她就走不动路了。柴小青知道这只是笑谈，但她并不否认自己对优秀男性的喜爱。或许，她比别的女人更易受到男性的诱惑。

这是天生的，她想。

其实，她在心里也是想拒绝的，想抵制的，但却发现自己最终是不能抗拒的。在与那个人的关系中，她就像是下雨天骑车行驶在一段被泼了油污的下坡路上，想停都停不住。

那个身材矮胖的知情女朋友劝她小心，已经受过一次伤了，谁能保证她不会第二次受伤？“男人没一个是好东西，”女友说，“他们想到的，就是上床，你要小心点啊。”但是，柴小青不信，人哪能就那样倒霉。她有理由不信。因为，那个男人和前面的那个男人是不一样的。世界上总是有好男人的。一棍子把所有的男人都打死，是不对的。以偏概全，是极端错误的。

那个人很和善，体贴。

对她的丈夫发生的这一意外，那个人也充满了同情。他曾经问她，需要什么样的帮助，她说不需要。是啊，他能帮助什么呢？当然，有他的这份关心已经足够了。在杨健快要出院的前一个星期的一个晚上，柴小青和他在一个宾馆里见了面。那个人是出席一个会议，住在市内的四星级宾馆里，单人间。多日不见，他还像过去一样，白白净净的，保养得很好。他刚洗过澡，一双大手很温暖。他拥抱了她，然后让她进去洗澡。她犹豫着，想先和他说会话。可是，他却是用不容置疑的眼光看着她。她只有去卫生间里草草地冲了一下。当她裹着雪白干净的浴巾出来时，发现他已经光裸着躺在了床上。

他轻车熟路地压到了她的身上，然后就像一根木楔一样，打进了她的身体。他一边动作，一边夸赞她的美丽，说自己如何如何的思念她。事实上，柴小青知道，自己是憔悴的。她来见他，其实并不是为了发生这种事。她真的是有些想他了。她是来看看他，想和他说会话，得到一些安慰。她真的是太累了，不仅是身体上的，更主要的是精神上的，但他却显然在肉体上更迫切。她看到他非常专注地动作着，并不在意她在深情地看他。她看到他原来梳向一边的头发由于激烈的动作，而大幅地摆动，就像汹涌海浪中的水草。他在用力，额头的青筋，像一条条蚯蚓一样地，拱了出来。她突然想到，也许他工作都从没这样努力过。是的，在背地里，他经常批评甚至是辱骂自己所从事的工作，另一方面他却从这样的工作获利。这就是不同的人生。她看到他的脑门上开始流汗，整张脸显得油光光的。一滴滴汗顺着往下流，滴到了她的胸脯上。“你叫，你叫，我要你呻吟，宝贝，我喜欢你呻吟。”他说。可是，奇怪的是她真的没有什么特别的感觉。平时她是情不自禁的。他像一条大鱼在畅快地游动，而她就是一条河，水流更急。她爱他，她在他的面前不需要掩饰。可是，现在她却像是一潭死水。他让她像过去一样，那她就只能伪装。

柴小青勉为其难地装了一会，直到他如软体动物一样从她身体里退出来。他到卫生间冲了一下，然后颓然地倒在一边。她擦净了自己，回来后，看到他是一种极度疲惫的神情。“躺一会吧。”他说。她顺从地在他身边躺下，抚摸着他的胸膛。他眼睛看着天花。“累死了，”他说，“开了一天的会。”柴小青想，他累吗？他哪里有她累呢？当然，他们是不一样的人。她要感谢他，她现在所以得到公司的关照，就是由于他找人打了招呼。“你好好地休息。”她说。其实，她想要告诉他，她给他买了一双高档的皮鞋。她这样说并不是为了讨好他，而是为了表达她的歉意。他闭着眼睛，一双手几乎是下意识地在她身上游走了一会，然后说，“你也累了，早点回去休息吧。”她不知道他这样的话，算不算是一种关心。至于她想要说的那句话，一直到临走，也终究没有说。

当她回到医院的时候，天已经很晚了。她看到丈夫躺在病床上已经睡着了。她和值班护士打了一个招呼，然后就又骑车回家了。城市的道路上灯火通明。她忽然有点伤感，觉得自己过得很窝囊。现在她的生活是混乱的，一方面丈夫出了车祸，成了一个废人；另一方面自己和那个人保持着那种关系，多少有点不清不白的。她有种隐隐的感觉，感觉那个人并不是很爱她。

自己是不是有点傻？她在心里问自己。

3

丈夫杨健出了院，回到了家里。

柴小青开始正常上班了。

事实上，杨健在生活上还不能自理。但是，柴小青却不能不上班。杨健也不希望她留在家里。能留到什么时候呢？他总有要单独面对的一天。于是，他努力地试图独自去克服困难，适应现在的状况。

他清楚她心里是怨恨的，只是还没有发作而已。但这种忍受与克制，能保持到哪一天呢？他不是很乐观。俗话说得好：夫妻本是同林鸟，大难临头各自飞。原本她就有些不安分，现在到了这份上，她难保哪天不飞走。这种可能性应该是存在的，而且可能性很大。真到那一天，他怎么办？

他必须要自立，他想。不能这样下去了。如果这样，那还真的不如当初把他撞死。

他不想成为别人的累赘。

尤其，不想成为柴小青的累赘。

在她上班后，他就试着一次次地挣扎着要起来。当然，每次都以失败而告终。他常常累得精疲力竭，大汗淋漓。但他不服输。有好几次，他甚至从床上跌到了地上，爬不起来。于是，只能绝望地躺在冰冷的地上，等孩子放学回来。孩子回来后，给他妈妈打了电话，柴小青又匆匆地赶了回来，非常吃力地把他搬回到床上。

杨健心里充满了愧疚。

他看到柴小青比过去瘦了，也不爱说话了。即使偶尔说得多了些，脾气也是冲冲的。是的，她的心情肯定是不好的。换谁，心情也不会好起来。她现在连打扮自己的兴趣都没有了。要知道，她过去是个很爱打扮自己的女人。虽然她的衣着很普通，没什么值钱的，但她修饰起来是很刻意的，时髦而不艳俗。

当然，他要比她痛苦得多。好好的一个人，现在却只能躺在床上。虽然肇事司机的单位赔偿了他一笔不菲的伤残金额，但是，钱能顶得上什么用？过去他多想有一笔财富啊，现在才明白，没有一个健全的身体，光有钱是没有任何意义的。他现在宁愿一无所有，再回到过去。当然，那只是一个梦想。

柴小青当然还是个称职的妻子。她在努力地照顾他。除了照顾他的生活，在精神上，她也在安慰他。可是，她却不能安慰她自己。是的，现在她在别人的眼里，已经成了一个不幸的女人。而原来那些经常打电话，或有事没事想靠近她的人，这时候有了一些微妙的变化，不再像原来那样热切了。显然，他们都知道了她生活中的变故。那么，他们是有所顾忌了？是开始同情她了？不想破坏她现在的状况，还是另有想法？

那个人也还好，时不时地给她打个电话，问问情况。她就把情况一五一十地告诉他。她信任他。她向他诉说自己的苦闷。她说杨健现在就是一个半身不遂的病人，吃喝拉撒几乎都在床上。原来的家务，都是他抢着干的，现在则完全落到她的肩膀上。她现在只能硬撑着，当然，她也不知道自己能撑到什么时候。一个女人，承受力毕竟是有限的。同时，她还不能让杨健也感觉到她的悲伤，因为他的情绪也低落得很。有时候，他在家里能一整天都不说一句话。她不知道他脑子里想的是什么，看他那样子，她都有些怕了。

过去，她在家里很清闲的，连孩子都不用她管，上学的接送，都是他一手承包。她只管自己的吃饭、穿衣。闲时就和她的女友逛逛商场，买点女人喜欢的小物件；去美食一条街的小吃铺吃零食；郊游，爬山或在体育馆健身，等等。除了经济上的不宽裕外，她的生活简直就像一个有钱人家的主妇。她的很多女友，当时都羡慕她，羡慕她嫁了一个能容忍她的好老公。即使在她第一次出轨时，他也还是和往常一样，承担家里的一切事务。当时，她并不知道那其实是多么的轻松。她依然有许多的不满足。而现在，她才真正地知道，过去是多么的好。

她开始怀念了。

可是，怀念又能顶什么用呢？

“等他好了，能自理了……我真不想和他过了。”她突然这样说。说完了，她才后悔。为什么要说这样的话呢？事实上，那是不可能的。在他过去健康的时候，她倒是有过和他离婚的念头。特别是她第一次出轨，爱上那个不该爱的人时，她真的很冲动，很想离婚。而现在，明显是不可能的。她这样说，纯粹是信口开河，或者说，只是一种撒娇。在他面前，她一直是不设防的。过去，她随便乱说什么，他都是微笑着，听着，然后善意地嘲笑她。而她在他面前，就像一个犯了错的小姑娘，扭着身子，发嗲。而他则搂着她，再哄着她。

"你可别这样，"他说，"别这样说，也不要这样想。"

"好好地过吧。"他说。

"一切都会过去的。"他说，"现在是你的心情不稳定期，过去了就好了。"

"你想我吗？"她问。

他沉吟了一下，说："想。"

但柴小青知道了，他说了谎。过去，一通问候后，他总要约她再见面。他那方面的要求是很强烈的。她知道，他对自己的妻子没有什么兴趣。他的妻子是个医生，长相平庸，胸脯扁平，而且在性卫生上有很古怪的要求。他喜欢柴小青，喜欢她的身材，喜欢她丰满的乳房和长腿。当然，他更喜欢和她做爱，甚至可以说是很迷恋她。这不仅因为她比他年轻，要小他十几岁，更主要的是她性格活泼，她给他的生命注入了阳光，增进了活力。他过去也经常微笑着对她说："你嫁给我吧。"她只是笑着看他，知道他是在说笑，因为那明显是不可能的。当然，她相信他说的也不全是假话，他在心里还是真的喜欢她的，她能感觉到。

他当然是喜欢她的。他没有理由不喜欢她。作为一个情人，她从没有给过他什么压力，她对他也没有任何的附带要求。她对他几乎是百依百顺。她简直就像是他的应召女郎，随叫随到。而现在，她感觉到，他的语气忽然有点冷。

他们好久没见面了。自从上次那次做爱后，他们就再没见过，只是通通电话。按照道理说，他是会提要求的。可是，他却没有再提，为什么呢？就是因为她说她要离婚？他害怕了！男人有时候是很虚弱的。她并没有说离婚了，就要嫁给他。因为，那是不现实的。她知道他们不是一个阶层的。

他的冷淡，就是怕她会成为他生活中的一个麻烦？

她不相信他会那样想。

当然，她也看不透他。

她只是在心理上有点疑惑与失落。

4

谁都知道杨健是废掉了。原来好好的一个男人，现在却整天只能躺在床上，一动不动。这个家的里里外外，看到出入的都是柴小青了，她比过去忙多了。大家有赞叹的，同情的，也有疑惑的，大家在心里都认为她是一个可怜的女人。而柴小青也的确变了，不再那样张扬了。很多人以为柴小青会挺不住，但没想到很长时间过去了，她还是那个样。

所谓的还是那个样，当然是指她还像灾难刚发生后那样，变得沉默了。她的话明显比过去少多了。当然，这是可以理解的。心情恶劣，肯定就不爱讲话了。很多事她只能闷在心里，不想讲了，也不能讲了。比如说，她原来对丈夫杨健是无所谓的，有点瞧不起，甚至是厌恶的，但后来那种感觉却一天天地消失了，因为，过去他是不用她来操心的。她可以忽略他的存在。现在，她才突然发现他需要她的照顾。

他离不开她。

为此，她也心烦，但却无可奈何。有一件事她没对单位里的任何人说起，那就是杨健曾经自杀过，但被她发现了。那大概是发生在半年前的一个上午，她到菜市场买菜。在半路上，她就感到前所未有的心慌。她不知道是预示着什么，心烦意乱的。她匆匆地买了些菜，就往回赶。几乎是用小跑的速度上了楼，刚打开门，就看见他躺在外间的地上，臂弯底下是一摊的血，而在边上就躺着一把菜刀。柴小青简直要吓晕了，双腿发软，然后就放声哭起来。撕心裂肺的哭声，惊动了邻居，赶紧叫来了急救车，大家一起把他送到了医院。

“我不想拖累你和孩子。”这是他醒来后说的第一句话。

柴小青当时感觉他真的是可怜极了。

她知道他是悲观的，绝望的。好多个晚上，夜深人静，她被异样的动静弄醒了，细听，发现他在抽泣。他在压抑着，压抑着……但那声音还是特别的痛苦。她过去从没发现他会哭泣。她都以为他作为一个大男人，是不会哭的。她听任他去哭，装着不知道。她不想去打断他，让他知道她发现了他的哭泣。

他的悲伤与绝望，她能理解。但她怎么也没有想到，他会自杀。

这给她很大的震撼。

再活过来一次的杨健向她保证不会再发生这样的事了。他决定让自己坚强起来。他每天坚持锻炼，试图能撑起来。他不停地捶打、搓揉自己的大腿，想恢复肌肉的弹性与活力。他做得很认真，坚持不懈。而照柴小青看来，那根本是不可能的，一点起色也没有的，她是根本看不到什么希望的。医生也早就说过，“除非出现奇迹。”但是，杨健想要恢复健康的愿望真的是无比的强烈，她惊讶地发现自己的丈夫是毫不气馁地在努力地挣扎着。他每天早晨在她临上班前，都请她帮忙，把他扶起来，坐到床边，然后等她走后，他自己就挣扎着，一点点地移动他的大腿。大冷天里，他能穿着薄薄的内衣，努力挣扎而弄得满身大汗，白色的热气从他的头发里向外蒸腾，就像是顶了一锅小笼包，在散发热气。

柴小青像是变了一个人，她几乎完全没有了社交活动。杨健对此，也是心存愧疚。好几次周日，孩子在家的时候，他对她说："你好久没逛街了，你要是想，出去逛逛吧，我不要紧的。"柴小青听了也就听了，不作反应，被他逼急了，就说："没事的。我逛不逛的无所谓。逛了也没事。"由于她的特殊情况，原来的女友们也都自觉地不再找她来逛街了。她们最多是打打电话，通通信息，偶尔过来看看她。她心里不舒服，也的确不再有原来逛街的心情了。

逛街是需要有好的心情的。

而那个人大概也知道了她的不方便，很长时间不再打电话给她，幽会了。其实，她心里特别想他，她喜欢他的样子。他是稳重的，说话做事，都是不紧不慢的。他是温文尔雅的，有风度的。只有在做那种事时，才显出他的阳刚与凶狠。当然，她喜欢他的那种凶狠。每次她都有一种飘起来的感觉，躺在床上，半天不肯起来，她起不来，她整个人都是晕乎的，感觉被他撞酥了，或者说像是热火下的奶昔，融化了。

想到过去的情景，她就有些心旌摇荡。她想，想那件事。她是个正常女人，甚至可以说是个情欲旺盛的女人。她需要。但是，现在连杨健也不能满足她了。

"我这样下去，长久不是个事。"有天杨健犹豫着这样对她说。

她不明白他的意思，难道他要和她离婚？她那次出轨了，他身体好好的，都没有这样提出来，现在自己成了一个废人，反倒要自己独立出去？

"你这样守着……没有意思……应该交的……朋友……就去

交。”他低着头，眼睛并不看她，说。

柴小青的脸红了。

她突然明白了他的意思。

他怎么可以提出这样的问题呢？她想。大概，他是感觉到了自己的绝望和无奈？或者，是出于对她某种权利的尊重？或是出于对她照顾自己而做出的一种回报？不管如何，这是一种姿态，一种退让。而对于一个男人，这种退让姿态的做出，是多么的苦涩与艰难啊！

“你不要乱想！”她说。

他看到她的脸是刷白的，就不再说话了。

柴小青事后想起来，自己一个人躲到房里哭了一场。她觉得自己真的是太不幸了。可是，在这不幸之中，她能有什么办法呢？这就是命。一个人的命，是生来注定的，她想。既然这样，她只能认命。

日子总是一天天地过去的。

慢慢地，柴小青已经习惯了。

杨健躺在床上变得胖了起来，脸色也红润了不少。他的心情也变得比过去好多了。在柴小青上班的日子，他差不多完全能自己照顾自己。柴小青消瘦了不少，看到她的人都说，她比过去更白了，眼睛更大了。如果说她过去的形象是个良家妇女，那么，现在她的脸上则多了一种凄楚的美。

“你很漂亮。”有一次，在一个饭局上，公司里的一个客户经理对她说。

那个客户经理是个瘦瘦的，戴着眼镜的中年人，下巴上长了一颗黑痦子，一看就是风流成性的那种人。细细的眼睛，看人时里面全是讨好谄媚的笑，挺色的。她不喜欢这样的男人，甚至是很反感。

对于那个饭局，本来她并不想参加的。她好久不参加公司里的活动了。杨健在知道她的犹豫心情后，却坚持要她参加，并说如果她总是拒绝，公司经理一定会不高兴的。为了让她安心，他特地叫来了他的老母亲，到家里去陪他。

柴小青那天晚上喝了不少的红酒，喝得脸上现出一片的绯红。在大家都各自散去后，那个客户经理却突然在公司的楼下的自行车棚前，“巧遇”上了她。她正要取了车回家，他热情地说，她可能酒多了，骑车不安全，他愿意找车送她，并提出先请她到宾馆坐一坐，喝一杯茶。

那样的暗示，太明显不过了。柴小青懂。她知道只要她同意了，就意味着什么。要是在过去，她一定会拒绝的。那个客户对她来言，两三天前还是个陌生人。她在心理上是排斥陌生人的。当然，还不仅是因为陌生。

柴小青喜欢的是男女间的那种感情，然后由情而及性。可是，这个晚上，她却突然决定跟着那个客户经理到他住的宾馆客房里去。那个经理显然为这原本并没有把握的邀请居然得到了成功而欣喜若狂，出了电梯，几乎是以冲锋的速度，就窜到房门前。一进房间后，连起码的客套都不要了，直接就搂住了柴小青，往床上压。

这样的唐突与冒犯，一点也没有让柴小青反感。奇怪的是，原来她对他的反感，相反倒烟消云散了。

房间里很温暖，灯光很柔和。那气氛，让她有些迷乱。柴小青推拒了两下，发现那个男人很有力，也很着急，就不再动了，听任他脱去自己的衣服，然后几乎是很温顺地让他进入了自己的身体。让那个客户经理吃惊的是，一旦进入了这个女人的身体，立即就发现自己能力的有限。原来他以为自己是会当一个勇猛的伟丈夫的，结果却发现控制权并不在自己的手里。控制局面的完全到了她的一方。她像一匹野马，在他身底下桀骜不驯。他简直就要松手脱缰了。

柴小青知道自己疯了。她控制不住自己。她有种想要让自己融化的感觉。她不顾一切，想让那个男人摧毁她，是的，把她轰击得像粉齑一样。是的，她愿意死，愿意化成粉齑，消散在空气里，无影无踪……时间和空间都消失了，她当时就只有自己。不，连自己也没有。她能感受到的，只有自己一颗跳动的心。当然，也没有身上的那个人。那个人只是一种粉碎她的机器，机械地在撞击她。而她，则主动地迎接他的撞击。她不满意他的那种撞击。她在床上就像一条被捞上网，脱了水的鱼，使劲地翻腾折磨。他这个情场老手，反倒显得有点力不从心，手足无措了。

当他颓然地从她身上下来时，感觉自己真像是从一路狂奔中的马背上颠簸下来的。他长吁了一口气，在心里说：下次再不能找她了，这个疯狂的女人。她太厉害了，弄得自己一点颜面都没有了。但他嘴上却说，“你真好，真是疯狂！刺激，呵呵。”

柴小青没有笑，她爬起身，收拾了一下一塌糊涂的自己，然后看也没看他一眼，就到了卫生间。她关上门，冲洗了一下，然后一屁股坐在马桶上，哭了起来……

5

很长时间，柴小青内心里有一块阴影。

她是自责的。

她有点不能原谅自己。

她觉得自己有点下贱。

现在，她在时间上已经自由了很多，因为杨健已经非常独立了。他在困难中，学会了自己料理自己。开始时柴小青还有点不相信，后来发现他真的能把自己照顾得很好。比如说，他自己发明了一种支架，能够使自己从床上坐起来。药片、开水，甚至是书报，都放在自己能够得着的地方，而且取放自由。便壶他则拴上线绳，不用时可以很隐蔽在藏在一块布帘的后面，甚至，他还能把自己从床上挪到床下的轮椅上去。

他完全是用毅力战胜了自己。

柴小青看在眼里，真的是欣慰的。

欣慰的同时，她发现自己还是想着那个在机关里工作的他。

她已经有好长时间没看见那个人了。她想他，特别想见他。但是，一想到自己发生过的那件事，就又打消了念头。她觉得自己是有愧于他的。至少，在他面前，她觉得自己是不贞洁的。想到自己那次的放肆，她就有些难堪。放肆得极度地快乐。她想不明白为什么会那样的快乐。那种快乐的感觉，是她从没有过的。和他也没有过。那是两种不一样的感觉。

我是一个不要脸的女人？她在心里问自己。

不，不是的，她这样回答。她只是一个不幸的女人。她有想法，但也有自尊。她想快乐，但并不放荡。她是理性的，有节制的。她想：除了他，以后再不会有那样的事了。她只固定他一个。是的，有他，她说足够了，她想。

又过了好久的一天，是个周末，她接到了他的电话。他约她在市内的一家宾馆见面。她给家里打电话，告诉杨健说她晚上有事，公司里有活动。杨健在电话里还嘱咐她，让她别喝太多的酒。当然，也别急着往回赶。如果是公司里组织唱歌或跳舞，她尽可以轻松一下，晚点回来也不要紧。柴小青下了班，在楼道里还打扮了一下，然后就打车直奔他所说的那个宾馆。

许久不见，他看上去精神不是太好。

他的脸色有些疲惫，这让她有点为他担心。

他像往常一样，请她在餐馆里吃了一顿晚饭。

他吃得很少，她也吃得很少。

她问他是不是有什么心思，他说没有。她以为他是和妻子闹了矛盾，但他坚决地否认。当然，他也没有解释其他原因。他是个藏得很深的人，有什么事情，不喜欢说，而是一直把它闷在心里。他这种作风，当然是在机关里练出来的。他问她情况怎么样，她说还不错，是的，她真的已经习惯了。她已经从最初的那种沮丧与灰暗里解放出来了。情况没有她开始想象的那样糟糕。她没有遭受灭顶之灾。

“他现在能自理了。”她说。

“什么?”他突然地一愣。

她这才意识到，事实上他并没有注意在听，他走神了。当时她还为他对他们的关心而感到一丝暖意，现在才发现他的问候可能只是出于一种惯性。他有点心不在焉。她看着他，手里下意识地把玩着筷子。他的目光也看着她。她看出他的目光里有一种欲望，他想要了，她低下头，用筷子在面前划来划去。她回避他目光里的意思。虽然她也想他了，但是她突然却不想完全按他的意思去行事了。

他叹了一口气，慢慢说起他最近的变化。说他的工作有了一点点的变化，不是很如意。他说机关里的一些事情很复杂，说仕途上的艰难，说他如何有资格升到某个职位，结果却让别人先占了，等等。

柴小青听得不明不白的，似懂非懂。她对机关里的事务一窍不通。她有点惭愧，惭愧不能为他做点什么。

当他们目光再次相对时，都明白他们不能再坐在这里空耗了。他匆匆地结了账，然后就带柴小青去了他的房间。一到房间，他就扑向了她。柴小青也热烈地回吻他，抚摸他，看着他的眼睛，看着他的脸，怎么看也看不够。当他要脱她的衣服时，她示意让他等一下。她需要清洗自己。在卫生间里，她惊讶地发现，她每月一次的那个伙伴突然到来了。那一刻，她真的感到特别的沮丧。

而他的脸上现出的却不仅有沮丧，还有气愤。

他那表情好像是她愚弄了他。

“可是我急死了，”他说，“我想要。”

“对不起，”她歉意地说，“今天真是……不巧。”

“他妈的，”他红着脸，赤裸裸地光着身子，站在屋里说，“怎么这样倒霉。”

她是第一次听他骂这样的粗话。

他那光着身子的样子，很怪，就像一只褪了毛的发怒的公狗。他一改平时的温文尔雅，抓住她的头，让她的脸贴在他的上面。他要她张嘴，但她却不想那样做，他缺少前奏。也许，他如果耐心些，更温存一些，她会接受的。她从来就是服从他的。但是，他那天却没有了耐心，更失去了往日的柔情，他推开了她。

她有点尴尬了。

她想穿上衣服，回到床上，和他抱一回，温存一番，哄哄他。她知道他有要求，可是，她也需要他的爱。然而，他却粗暴地让她赤裸着躺到床上去，摆出敞开的姿势。他一点也不顾及她的感受。他看着她，脸色红涨，然后自己完成了那一疯狂的发泄。

“他妈的!”他说，然后倒在床上。

柴小青默默地去了卫生间，冲净了胸脯和脸，然后穿上衣服，挎上包，带上门，没有和他再说一句话。

也许，他们的关系就此结束了，她想。

6

又一个炎烈的夏天过去了。

秋天到来了，阳光明媚。

那天是个休息天，柴小青在家里忙着收拾。有些东西需要拿出去晒一晒了，晾干潮气。她简直要把家翻个底朝天了。杨健坐在阳台上的轮椅里，看着她忙碌着。柴小青在床底下，猛地发现了一只盒子，上面已经落满了灰尘。她用抹布掸了掸，现出了依稀的字样。她明白了，是一双鞋。

她早已经把这事给忘了。

打开盒子，看到的是两只缎袋。打开袋子，里面是一双锃亮的皮鞋，全新的，这不仅让她又惊又喜。

“是什么?”

“皮鞋，一双皮鞋。”她说。

他当然什么也不明白。

她拿过来，走到他面前，蹲下去，往他的脚上套。

“什么时候买的?”他问。

“给你，你就穿。”她说，“老早前的事，我早忘了，呵呵。”

完全地合脚，就像是给他买的一样。

“合脚吗?”她一边用手捏着他的鞋尖，一边问。

他坐在轮椅里，全身使了使劲，像是在用力踩了踩，“挺好的。”他说，左右端详着。

“穿着吧。”她直起身，满意地说。一切都已经过去了，从现在起，她要好好地陪着他过以后的日子。错误虽然犯过，但现在改变还并不算晚。这双皮鞋，就算是她送给他能自己坐在轮椅上进进出出的一个小礼物吧。

天真蓝，阳光真灿烂，柴小青心情也出奇的好起来。

突然，柴小青看到了意想不到的一幕，坐在轮椅里的杨健，居然把穿着新皮鞋的双脚放到了地上，双手撑着轮椅的扶手，慢慢站立了起来……

纪　念

1

孟森其实心里很不喜欢出席这样的活动，虽然他是一个见惯了生死的人。

他是一个医生。

那个场合太压抑了，总是让人相当长一段时间心里不舒服。但他还是去了，因为那是必须的。当几天前一个同学打电话告诉他，说大秦去世了，他简直就有点不敢相信。秦一鸣是他们的大学同学，而且和孟森是一个寝室的。不仅是一个寝室的，有一段时间还睡在他的上铺，直到后来他和别的同学调换了。他是班上公认的活跃分子，为人热情，有很强的活动能力。他的身体也好，长得人高马大的，篮球中锋。虽然他的功课不太好，后来甚至变得一塌糊涂，却一点也不妨碍他成为许多女生暗恋的对象。孟森那时候在心里，甚至是有些妒忌的。唯一值得安慰的，就是孟森的成绩一直是班上的前一二名。他俩差不多正好是首尾两端。

他好好地怎么会死了呢？出了意外？同学说，听说，他是从楼上失足掉下去的，摔死了。好好的一个人怎么从楼上摔下去了呢？是在单位，还是在家里，或者是在宾馆？同学就有些语塞。他也只是听说。事情似乎很简单，但似乎又很复杂。当死亡的消息得到进一步确认后，关于他的死因却有着许多种不同的说法。有些说法明显不靠谱，甚至是不太名誉。作为同学，他们当然不肯接受那些不名誉的说法，虽然他们在心里承认有那样的一种可能性。事实上，大秦和他们大多数人是不一样的人。他是在一个很高的层次上。没人想到，他会到达那样高的一个层次。

秦一鸣是一个很努力的人，这是得到了大家的公认的。后来的成就，和他当时在学校里的状态，简直就是两个完全不同的人。在这一方面，孟森的感受尤为深刻。有意思的是，毕业后大多数同学分配得不错，只有他俩分得最差。孟森是分在区卫生院，而大秦却分到了一个国企医院。没人知道是怎么回事。大秦每次见了孟森，情绪都很低落，哀叹命运的不公。虽然他的学业不太好，但他并不认为自己就应该分配在工厂医院里。孟森自然也有同感，但却还能忍受，因为他知道没法改变这样的现实。他安慰大秦说，他们可以通过考研来重新改变现状。两年后，孟森真的就考上了研究生，毕业后进了市第一医院。

在别人的眼里，医生是个很好的职业，孟森后来却并不这样看。他知道，别人对这个职业的敬重更多的是出于对病痛和死亡的敬畏。但是，医生却并不是万能的。所以，后来他听说大秦不再从事这个职业了并没有表现出半点的惊讶。让他想不到的是他居然去从政了，他从那个国有大型企业的医院里跳了出来，去了厂办。很多同学认为这是一种才能的浪费。可是，大秦自己是快乐的。后来大家知道，大秦的职业变动和他的婚姻有一定的关系，他的岳父是这个企业里的副总。毫无疑问，秦一鸣是出色的，因为如果仅凭他在厂里的翁婿关系是不足以让他在两年后又调到了区工业办公室的。再后来，又因为一个偶然的机会，他被市里的一位领导从区工业办公室挑走了，当了他的秘书。这是一个巨大的变化，简直可以称之为“飞跃”。而随着领导职位的升迁，他的位置也不断地得到变化。这时候，大家仿佛已经忘记他是学医的出身了，他完全就是一位走仕途的人了。

开始，同在一个市的同学还不时的相聚，可慢慢地来往就少了。虽然医生们也很忙碌，但是他们和秦一鸣却是在不同的层面上的。作为一个重要领导的秘书，他实在是太忙，常常身不由己。虽然接触得少了，但是关于他的说法，却一直没少过。大家相信他将来一定是前程无量的。直到有一年，他到下面的一个市里当上了副市长，虽然是个副职，但却也是一个实权派人物。而且，谁都知道这比在省城里当一个处长要实惠，他真正算是一个官场里的人了。大家也都知道，即使已经是副市长了，却仍然是过渡性质的，将来他的前途未可限量。

尽管当上了副市长的秦一鸣对过去的同学们非常的客气，可是同学们也知道从此不能再造次了。他们的身份是不一样的。亲近，却有着相当大的距离。有时他主动给同学们打电话，他们也都是相当的礼貌客气，不敢随便嘻嘻呵呵的，总是格外的尊重，弄得他反倒觉得同学们有意疏远他。好在他工作太忙，根本没时间细想。他多次对同学们说，哪一天他要主动组织大家好好地聚一次。这是他的一个心愿。如今，这心愿是实现不了了。

追悼会在一个多星期后才举行，那天，本市熟悉的同学差不多都去了，除了医学院的同学，还有他和大秦两人高中时的一些同学。一个同学张罗着找了一辆面包车，在市一院门口集合，然后一起去了那个叫太平村的地方。在车上，大家都唏嘘不已。同学们曾经那样羡慕他，现在，他却突然地走了，告别了这个世界。这时候，大家才发现活着是多么的重要。什么权势啊财富啊，统统都不重要了。再大的官，再好的仕途，没有了生命，一切都没意义了，甚至，他们感觉平凡是最重要的，仿佛秦一鸣的不幸正是由于他当了官，不平凡所导致的。对于大秦的死因，大家只知道他是从楼上摔下来的。那就是“失足”？“失足”似乎又是一个非常复杂的词，不仅是字面上那样的简单。

殡仪馆那天的生意好像还相当不错，几个厅里的人都满了。有一些追悼会，需要排队等候。孟森在医院里其实每天见惯了生死，可是看到眼前的景象，心里还是有些吃惊。如果上帝要接见每一个去报到的人，会不会显得有些忙碌？而且争着去天堂报到的人，境遇都有些不太单纯。这也可以看得出来，上帝是一个好脾气的老头。

大秦的追悼会是在第三厅，紧挨着主厅。主厅是空的，却不对外开放，大概是需要相应的级别才行。厅里挤满了人，在大厅的电子屏幕上不断地滚动了字幕：沉痛悼念秦××同志。他们鱼贯而入，心情沉重。秦副市长静静地躺在大厅的中间，身边摆满了花圈。屋里不时有压抑着的哭泣声。仪式是由官方主持的，领导致词，孟森听到了“不慎失足”的词句。他觉得这词有点怪异，仿佛是在评价社会上的不良女性。在哀乐声中，他们默默地围着遗体，转了一圈。孟森好久没见过秦一鸣了，现在看着他静静地躺在那里，仿佛还是过去的样子，一点也看不出他是摔亡的。当他们走过去和悲痛中的家属握手告别时，孟森喉头一紧，眼泪不觉就流了出来。他看到了大秦从乡下赶来的白发苍苍的父母，看到了他的孩子，那是个大男孩，已经上初中了，个头很高，却还是孩子气的。看不出那个孩子的悲痛，倒能看出他有些紧张，脸色苍白。面对这样的场面，他肯定是不知所措的。而大秦的妻子是被人架着的，她受不了这样沉重的打击，整个人完全垮了，像是失去了魂魄。

有女同学控制不住地哭出了声来。

在回去的路上，大家在心里都长出了一口气。不管如何，他们都不喜欢那个地方。很长时间，他们不能从那个悲伤的气氛中摆脱出来，谁也不说一句话。直到临下车了，班上的老于（刚刚提拔成一家医院的副院长）说："我们凑点钱吧，表个心意。""他家怎么可能缺钱呢？"有同学表示反对。老于想了一下，说："这钱给他父母。"这个提议得到了大家的一致赞同，于是，老于就是代表了。大家说好了，过几天各人认捐，由老于代转。男同学每人五千，女同学三千。当然，认捐是没有上限的。有两个女同学说："我们也五千吧，大家都一样。"议定了，车子进市区，大家也就各自散了，有人是直接回了家，也有人习惯地回到单位。

孟森知道回到单位一定很忙碌，虽然事实上为了参加这个追悼会特地向医院里请了假。但他却不想回到家里，他愿意去忙碌。也许到医院里忙碌一下能消除掉在追悼会上压抑的感受，他想。可是奇怪的是，当他回到外科时，却没有一个人找他。在走廊上，他遇见了护士小江。她有些羞涩地冲他莞尔一笑，赶紧就又躲闪了开去。回到医生办公室，看了一眼台历，他才想起来这个晚上还有一场活动。不可思议的是，这是一个婚礼。孟森想到这里，不由在心里笑了一下。这真是古怪的一天啊，他想。这样两件完全不同的事，怎么会凑齐在同一天呢？

当然，这"同一天"，只是针对他而言的，他想。

2

大概是在好几个月前，孟森就接到了一个电话，对方热情地邀请他参加一个婚礼。打电话来的是他过去原单位的一位同事，说他的女儿要出嫁了。时光真是飞快的，仿佛只是一眨眼的工夫。他记得他第一次看到这个同事女儿的时候，她还在上小学。后来也见过，看着她上了初中、高中，然后听说她上了大学……想不到她现在就结婚了。除了这个结婚的消息，别的他就再也不知道了。

事实上他和这个旧同事已经有很长时间没联系了。大家都忙，而孟森又是一个懒于和别人主动联系的人。既然他热情相邀了，孟森当然一口就答应了。他也想看看那个成了新娘的姑娘，同时，在婚宴上他应该会看到过去的一些同事。

后来不知什么时候，他也记不得听谁说了，说老陈家的那姑娘长大了，很漂亮，嫁了一个很优秀的小伙子。也正因为这样，老陈才决定好好地操办一场。孟森知道老陈过去是个很上进的人，结果却并不得意，甚至可以说是相当的失落。因此，他现在这样做就很好理解了——女儿是他的骄傲。正式通知是半个月前，老陈打电话，问请帖寄到哪。孟森笑笑，说：老朋友了还那样客套干什么，别寄了，你把时间告诉我，我记下来，一定会去的。老陈在电话里告诉了他时间，并略带歉意地说，婚宴是在郊县一个叫尚湖的一个大酒店办的，到时在这个城市的中心广场有车接送。

"行，放心吧，我一定参加的。"他说。

孟森是知道那个地方的，尚湖是一个非常美丽的小镇，背面靠山，一面临湖，那里有很多相当豪华的宾馆酒店，还有一些单位的疗养中心。他们单位过去不止一次在那里开会，说是开会，其实就是休闲度假。

日子是一天天地临近的，孟森特地查了一下日期，发现正好是周五。他和妻子说了，妻子也是支持的，说："去吧，省得别人说你摆架子。过去的熟人呢，正好见一见。"但没想到，大秦突然出了事，正巧和这事撞到了一起。

秦一鸣这就算是送走了，他想。但是，他这事却可能被人长久地谈论。他相信很多人都忘不了这事。这事算是一件大新闻。他知道妻子也是关心的，就打了个电话回家，叙述了他的见闻。妻子在电话里也陪着他叹息了一会。她是见过大秦的，甚至过去还羡慕过。既然说起了生死，就记起了他晚上还要去参加婚宴，嘱咐他外出要当心，少喝酒。

到了中午的时候，孟森在食堂里听到他的手机先是胆怯地响了一下。他没有理会。手机骚扰铃声，总是经常发生的。他不喜欢手机。有时，会有一些病人家属打他的电话，语言啰嗦，词不达意。他们表达诉求的方式，往往会显得有点奇怪。但他们的目的却只有一个，就是希望他能帮助他们，仿佛他这个医生不是救死扶伤的，却是一个无所作为，不见钱不办事的贪腐官员。两分钟之后，手机再次响起来。而且，这回的声音响得有点"认真"。他看到的是一个有些陌生的号码，喂了一声，对方是个说话有些犹豫的女人。

"您是?"

"你把过去的老朋友都忘啦。"

孟森感觉那声音有些熟悉。他知道，能这样讲话的肯定是和他熟悉的人。他努力地在脑海里搜索着名字，一个又一个地闪过，可是，那个名字他却不能肯定。是的，他想到了那个名字，但却觉得不可能是她，他连续报了两个名字，偏偏就没有报那个名字。对方的语气里显然有些小小的失落（或者只是装出来的），告诉了他她的名字。他笑了，心里想：女人和男人到底是不一样的。他没有对她说，其实他早已经猜出来了。

“老陈女儿的婚礼你去吗？”她问。

“去的。”他说。

对方笑起来，说：“他还真是通知了不少人。”

“应该的。”

“好久没见你了。”她说。

“是啊，好久没见你了。”

“老了。”

他笑了一下，说：“你比我小好多呢，哪里就老了呢。”

“很快就能看到的。”

“我去接你吧，我自己开车的。”他说。

电话那边沉默了一会，然后说：“不用。”

“我和他们说好的，一起坐大巴去。”她说，“晚上见。”

孟森心跳有点加快，他不明白她为什么会想起主动联系他。看来，她还对他怀有一丝情意？他们曾经好过，但结果却和许多的男女恋情一样，最终分了手。她曾经很伤心，而他也很遗憾过。他都以为这辈子，她再也不理他了。她现在是什么样？孟森希望有机会和她再叙旧。或者，可以旧梦重温？

其实，记忆已经相当淡薄了。

3

新娘非常的漂亮，就像是电影里的年轻美人。

所有的新娘都是漂亮的，但是，她的这种漂亮还是让孟森在心里有点吃惊。她打扮得也很性感，穿着低胸的婚纱，露出大半个雪白的乳房。孟森的目光就像是被“烫了”一下，赶紧移开。他是长辈，因此必须有所顾忌，新娘倒是主动地和他拥抱了一下，让他心里有些意外。“恭喜你，你今天真漂亮。”他说。“谢谢您，”她笑着说，“好久没见过您了。”“好好地相处吧。”他向新郎说，“我们的小雪是个好姑娘。”新郎笑了，笑里透着一种傻气。这个时候的男人，总是有点傻的，他想。与美丽的新娘相比，新郎很是一般。他穿着笔挺的西装，又高又胖，站着显得有些僵直。好几台摄像机一直在对着他们，忠实地记录着他们的这一刻。孟森向他们道了喜，并且递上了礼金。在一个年轻姑娘的指引下，他进入了大厅，大厅里全是人，在一个T型台的两边摆满了餐桌。在嘈杂的声音里，他听到有人喊他。顺着声音的方向，他看到了11号桌有人向他招手，果然都是过去的一些熟人。

人实在是太多了，孟森想。不仅大厅里有人，据说两边的包厢里还有人。所有的婚礼仪式都是大同小异，这个婚礼也不例外，甚至，更加的俗气。所有的一切都是由专门的婚庆公司组织的，主持人对着话筒说着一些肉麻而毫无新意的废话。而让他想不到的是，舞台上居然出现了几个肥胖的俄罗斯姑娘，扭动着腰肢演唱着中文歌曲。这像是婚礼吗？更像是一场粗俗的有钱人办的寿宴。孟森对老陈有点失望，甚至有点瞧不起他。或者，这是男方家长的主意？他听说男方的家长是个老板，或者就是一个暴发户。当然，是否暴发户不重要，重要的是他家是否有钱。钱，总是有非凡的魔力，它们能改变很多东西。孟森的感叹藏在心里，同时，他又有点心不在焉，他一直在想着那个“她”，却就是没看到她的身影。他以为她或许是在别的桌宴上，可是他努力地东张西望，怎么也没发现她的身影。他想向过去的那些同事打听，但一番犹豫后还是作罢了。很多人是那样的熟悉，却分明又是格外的陌生。在闹哄哄的气氛里，在闪烁的灯光里，面目都显得有些不太真实。孟森原本并不想喝酒，因为他还要开车。然而，很快他就决定放弃这样的约束喝了起来。只要喝得开心，他干脆可以就住在这个酒店里。

这一天是很奇特的一天，他想，上午还在一个悲痛的场合，下午却又是另一番景象。席上，不断地有人敬酒。除了新郎新娘，还有新娘的父母。孟森平时的酒量还不错，那天也并没有多喝，然而他却感觉有点迷糊。

“她怎么没来?”当老陈向他敬酒时，他小声地在他耳边这样问。“谁?”老陈也是迷糊了，或者是太忙，问了这一声以后很快就忘了。或者，他是根本就没听清他的问话，“好好喝，好好喝。”他握紧了孟森的手这样认真的嘱咐着，仿佛孟森要不喝倒，就是对不住他。“多了多了，我喝多了。”孟森说。

一直进行到了九点，婚宴终于曲终人散……

孟森是觉得自己喝得有点多，当他经过酒店的大堂时，他决定到服务总台那里开一个房间。他可以第二天下午再回城里，不必那样匆忙。服务台的小姐很亲切，给他一个单人的商务套间。也许是因为周末，价格有点贵。但是，孟森有一张前不久别人送他的消费卡，不用就是浪费。他可以毫不心疼地刷卡。也许，以后还可以把妻子和孩子们带来。

在电梯里，他意外地再次遇上了新郎和新娘。新娘看到他，显得有点意外。“你住在这里吗？”她笑得一脸的灿烂。孟森也笑了，问她是不是也住在这里，她说是的。她真是漂亮啊，完全是女大十八变。或者，更主要的是因为化妆。她漂亮得都让他不敢相信是她了。他回想起过去的点点滴滴，发现她和过去是那样的不同。她有理由感到幸福的，他想。她现在就像是一个灰姑娘穿上了水晶鞋。这个夜晚，是属于她的，所有的，所有的一切。她是最最幸福的人，在这个酒店里，她是一个中心。这个酒店是新郎父亲的资产，而且，只是他的资产中小小的一部分。或许，现在这个酒店已经是属于这新郎的了。

那个富二代的新郎看上去还不错，但是，孟森却并不喜欢他。他们这个晚上的婚房，一定是个布置得相当浪漫温馨，他想。当孟森进入了自己的房间，打亮所有的灯，然后脱光衣服走进淋浴间去冲洗时，这样思忖着。他真的有点喝多了，当热水不断地从头顶上往下冲淋时，他感到有些晕乎。在水流声中，他似乎听到了电话响。不是他的手机响，是房间的电话响。但他知道那是不可能的。仿佛是为了呼应他的判断，正在他疑惑时，声音消失了。

房间里不错，仿佛是重新装修过的，甚至称得上豪华。床很大，也很干净。拉开窗帘，外面还有一个小小的阳台。从阳台望过去，就能看到下面是一片湖面。夜色很浓，四下里一片漆黑。但是，湖水的四面还有一些灯光，还能看到有一些小桥和回廊。孟森站在阳台上，感受着外面的夜风吹拂。他再次听到了电话响，这回他确定是真的。

“喂——”

他听不到对方说话，却只听到屏住的呼吸。

“喂——”他有点恼。

“是我。”对方是一个女声。

那一刻，孟森像被电了一下。

4

她看上去有点憔悴。毫无疑问，她变化有点大。在他的印象里，她过去就是一朵娇艳欲滴的鲜花，如今却是有点蔫。她说她其实很早就来了，看见了他，却没有勇气上前。孟森不知道怎么回答才好，或者安慰她一下？但他不是一个虚伪的人。他有些犹豫不决。他知道她来到他的房间，不容易。她有一种强烈的倾诉的欲望。

“我很想去送他一程的，”果然她开口直接就这样说了，“但我却不能去。”这样说的时候，眼睛看着别处，四下里打量着这个房间。

孟森不说话，但他通过静默表达了同情和理解。他当时在心里甚至妒忌过大秦，也隐约猜到了他们的关系。他记得她好像是在一家商业银行里工作，丈夫是一位大学老师。他们是在饭局中结识的，她是由秦一鸣带来的。那个时候，大秦也早已经不在那个企业医院里当医生了，而是大领导的秘书了。那时候，他真是春风得意啊。他向孟森介绍了她，语气谨慎。他记住了，她有个不错的名字，晋燕。她那天其实相当的端庄，却又让人惊艳。孟森在羡慕大秦的同时，也有些隐隐的担忧。他不知道她是怎样的一个女人。社会很复杂，他没有想到有一天晋燕会来找他。她是她带着她的母亲来治病，老人身体不太好。其实她的母亲也并不算老，或者只能算是中年。孟森当然是很照顾，帮着她安排好了一切。她很感激他，但他却知道自己其实是为了大秦在做。不管怎么说，他们倒由此熟悉了起来。他就像她的私人医生一样，解答她的所有关于健康方面的问题。在她眼里，他也不只是一个外科医生，而是一个全能全知的专家。她相信他，在她眼里，他是一个非常温和而又儒雅的医生，甚至，有时她还会把她的同事或是熟人介绍过来。而孟森也还总是礼貌客气的。在中国这个社会里，必须是要讲人情世故的。有时，她出现得勤一些，有时又会很久不见。

后来大概有一年的时间，孟森没有她的任何消息。直到有一天她突然出现，然后把他叫到走廊上一个僻静处，犹豫着说，她的身体不太舒服，想请他帮忙检查一下。虽然她说得很含糊，但他明白了，她的生理上应该有一些难言之隐。他建议她跟他去找一位妇科医生，可是她却感到为难与羞涩。她言辞闪烁，希望他能先帮着看看。

孟森后来一直有种异样的感觉，仿佛自己像是一个小偷。他知道这样的感觉其实是荒唐，但他却怎么也不能从脑海里抹去。他知道自己当时的心跳得厉害，但脸上却显得有些冰冷。他戴上了口罩和橡胶手套，只留了一双眼睛暴露在外面。如果说他的行为是合乎规范，倒不如说他是想借此掩饰自己。他把她带进了自己的值班室里，让她躺下，褪去内衣，一切都是那样的规矩，却还是弥漫着紧张、不安与尴尬。他知道她这样做，也是下了很大决心的，而且，是把他当成了她的救星。他的目光躲闪着，就像是被烫了一样。他知道自己被吸引，同时自己又在拒绝和挣扎。他的手在她的敏感部位试探着，小心翼翼地，就像一个第一次坐到驾驶座上，握上了方向盘的初学者，心里有一种兴奋，却又怀着更多的忐忑。他看到的是一个陌生的身体，呈现着一种玉的温润。他能感觉到她细微的紧张呼吸，仿佛连她的私处都是羞怯的，就如清晨刚刚开放的湿润的花朵。他的脸红了，呼吸有点紧。他在心里得不断地提醒自己只是一名医生，而且是熟悉她和另一个男人的医生。他可以觊觎她的美丽，但他应该更在乎另一个男人的友情。而事实上他已经在觊觎了，她的美丽让他如此的逼近，而且是可以触及的。他庆幸自己遮得严实，她看不到他的窘迫。他告诉她，其实她是正常的，只是有一些轻微的炎症，婚后的妇女一般都会有，开一些常用药水回家清洗几天就可以了。她仿佛是从心底里松了一口气，迅速地整理好了自己的衣服。而他在背过身摘下口罩时，也才知道自己是多么的轻松。

后来他再一次见到大秦，还用玩笑的口吻批评了他，但大秦却是浑然不觉的样子。当时他认为他是装糊涂，官场里的人了，城府很深。不管怎么说，他希望他们是隐秘的，平静的。大概又过了半年多的时间，他听说她离婚了。她是亲口告诉他的，当时他吃了一惊，以为和大秦有关系。她却幽幽地告诉他，自己的丈夫是个不上路子的男人。在言谈中她暗示自己那次来检查身体，也和她的丈夫有关。她的丈夫在外面有点胡作非为的样子。他在心里有些吃惊，心想她的丈夫既然是大学老师应该不至于太出格。可听她闪烁的言语里，他却仿佛是一个公司的小老板。也许是从大学里辞职不干，自己出去开了公司？她说她忍受了很多年，前不久终于解脱了。

“好久没见面了。”她这样说。

孟森试图想回忆一下这当中的时间长度，却实在是过于模糊了。真的有些日子没她的消息了，她过得好吗？当他打开门的时候，看到她，一时都有点发怔了。

“你……”他请她坐下，为她泡水。

“我老远就看到你了。”她说，“你还是那样，没变化。”

“你也没怎么变呀。”他说，但他知道自己说了假话。灯光下，她虽然还是那样妖艳，但明显是瘦了，略显倦意。

“你过得好么？”他问。

“就那样，”她浅浅地笑了笑，“不好，也不坏。”

让孟森有点意外的是，她对于秦一鸣的意外也并不太清楚，这就意味着他们的联系也并不紧密。她说她知道这个消息后本想去送他一程的，结果却因为“这边有事”而不能分身。孟森一时没明白她说的“这边有事”的意思。他对她其实真的了解不多。但这个晚上，她对他讲了许多。她说她和秦一鸣是同事。她说那个时候她也在那个大企业里，做财会，开始她对他的印象很一般。后来在交往中发现，他其实是个特别正直并且非常要强的人。这样的评价倒是让孟森对秦一鸣有了一种新认识，也许他过去认识的秦一鸣并不全面，人是会变的。人每时每刻都在变化。有时，人的变化就在一念之间。她说他刚分手不久，她就认识了他。甚至，还有人开玩笑说要撮合他们。但是，那个时候她已经是有对象了，并在一个月后就结了婚。她说那个时候他们有一群年纪相仿的朋友，经常在一起玩。然后看着他离开了医院，又离开了企业……

“你们来往得……密切……”

“嗯，也不太……”她说。

“你们应该很密切的。”他说。

“你以为我们是情人关系么？”她说，“没有。完全没有到那个程度。后来几年联系得少，他那样的工作……”突然她“哧”地笑了一下，“没有那么复杂。我是觉得他挺好的，但我们没有走到那一步……”

房间里沉默着。

他去为她续茶，心想她为什么会出现在这里。

“你是不是累了，要休息？”她问。

“没有。”他笑了一下，说，“我都习惯熬夜的。”

“新郎帅吗？”她突然问。

孟森笑了一下，说：“帅。”

“是我的儿子。”她说。

孟森惊讶得不行，他想不到她的儿子这么大了。而他一直感觉她还是相当年轻，至少要比他小十来岁。有一种可能就是她结婚太早了，是的，美女们总早早就结婚了。她年轻时一定是漂亮异常的。猛地，就明白她前面说的“这边有事”，不能送别秦一鸣最后一程的原因了。

“我没注意到你……”孟森说。

“主要是他爸爸在张罗。”她说，“我不知道能为孩子做点什么。但我在家里守着。我什么也不能给他。我只是帮他为新娘买了一只钻戒。”

“你现在……一个人生活？”他想起来，他晚上席间看到了新郎的父亲和母亲，当时还惊讶那个母亲的年轻，原来那一个女人，是位后妈。而对眼前的这个女人来说，虽然这是她儿子的婚礼，她却只是一个旁观者了。她当然非常爱她的儿子，她出席这样的婚礼，是需要很大的决心的。

她轻轻地叹了一口气，捋了一下短发，说：“是的，没心思了。这样也挺好，我习惯了。”她环顾着房间，“你能想到吗？这个房间我住过，1816。”

“真的？”

“真的，而且，你想不到，是我和秦一鸣。”

他看着她的眼睛，知道她是特别想倾诉了。这一天，对她来说肯定是非常特别的一天。她心里承受不住，也许是太多的秘密和压力。

“其实我和他一直没什么，但我们之间一直有好感。”她说，“过去他倒是提出过，但我一直没让他走到那一步。”

孟森笑了。

“男人都一样，习惯用下半身思考。”她也笑了一下，“网上都是这样说的，对吧？我不知道他有没有情人。我相信他应该有别的情人。”

孟森不知道。

“他对我的意思，我全知道。”她说，“在那次之前，他搂过我，也吻过我。但是我们一直没那样做，因为我心里有些抵触。或者，我只是想要证明他是不是真的爱我。他真的爱我，我一定会给他的。但是他如果一心想要的是那件事，只能证明他不那么爱我。”

孟森知道，这其实是一个悖论。但是，女人们喜欢在这样的悖论里寻找答案。

“有一次他约我去了一个温泉度假村，他想要我，但我坚持住了。”她说，“他蛮失望的。有一阵子，甚至不理我。但那个晚上，我还是被他感动了。我坚持坐在沙发里，后来睡着了。半夜醒来后发现他在抽烟，而且把他的衣服披在了我的身上。”

孟森的手机响了起来，他说了一声抱歉，然后接通了手机。一听声音他就知道了，是之前这个晚上他试图寻找的那个女人。她向他表示了抱歉，并说因为家里突然有事，没能来。她没解释究竟发生了什么样的事，但他相信她应该是真的有事了。他只能安慰她，没人会因为她没来就会计较什么。对于现在的他来说，更是如此，他想。

现在是怀念旧友的时候。

“你不会相信的，”她说，“后来我主动约他了，就在这个房间里。”

孟森看着她，发觉得她在灯光下依然是那样的动人。她是感伤的，哀怨的，她穿了一件藕色的外套，里面是一件雪白的衬衫。半敞的外套，掩不住她丰满的胸脯，下面是一条方格子的裙子，干净简洁。她有一头浓密的黑发，在房间的射灯下闪耀着忧伤或是甜蜜。他闻到了一种淡淡的香水味道，就像是五月里的果园的气息。

“真的，”她说，“说起来让人不能相信。他心脏不太好。”

孟森倒真是不知道。

“他应该是个身体很好的人。过去他特别热爱长跑。当时在厂里时，他每天清晨在大操场上跑步，两千米，雷打不动，非常有规律。”她说，“那个晚上，就在这个房间里。我决定由着他的性子。他也知道我是下了决心的，是我主动的。”

孟森默默地听着。

关于秦一鸣，似乎后来大家也有了一种共识，就是一致认为他的工作是出色的，也是尽力的，他是一个好人。

“他很激动。”她淡淡地说，“可是那个晚上，他犯了心绞痛。他在我的身上，突然就停了下来，找水吃药……他很难受，但他却努力地坚持着，保持着镇定。那个晚上，我真的怕极了。半夜里去卫生间，还悄悄地试一下他是不是鼻息……”

她说得有点简约。说到这里，她就不再说了。

孟森知道，她说的是真话。如果说她开始还是拘谨的，有所隐瞒，而现在说的却都是真实的。是的，现在她坦然地承认了他们发生的一切……

她是真正敞开了。

房间里一下静得不得了。

两人就这样沉默着，用沉默不语来纪念着那个刚刚离去的人。

5

如果他们就那么坐着，沉默着，也许就会一直那样保持着这样的平衡。

然而，一声叹息就把那暂时的平衡打破了。孟森不知道那声叹息是她发出的，还是自己来自心底。他看到她在抹眼泪。当她站起来时，他就抱住了她。那并不用力的拥抱，却让他们得到了一种特别的安宁。

“我要走了。”她说。

“别走。”他说。他忽然意识到这个晚上他已经不能入睡了，他也害怕孤独。也许他住在这里就是一个错误。是的，他本来完全可以回到城里去，回到家里。他为什么要住在这里一晚上呢？显然，他心里当时是有别的期待的。或者说，他是想让自己在精神上得到一次放纵。而这个夜晚，她的到来正好可以让他们彻底长谈。她的故事打动了他，让他觉得这个世界上真的有一种不可思议的男女情事。他一直是认为他们是有实际的长期关系的，没想到却是这样的一种尴尬。他无法想像，也无法理解秦一鸣那个晚上所经历的一切。对他而言，是否意味着有一份遗憾？他的生命中，还会有别的女人吗？

“留下来。”他说。

“我不能……”她轻轻地摇着头。

但他没有放手，依旧抱着她。他感觉她是那样的虚弱，轻得就像是一根羽毛。如果他一松手，她也许就会坠落在地，或者轻轻地飘走。而在他的拥抱中，她突然颤抖了起来。他感觉到了肩膀上的湿润。孟森心里有些歉然，也有些酸楚。他想不到会在这个晚上会和一个女人，一起来怀念一个曾经的朋友。

她的身体依然是那样的年轻，让他多少有些惊讶。他想到她曾经说过，她是一个热爱运动的人。她白皙细滑，几乎就像一个少妇一样的挺拔和结实。她躲闪、抗拒，却又有着忍受与迎合。他们就像是一对光滑滑的鱼儿，像是在饥饿中争食，抗争着，反复着，纠缠着……他听到在她的喉咙里发出痛苦而又低沉的呻吟。她的身体时而是绷紧的，就像是一张弯弓；时而又是放松的，就如一块发酵后的面团。放松与紧绷在他的努力地征服中变幻莫测，跌宕起伏。当她的湿润就如夜来香一样地绽放，他就如一只蜜蜂尽情的采撷，贪婪而忙碌……

海啸之后的沙滩会非常的平静，自然也是一片狼藉……

孟森后来走到了阳台上。外面湖那边仅有的灯光也熄灭了，四周里一片黑暗。但在天边处，有一些微弱的灰白，一抹细细的灰白之上是厚厚的黑云，如大山一般的沉重，仿佛正向他这边压过来。起风了，非常的迅猛。她从洗浴间也出来了，披着浴袍，湿漉漉的。

“小心着凉了。”他说。

“热。”她说。

突然间，风就停止了，甚至感觉不到一点空气的流动。天地之间，宁静得不行了，仿佛只有他们两人存在了。他觉得这样的宁静是异常的。果然，他看到了远处的天边在闪烁。短暂的白色闪耀下，黑色越发显得沉重恐怖，就像欧美电影里的末世景象。“要下雨了，”他说，“你来，远处在闪电。”

“嗯。”她把自己裹紧了。

白天都还是好好的，阳光灿烂。然而，现在却有一场大暴雨要袭来了。这雨要下多久，下多大，他们都一无所知。它们的到来是不可阻挡的。他们听到了远远传来的雷声，闪电也越来越近。它们由远而近，开始只是远远的数条挣扎的小蚯蚓，渐渐地就成了张牙舞爪的狰狞的暴龙，从苍穹劈下来，像要把天幕撕开来，一次又一次。乌云翻滚着，挣扎着，一次次地努力地要铺盖整个天空。而雷电就越发被激怒，而咆哮，而怒吼。每一次在狂怒的撕裂中，嘎巴嘎巴地震响，天地间的一切都在颤抖……

“要下大暴雨了。”他又一次说。

“嗯。”她轻声说，把脸颊轻轻地贴在了他的后背上。

他们在等待，等待暴雨的到来。

像雪一样温暖

众所周知，我是一位作家。作家靠写作为生。我做过各种活，车间搬运工、邮递员、公司小职员，后来我就把工作辞了，一心坐在家里当起了作家。要当一名作家并不困难，困难是当了作家以后才真正有的。首先便是生活困难，我写各种各样的作品，但仍然填不饱肚子。

肚子是个坏东西，它逼我为了满足它而拼命工作，然而尽管我工作很勤奋，但并不代表我就可以有很好的收入。我写的一些东西很难发表，可这并不怪我。编辑和读者要我讲故事，但我根本就不会讲故事。一味地讲故事在我看来是很愚蠢的。为了寻找到故事，我不得不经常向我的一些朋友要故事，让他们给我讲，讲他们自己一些亲身经历过的，或者是听来的。应该说他们的故事讲得真不错，有时根本不用进行多余的加工，就是一篇“好小说”。幸好他们没有决定当作家，如果他们也干这一行，那么我想作家这一行里肯定要饿死不少人。最近我碰到我好多年前熟悉的一个朋友，因为一种你能理解的原因，我在这篇文章里叫他“K”。我是在我们这个城市西郊的一个小饭店里无意中碰见他的，他正在喝酒，已经有点醉了。见面了无疑很高兴，他非要到我的宿舍里再聊聊，他说的再聊聊其实就是到我宿舍里再喝酒。我宿舍里有酒，我在生活里也同样离不开酒。我们俩就痛快地喝开了。他一边喝就一边对我说了他最近回乡下的故事——

火车一过江，K 的心情就迥异起来，城市被远远地抛在了身后，锁在沉重的灰黑色的雾霭里。当火车开上大桥的时候他感受到了强烈的震动，同时轰鸣声让他耳朵感受到紧张的气压。过了大桥就到了江北地面上了，他看见了乡村，皑皑的白雪覆盖在广阔的平原上。“穿过县境上长长的隧道，便是雪国。夜空下，大地一片莹白。”K 想起川端康成的小说《雪国》里开头的句子。几乎非常吻合的情景啊。这是一列简陋的小火车，里面挤满了各色各样的人，同时散发着一种好像是胶鞋里的气味。K 回去奔丧，他接到了老家发来的电报，说他父亲快要死了。电报上写的是“病危”，但他相信父亲是死了。他已经很多年没有回老家了。奔丧使他决定回去。大片白色的雪光从窗前掠过。时间在火车的快速奔跑里有点吃力地把暮色慢慢地一点一点往黑暗里拖，就像一只蚂蚁在搬运一只螳螂的庞大尸体。K 的心情在他目光注视着的平坦的田野里像烟一样轻散开来，甚至慢慢有点飘扬。父亲的死让他终于有理由回乡下去，他已经远离了那个陌生而偏僻的地方。车厢内的灯光黄黄地漾开来，洒在每一个旅客的身上，他们的面目都有点恍惚。与 K 同坐的是那些面目模糊的男女，他不知道他们为什么会坐在这一起，他和他们完全不相干，但现在却不得不彼此忍受心里的憎恶和厌烦。他看到他们中间有一个年轻的女人，嘴唇鲜红。车厢里一片嘈杂声。我们每时每刻都生活在嘈杂里。他们毫无意义地讲着无数的废话，而他们自己以为是有意义的，他们生活的意义之一就是讲废话。那些废话对我们的生活有什么用呢？K 抽起烟来，他想以抽烟的姿态保持自己的独立，但他很快发现有更多的男人也抽起烟来。他们烟抽得比他更猛更呛，他们和他是一样的人。他们不想让他孤单和特殊，显示出任何不同。他在那一刻感到一些无奈，那个年轻女人边上的几个男人都在讨她的好，向她说话。他听不清他们在讲一些什么，K 不想听，他看见那个女人的红唇在笑。年轻女人和那几个男人的关系非常暧昧。他们都是暧昧的。K 想，我在这趟车里也成为暧昧戏剧里的一个角色。茶水泼散了音乐变成噪音或者说噪音汇成了音乐，浓得呛人的烟雾中打嗝与小孩子的哭声、臭臭的带鱼味、骂人与大笑……混乱而黯伤有点末世景象。逃亡与奔丧有着相同的主题。K 把这些人都视作逃亡的人。我们为生活而忙碌以为死亡离我们很远，只有死亡从容不迫地在生命中的某个地方静待着。K 想到父亲死是一定的，可是他死了也不饶他，要让他去看看那张由于死亡而一点不生动的脸。死是可耻的然而又是必然的，看来我们每个人都逃不开可耻。人是什么？人是死亡。死亡才是我们的本质。K 看到他眼里的那些旅客，知道他们离死亡都很近。他们在轰鸣声里酣然入睡，夜色已经完全控制了外面的世界。我们在夜色里穿行。他看到有人大张着嘴发出拉风箱一样重重的鼾声，口水挂得很长。这其实是一副垂死的样子。他看到了他们白森森的骨架。他们没有什么，灵魂已经飞了，肉体是什么？它会烂掉，剩下的只有骨架。一颗滴着血的心脏在骨架里有规律地跳动着。红唇女子身边的那些人终于倦了，只剩她一个人在生动。他闻到了她身上肉欲的香味。她的眼睛在看着他。你干什么去？回家。这些是你的同伙吗？不，我可不认识他们。你是个有趣的人，你看起来很严肃。啊，我只是长得就这样。他们开始攀谈。他们在交谈里熟悉起来，彼此都知道自己是多么地需要一个对方，我们需要对方来证明自己的欲望正常和生理健康。K 看见了她的胖乎乎的圆脸很白，有一种妖气。在这样的旅程里，应该有点实质性的东西。K 想我可以干她，而她也是需要的。时间和空间给他们提供了舞台与机会，他们只是两个角色做无法拒绝的事。他们在捏手与眼色以及身体扭动的各种暗示里无法得到根本释放，他们的腿交织在一起像蛇一样，激情让他们都变得凶狠起来。K听到自己的呼喊声，整个车厢成了他的胸腔，呼哧呼哧就像一头大象发出的嗥叫。他看到她眼里放出光来，照亮了他的心脏。他们没有再犹豫，终于站起来跌跌撞撞地奔向厕所。他们穿过长长的过道与那些昏睡着的人，在巨大的轰响声里，他们觉得整个车厢里都安静极了，一个列车服务员也看不到，这个车厢里只有他们这两个充满欲望的男女。他们挤进一个厕所后赶紧把插销别上，一下就变成完全的两人世界。他们确信没有人发现他们，铁轨在他们的脚下飞驰，他要动作，但她却拦住了他。他怔了一下才知道她要什么，觉得她真是一点人情也不讲。他从钱包里掏出两张纸币，她看了一下，才默许了他的动作。情绪上来了。金钱是最好的春药，K想，她在催他。特殊的环境给他们性交带来了一定的困难，但红唇女子没有一点怨言，她默默地接受他的进攻。K一件件地把她的衣服往下脱，怎么也没有明白她到底穿了有多少条衬裤，好不容易让她下身赤裸了。他看到了她的两条光腿，看到了她夸张的毛发，它们像受到静电吸引一样，四处绽开，旺盛蓬勃。很多树木从窗外一闪而过，K还看见了月亮，半圆形，白里发灰，它飞快地把那些树木拦头斩断。冷风从脚下往上泛，他们靠在洗手池边做，很困难，却很努力。K一边做一边惊讶于自己的勇敢，这是他过去从来也没有经历过的。这归结于一种意外，他想，他没有想过会遇上红嘴唇女子。他们很快就做完了，年轻女子一言不发很快地穿裤子。K听到的只有车轮在经过铁轨接头时发出的哐当哐当的声音。他拉开门，让她先出去，然后他自己一人在里面点上了一支烟，洗了手才回到座位上。他看到她穿戴整齐地端坐在那里，他冲她笑了一下，但她却没有笑。

“我没有想过自己会有这样的事情，因为它太简单了，简单到让我感到意外。开始我完全不能肯定她是什么样的人，后来我知道了。我理解了。在我们这个城市里像她那样的人有成千上百，她们分布在各个角落。她们都是从很遥远的地方来，在这个城市里打工，挣一口饭吃，环境改变她们。如果我是那样出身的女子，我也容易这样做。世界上最可耻的是不能生存，而不是别的什么。她说她是在一家小饭店里当女招待，不过我估计她也做些别的什么工作。”K 对我说。

K 把她带回了乡下，族人和村邻都来看望。他已经很有些年头没有回来了，于是他们对 K 就亲热得不得了。小村子被大雪覆盖着，雪光照映着那个女子的脸，显得很干净。K 让她擦掉了那些过重的脂粉。他们有协议，她陪他回来看望他的父母二老，扮成他的媳妇，他必须付给她丰厚的报酬，就像他们在小火车上的卫生间里做的一样。K 对我说：“老家人一直不知道我已经离婚了，我也从来不对他们说。在老家，离婚是可耻的。老家给我来的电报，让我带着妻子和孩子回去。在老家人的心目里，我是很不错的，娶了个城里女子作妻子。如果我对他们说我离婚了，那不会得来一点同情，他们会认为我完全失败了。这当然不是主要的，要紧的是我必须让父母心里有一点安慰。没有人会认出她来，我前面的那位只是在多年前结婚的时候和我回过一趟老家，数十年来就再也没有人见过她。接到电报的时候我真犹豫啊，因为我知道我不可能找一个妻子回去，于是坐在火车上的时候，我就想了各种各样的理由。然而当那个年轻女子答应我装成我的妻子一起回去的时候，我心里也担心，担心她的轻浮会让乡邻们看出破绽。我们从县城转车，她开始像山鹊一样地一路上说个不停，汽车里的那些村民都用好奇的眼神打量她，她太招眼了，她要我给她买了很多零食，不时地吃，脚下落了一地的果壳。我们还气得吵起来了。车上有一个乡镇厂长一样角色的人，从她上车后，眼光一直没有从她身上挪开过。她看出来了，笑得就更开心，也更放荡。我看得出来，她开始有心撩他了，一边往我身上靠，一边拿眼睛飞那个乡镇厂长。我对她说，不要这样。她根本不在乎。那个男人后来就同别人调换了位置，坐在我们的边上，假装问我话，我没理，他就很快和她说起来。他果然就是个厂长，他掏了一张名片递给了她，她看了一眼就塞到小皮包里去了。她让他看得出来她对他很感兴趣，很快他们就开始打情骂俏起来。车上的人都用别样的眼光看着我。我脸红了。本来那个很土气的厂长还有些顾忌，他不敢太放肆，但她却一点顾忌也没有，他的胆就大起来，他们一边拉手一边窃笑，甚至耳鬓厮磨。要是我们不是在汽车里空间有限而是在前一天的火车里，他们一定也会去个什么地方。她只想卖！我对她说：‘你干什么？’她还是那样笑着，问，‘你管得着吗？’我说，‘你是跟随我的，我们说好了的。’她笑得更加开心了，这回是一边看着我，一边往那个人的怀里靠。‘婊子！地道的婊子！’我在心里骂她，同时我心里开始后悔我不该这么做，她根本不合适随我回家，她只会毁了我。但我受不了车里的那些目光。那些人无疑都在嘲笑我。谁都会认为我就是她的丈夫，而现在却扮演着一个非常不光彩的丈夫的角色。我生气地对她说，‘你注意点。’她还说，‘你管不着。’我大声说：‘你不要这么不要脸，你也许以后可以卖。’她一下子就从座位上站起来，大声而愤怒地对我嚷开了，‘去你妈的！我叫你少管。你要不愿意我们现在可以就这样分手。’我说：‘他妈的，你别这样！’而那个男人在她的一番耳语后，居然对我怒目相向，而且捏起了拳头，挺起了胸膛。在最后的那一刻，我妥协了。我妥协不是因为怕她，我确实想到了要带她回去，好向老家人交待。我不想让他们看到一个‘失败’的‘我’。我想我自己没有必要这么认真，她只是她，随便别人认为她是我的什么好了，说到底她只是我的一个工具。她对我说：‘你还没有付定金钱呢。’我不吭声。她后来也冷静了下来。那个厂长还试图接近她，但她一下却冷了脸。”

“雪下得太大了。”K说，这样的大雪他已经多少年没有见过了，特别是他到了城里这么些年，很少看到大雪。他们下了车，往村里走。那个女子蛮高兴的，走在他前面一路不停地玩雪。她把自己的东西全让K背。“到时候你真让我喊你老公吗？”她问，K笑了一下，说：“老公是港台电视剧里的叫法，我们老家人才不这样叫呢，你叫我名字就行了。”她笑着说：“我喜欢叫‘老公’，特嗲。”K问：“你叫什么名字？”她问：“有关系吗？”K说：“没有，我只是随便问问。”她对K说：“你过去的妻子叫什么？”K说：“叶菊，树叶的叶，菊花的菊。”她说：“名字不错，挺好听的，你就这样叫我好了。我是什么时候到你家去过的？”K想了一想，说：十几年了，十一年。叶菊就说：“正好啊，我就装作什么也记不得了，农村变化太大了。”K笑了一下，觉得她说话里有一种戏谑的成分。她喜欢雪，好喜欢村庄。K想：她对农村的一切熟悉极了，但她却到了城市里打工。她的家一定也很穷，所以她就被很容易地改变为一个随便的女人。她很容易地同他在那个小火车的卫生间里干，那么她也就一定可以同很多男人干。而在和他之前她已不知经历过多少了，他想。村子越来越近，看到雾霭里的炊烟，她竟可以喜欢得叫起来，像个孩子一样。

K 的父亲不行了，他已经病了很久了。全家人都在等 K 回来。K 的心情也像夜色一样沉下去。大家看着她，说叶菊跟过去有点不同，好像更年轻了（马上有人反驳说，城里人就是这样，她们越过越年轻），比过去瘦了，脸也长了，不像过去那样圆，眼睛比过去更亮。“叶菊”在他们这样的夸赞里开始有点不知所措，但她很快就恢复了镇静。她就像家里的媳妇一样，关切地询问一些情况。“我绝对没有想到她会做得这样好。”K 对我说。K 在心里甚至有些得意，他这回是做对了，做对了一件非常绝妙的事情。他的妈妈问她，为什么没有把孩子带回来，她支支吾吾有点回答不上来，是 K 解了围，说孩子要复习考学。无疑，他们的回来，成了村里的一件大事。对 K 老家人来说，也暂时缓解了对于病人的悲痛。

K 对我说：有件事你也许想不到，她看到我父亲躺在床上奄奄一息的样子，特别是最后断气的时候，她一下就失声大哭起来。K 这样说的时候，我看到他脸上的感动，我甚至感觉他眼里有泪光在闪烁。他说：我当时一直想她只是工具，除了我对她有那种性要求之外，我对她并没有好感。我想她只是一个下贱的年轻女人，像她这一行里所有的女子一样。在火车上明明是我主动干了她，但我总觉得主要是由于她的勾引。我还想到她在公共汽车上对那个乡镇小厂厂长的勾引。我不认为她这样的女子会有良心或是别的什么。在我父亲病重的那些日子里，她真的就像一个贤惠媳妇一样，从家里忙到家外，但凡来我们家探望病人的人都发出赞叹，说很少看到城里媳妇能这样的。那些天里，她一改我认为的刁钻和懒惰，还有放荡和恶俗。每天天刚亮，她就起来了，和我妈妈一起到灶下烧饭，然后去喂猪，打扫院子和提水。

她过去可能干过不少这样的活，所以她干得很容易。她做这一切的时候，我家里一点也不怀疑，主要是他们谁也想不到，她只是我雇来的。

“难堪的是晚上。”K说。家里人把K和她安排在一个房里，墙上新糊了纸，炕是新烧的，棉被是新的，床单是干净的。K和她是分被子睡的，他提出和她睡在一起，她没有马上同意，说，你并没有说过要陪你睡觉。K说，你既然扮成媳妇了，自然就要睡觉的。她说，除非你再加钱。K不想再多给她钱。他们就在床上争斗起来。K仿佛突然发现她原来倔强得很，挣扎起来非常顽强。他们不停地在床上滚来滚去，但K却什么结果也没有。她说，没有钱就是不行。K说，你怎么能这样呢，没有钱就不干？她说，对了，没有钱就是不行。K说，提到钱太赤裸裸了。她说，是你太赤裸裸了！那天晚上，K的欲望还特别强烈，为了得到她，K就同意再给她加钱。可能是炕太热了，K说，那个晚上特别想要。她让他拿现钱，他也照做了。K潜意识里可能还有因为在火车上做得太匆忙的缘故。他们后来就做了，K一边做就一边想到多年前他也是带着妻子回来做的，这回却是带回一个婊子。他觉得很畅快。他畅快是因为自己一边做一边说：叶菊。叶菊说：嗯？K说：我干死你！叶菊闭上眼睛。K说：我是花了钱睡你的，叶菊。叶菊说：你就该花钱，你不花钱还想白睡吗？K说：花钱算什么？你是个婊子吗？叶菊不吭声，咬着牙，半天幽幽地说：你不知道？K就大叫起来，婊子，叶菊，你是个婊子！她就把他掀下来，啐了他一口，说：那是你老婆。他想解释，但他每次一碰到她，她就立即把他推开，打他的手。好事就这样收场了。她再不让他碰她。

她是邪恶的，又是性感美丽的。K在晚上发现她特别具有婊子的魅力。但后来不论他怎么许诺，她也不同意和他做了。她只是很耐心地照顾K的父亲，她的孝顺让很多人感动。她甚至为K的父亲清洗身下的污秽。K的妈妈不让她干，她说，媳妇不就是跟女儿一样么？K完全不记得过去的叶菊对家里有这么好。她们两人完全不一样的。毫无疑问，她让K感动了，同时K还感到自己的麻木，想不明白她为什么会对他父亲那样亲近，也许是她那种乡下女子善良的本性得到了久抑后的张扬？K的父亲是在一个深夜时断的气，在那个快要断气的晚上K和“叶菊”在守夜。K让她去睡，可是她说她这几天其实一直在失眠，她不想去睡，睡觉只会让她感到空虚，所以她愿意和他一起守着。K当时心里还有点歉意，他以为是她不习惯新的环境失的眠。蜡烛的光暗暗的，他看见父亲的脸草纸一样黄。死人的脸就是这样，一点光泽都没有。她脸上也没有表情，似乎有点伤心。他觉得她这样是伪装的，她像他请来哭丧的，必须要哭得响亮而悲痛，雇主才能付钱。他觉得她其实不必这样，她做得已经很好。她让他妈妈很是心宽，在悲痛里得到一点安慰，她们常常窃窃私语，使K倒觉得自己是局外人。

那天晚上天很冷，月色很淡，风也大。K在屋里听到了屋后树丛里的乌鸦叫，刮——刮——刮——，他打了一个寒战，他之后就迷迷糊糊地睡着了。他不知什么时候忽然被她推醒了，她急促地说：快快快不行了——她的声音颤抖得厉害，她紧张害怕极了。K就看到他父亲果然不行了，他有点不知道怎么办。一个生命正像风里的蜡烛一样，坚强地燃烧到最后，眨眼之间就熄灭了。这是正常的，住何人也挽回不了，他想她到底是女人。K仿佛还感觉到父亲的一点暗示，他向他做了一个动作，一个无力的动作，他想说什么？那只手在空中划了一下，就像流星划过，那是什么意思？

她伏到他父亲的身上一下失声痛哭起来。

哭声惊醒了他们全家。

K的父亲的骨灰被埋葬在雪地里，他的家人重新为骨灰盒做了一个坟包。K坐在雪地里，“叶菊”哭得眼睛像桃子一样红，全肿起来了。他感觉女人的心太软。一个这样的女人也心软，让他感觉匪夷所思。她在痛哭的时候全村的人都感动了，她口口声声叫着“爸爸”，相比之下，K倒是很冷静。他只是沉着脸，他哭不出声来。一个人归于泥土，从此一切就安宁了，平静了，少了世间的一切苦痛与烦恼，也再不被病痛折磨，这是一件多么好的事情。活着对他才是残忍的。K后来在坟包上栽上几棵小松苗，这都是他妈妈的主意。她不再哭了，看着他认真地做着。他对她说：你哭得很认真。她说：你爸有你这样的儿子一定气死，一声也不哭嚎。他说：哭有什么用呢？人已经死了，人迟早都是要死的。就是没有一点病，一个人也不能活到一百岁。她听了没再说什么，倒抓起地上的雪，往他脖子里灌。那把雪瞬间就融化了……他感觉一股热热的细流一直从他的脊背往下流，它居然不是冰冷的。他生平第一次知道雪是暖的。

葬完他父亲，他们决定第二天就回城里。

那个晚上，K觉得她怪怪的，她看着他，问：你想要吗？K在她的目光里就有了冲动，他们就做了，做得特别疯狂。她在他身上大呼小叫的。她一边用指甲抓他的肩膀，一边咬着牙说：你是个畜生。他问：什么？她说：你还能来劲，你有这样的情绪，你就是个畜牲。他听了生了气，就更用力地干她。他想她没有权力指责，她是个婊子货，她敢来指责他，真是笑话！她被他干得都要晕过去了，说：你这个杂种，你轻点。他说：我操死你。她说：操你妈，你这个杂种，我要死了。他说：我就要让你死！干死你！那晚上他干了两次，她好长时间不说话，什么也不说。过了很久，在他快要睡着的时候，她把他推醒了，说：账怎么算？他说：什么账？她说：你不要装糊涂，你要给钱。他说：是你逗我的，我给你什么钱？你应该付给我钱才对。她打了他一下，说：不要脸！他说：你才不要脸。他不想理她。她不能什么事都要钱，他觉得这事不能由他来负责。她横起来，说：你不给钱不行，不给钱就跟你没完！他坐起来，说：你到底想要干什么？她说：我不想干什么，我只是不想让你白干，你要给钱。他掀开被子，粗暴地说：滚！没钱！她跳起来，说：你不给钱我让你好看。我要嚷得全村人都知道。他气得就打了她一耳光。她跳起来，哭叫起来，在他脸上抓开来，直抓得他身上横一道竖一道的印痕。他一把就掐住了她的脖子，他真想把她掐死，她的脸色慢慢煞白起来，眼珠往外突起。她的身体在他手里一点点地丧失力量。

他可以把她搞死，K 想。

“我要……死了……”她脸上现出可怜的神情，他才松了手。

她伏在床上大哭起来。

他怀着一种厌恶的心情，数了钱给她。

她接到钱后没有再看他一眼，说：你是个坏种。

K 心里想笑，脸上却没有笑起来。

K 对我说：我们坐着同一班火车，又回到了城里。回到城里的时候天色已经黑了，到处是灯火通明。她一下子活跃起来。她体内的马达开动了，是城市给她全身通了电。我忽然想带她回自己的住家，但她却没有答应，打了我的手，说：去你的吧，我一辈子也没有看过你这样的男人。我说：你还没有到一辈子。她沿着路牙走着，在等待出租车。我知道没有希望带她回去过夜。她是个婊子，乡下那几天已经让她烦透了，她需要呼吸城市的气息。只有城市里的暧昧而淫荡的气息才能让她恢复美好的感觉。我裹紧了大衣，也缩着脖子往车站牌那走，她忽然叫住了我。我们站在一块，她掏出一沓钱来，对我说：这是你妈给我的，是她一辈子的积蓄吧。我意外极了，我妈没有对我说这件事。我问：她什么时候给的？她说：你父亲下葬那一天。我想说点什么，她扭头就走了，抛下一句话：我不拿我不该得的。我朝她喊道：她给你的就给你吧。她好像从鼻孔里轻蔑地哼了一声。

这真是一个让我意外的结尾。

K 说他回到家里，拿出那笔钱，感觉那笔钱还有她的体温，事实上它早已是冰冷的。钱，永远都是冰冷的。他数了一下，有三千多。这对于他在乡下的妈妈，当然是一笔不小的数目。他说他想了想，其实是不应该接下这笔钱的。

听了这个故事，我说不出话来。我在最初的惊讶之后总觉得这个故事有些不太真实，是的，故事不够圆满，有明显的漏洞。就算是 K 的前妻很少回去，哪怕真的是只回去过一次，村里人没了印象，K 的家人也应该是能认出来的。除非这里面有一些更复杂的原因，我猜不出来。

K 很认真地对我说：这不是我编的，它是真的，他显然看出了我的猜疑。

城市里漆黑的，我站在窗前，看到在下雪，一片一片地漫天飞舞。我踏过雪地，跳上了火车，往 K 的老家而去。乡下，我熟悉的乡下……

我走在雪地上。甩下 K，甩下城市，甩下过去的一切……

漂亮的疤痕

1

老张毫不怀疑自己对陈玉凤的爱。

但是，老张从没想到自己当初和陈玉凤相好时，说的那些誓言（戏言），有一天真的会成为现实。并且，他后来真的做到了。

老张是爱陈玉凤的，爱得很用心。从开始时起，他就恨不得把一颗心都掏给她。要是陈玉凤想要月亮，他绝对不会摘一颗星星（这只能是一种夸张的说法，形容老张爱得是忘我的，尽力的）。事实上，陈玉凤从没开口向他要过什么。给陈玉凤什么，都是老张自觉自愿的。有一段时间，老张真的就像一只辛勤的蚂蚁，不断地忙碌着，把自己的家里有用的一些东西，一点点地，偷偷地，无声地，搬运到她家里去，而陈玉凤并不希望老张这样做。事实上，她和老张好，并没有想过要在物质上，讨他什么便宜，所以，每次她都拒绝了，甚至为此还有点不高兴。“我什么也不要你的，你有那份心就行了，”陈玉凤这样对他说，“我只要你的一颗心。”老张眨巴着眼睛，他知道心是不能给的。陈玉凤就笑，说：“那就要你的肝，要你的肾。”老张说：“那就给你一只肾吧。”老张知道，给一只肾，是不会影响到他的性命的。

其实，陈玉凤所说的“心”，只是一种比喻罢了。老张呢，也做到了。他心里装的，真的就只有她了。他爱她是全心全意的，自然，陈玉凤也体会到了，陈玉凤要的是情意，她缺的，就是男人对她的情意。至于物质上的，她根本就不是那种贪图小便宜的女人。再说，老张这样的，又能给她什么呢？整条槐树街的人都知道，她陈玉凤是个豪爽的女人，大大咧咧的，为人热心，做事热情。她在靠近机械厂的那个地段，开了一个小卖店（主要出售烟酒杂货，还兼着零售几份小报），生意不好也不坏，勉强可以养活自己和孩子。很多人都记得她过去的样子，中等身材，体态丰腴，剪着短发，满脸红光，目光和蔼。从本质上来说，她并不是一个合适做生意的人，因为她根本就不会精打细算，斤斤计较。别人来买东西，短少个一毛两毛的，她也不计较，愿意下次来补上的，她照收；有人故意想讨便宜不给的，或者遗忘的，她也不在乎。因此，在这条街上，她的人缘是相当不错的，人们都认为她是个不错的女人，相比之下，对她的男人倒是印象淡漠。

其实，陈玉凤的男人过去在这条街上也是一个角。年轻时候的余大乐，是个浑身长刺的愣头青，喜欢赤着膊，横着走路的男人。哪里有打架斗殴了，一定少不了他，他一直就没有职业，谁也不知道靠什么生活。余大乐自己也不知道，当然，他也不需要知道，反正，他自己过得有滋有味的。狐朋狗友的，三五成群，走在街上，挺威风的。那时候，余大乐的父母都还活着，就算在外面没饭吃，在家里总能找点冷饭剩菜的填饱肚子。这方面，他倒是不讲究的，这样子晃荡着，有好几年。等到成家了，他才慢慢地收敛。人，是会变的。尤其是他们有了孩子后，余大乐就变成了另外一个人，他变得不再另类了，他变得和这条街上大部分已婚男人一样，知道为家庭忙碌了。时间一长，人们很自然的也就忘掉了他过去的那些行径。说到底，他过去的那些不光彩的行径，也并没有造成什么危害，也就是一个青年混混正常的状态罢了。

老张是个什么样的男人呢？认识他的人都相信，老张只是一个很普通的过日子的男人。老张大名叫张跃进，人却很踏实。一切中规中矩的，从不冒进，甚至可以说，他是一个内心有点胆怯的人。老张原先就在机械厂上班，每天油腻腻，脏兮兮的，按时上班、下班。他所有的心思，都在过日子上，别的什么也不多想。他对自己的工作，没有什么抱怨，对家庭，自然也没有什么抱怨。他知道自己干的就是力气活，他没有什么追求，在车间里，连个小组长都不是。老张的女人没有工作，整天在家忙着家务，她姓赵，叫赵大梅，邻居们习惯称她为“张师娘”。在这里，“师娘”并没有原始上的那种意思——对师长的娘子的一种尊称。相反，根本只是对一般的没有地位、没有职业的已婚妇女，一种客气的称呼。因为，一般情况下，很多人并不知道对方的名字，老张所住的地方，是在偏近郊区的地方。那是一个老的贫民区，住在那里的，大多是老城南的人。那里的妇女，不少是没有职业的，于是不管姓李姓赵，大家见面了，都以师娘相称，前面冠以夫姓。

因为一家三口，只有老张一个人工作，所以日子过得自然就紧巴。但是，他们一向如此，也很习惯了。而且，那一片的大多数人家都差不多，贫富之间的区别不大。当然，最近这几年，有了一些变化，但这变化，也是渐进的，缓慢的。

小地方，日子过得平淡得很。

和大多数夫妻一样，老张和女人之间谈不上爱，也谈不上不爱。他们原来就是别人介绍的，这样的婚姻，哪有爱？互相看顺眼了就行。当然，他们也从没有想过“爱”这个词，如果一定要说“爱”，就是他们能在一起过日子就行了，有着共同的利益，互相关照。所谓共同的利益，也就是平安过日子，有饭吃，有衣穿。总起来说，他们的生活没有太大的变化，时间是无声无息的，但是，他们都在时间的流逝里，变老了。他们从年轻夫妻，变成了一对中年夫妻，从当初的小张，变成老张。他也不知道是哪天人们叫他老张的。老张是自然而然的，那个名称一直在等待着他。他们有一个孩子，上中学了，男生。

对儿子，老张不怎么管。儿子会自己长大成人，就像自己过去一样，老张这样想。

要是不出意外，老张很可能就像他的父亲一样，很平静的过一辈子。他父亲过去是个普通工人，育有三子一女，一辈子很老实地在厂里干活，没有任何花花肠子，然后退休，除了他的母亲，应该说，他没有碰过任何别的女人。这样，一直活到了七十一岁，最后是得了中风，在床上瘫了两年多，最后去世了。一个很本分踏实的人，没有人对他有什么不好的评论，但是，老张就不一样了。

老张没有成为像他父亲一样的好男人。

老张爱上了陈玉凤。

这一爱，就把一切都改变了。谁也想不到。

2

自然，他们很早就认识了。

老张那时候还在厂里上班，骑车经过陈玉凤的那个小店，会停下买一包烟。他不多话，付了钱就走人。老张喜欢到她的店里买烟，一来是方便，二来也是觉得陈玉凤的烟不贵，要比别处便宜五分钱。而陈玉凤呢？那时候就觉得这个男人很本分，会持家过日子，用钱很节俭。她发现他每次都是买同一个牌子的。玉兰，两块三一包。事实上，另一种牌子，梦溪，据说比玉兰更好抽，价格只贵了两毛钱，但老张却不买。陈玉凤向他热情地推荐过，但老张只是淡淡地，笑一下，说："我习惯了！"

陈玉凤知道，有些老烟枪是习惯于抽某一种牌子的往往并不计较香烟品牌的优劣，甚至，有人偏就喜欢那种低劣的差烟。因为那种烟抽起来更有劲，更解瘾。或许，老张也是一个老烟枪。然而，据她观察，他抽烟并不算凶，三天才一包。这个厂里的工人，许多人一天一包，有的甚至是一天两包（这情况大多是由于互敬，一包烟一圈发下来，也就差不多空壳了。互相敬烟，其实也是互相联络感情的一种方式。而自己正好没烟，又犯了巨大烟瘾，这时别人也会主动提供香烟解馋）。她看出来了，老张这样子，是属于一种节俭。老张平时也不太和人多交流的（虽然看上去，他这样未免显得小气了。但是，陈玉凤更喜欢这样的男人。这样的性格，其实和她，是多么的不同啊！在内心里，她真的有些欣赏小气的、节俭的、顾家的男人。因为这样的男人，是和她的男人完全相反的。只要和她的男人相反的，一定就是好的）。

老张是一个内向性格的男人。性格一内向，自然就有点小气。有些熟悉的工人，下班时见到她了，总会和陈玉凤开上一两句玩笑。更有一些，知道她男人不在，很大胆地盯着她丰满的胸脯看。陈玉凤也不生气，因为她觉得犯不上生气。男人是种什么东西，她心里清楚得很。那些男人以为她很需要那事，因为看上去她身体健康，应该有很好的欲望需求。但是，他们错了。她对那事根本就无所谓。当然，她毕竟是人，是个正常的女人。偶尔，她也会想。可是，只是一闪念，她甚至不希望她男人回来。他出去了，省了她不少的心。

那几年里，机械厂像大多数国有中小型企业一样，慢慢地衰落下去。整个社会的经济环境变了，集体主义、公有化，在彻底地退潮。工厂里，先是利润下降，工人的工资短少。再后来，工人们上班都不正常了，开始轮流工作，不必像过去加班加点（生产任务下降）。又过了两年，开始分流、裁减工人。老张当然是首先受到裁减的一批，因为他是没有任何背景和牵扯的。最终，整个机械厂倒闭了。好好的一个厂，被一个很大的房地产企业收购了。事实上，促使它倒闭的，正是那个房地产开发商。他让它提前倒闭了。所有的厂房（有很多都还很好，甚至有新盖不久的办公楼），都被推倒了。房地产商，要在原地，盖成一片高楼住宅区，沿街的，开发成一片小商铺。陈玉凤要想再经营，就必须去买一个。当然，她也可以不买。但是，她要生存啊。买一个，可以看好未来。

因为机械厂倒闭了，陈玉凤的生意自然就受了很大的影响。

下岗回家的老张，那一段日子真是苦闷，他不知道自己能做什么，以及他如何应对未来。下岗时发的那点补贴，能做什么？大概只够半年多的日常家庭生活开销。而且，突然回家呆着，精神上很不习惯，浑身的不舒服，像是没了手，没了脚一样。他就像一个残废人。或者说，突然发现原来很有用的手和脚，闲得没一点用处了，多余的。这时，他倒宁愿是个残废人。在家里呆的时间一长，老婆也就有所埋怨了。老婆当惯了家庭妇女，就觉得他应该是在外顶天立地的。男人就应该是头驴子，每天围着磨盘，不停地转圈。

老张是想转圈的，但是，磨盘没了。他需要自己去另外找一个石磨，套在自己的脖子上。可是，像他这样的一个普通下岗工人，没有特别的文化和技能，要想再找一份合适的工作，是多么的困难。这难度，要远远地低于买彩票中大奖的概率。就这样，他四处托人，苦苦地折腾了有一年的时间，终于有了一份新的比较固定的工作。这份工作听上去不太光彩，但是，它却比较固定。正是因为它的不光彩，造成了它的固定。但是，老张却别无选择。他在一个新开的比较高档的洗浴中心，当搓背工。

“有什么丢人的呢？你不偷不拿不抢，靠的是力气，挣的是辛苦钱。”老张的女人这样说。在她看来，一个男人，除了努力挣钱，没有别的什么好说的。挣钱才是硬道理。

对这样的道理，老张当然是深知的。这样的道理根本不用她来说。因为，“不偷不抢就算是合法的挣钱”这样道理是放之四海而皆准的。问题是，道理正确，行为就一定正确吗？行为正确，面子就一定正大光明吗？毕竟，这是个伺候人的事。而在城里，凡当搓澡工的，大多是进城的农民工。他们进城来之前，原本就没有过高的要求。可是，自己就不一样了，好歹是个工人阶级（只不过暂时下岗罢了。当然，其实也是永远地下岗）。所以，在接受这个工作之前，他真的是颇费了一番思量。

思量很苦恼。

但事情就是这样的巧妙，如果他不是到那个叫清平乐的洗浴中心去当搓澡工，他就不可能再和陈玉凤有什么瓜葛。他们俩相距是比较远的（老张原来骑车上班，需要四十分钟的时间）。甚至，他都不会想到她（因为他们过去只是点头认识而已），只是他下岗后，每次去社区外的那个小店买烟，就不自觉地想到她。社区外的那个小店，玉兰烟要比别处贵一毛钱。这两年的物价在涨，而他的收入却没增加，岂是没增加，干脆是他从此没了收入。而在没了收入的情况下，他的烟瘾却比过去要大了许多倍。命运就是这样的喜欢捉弄人。因此，即使是一毛钱，他也还是计较的。

老张真的成老烟枪了，烟瘾一下子大得吓人。也不知怎么搞的，原来过去在厂里，他一包烟能对付个三五天，甚至一个星期。可是，如今在家里，一天（最多两天）就能抽掉一包烟。老婆出去买菜或是因为别的什么事不在家，他就大口大口地抽。有时，一口气吸下去，一根烟就能烧去半截。他觉得那样抽才痛快，才能除去心中的闷气。他想象心中的块垒，都随着吸到肺里的烟，全都吐了出去。抽得痛快！他站在一个地方，半个钟头的工夫，脚下就能有五六只黑乎乎的香烟的尸体。老婆从菜场或是别的什么地方一回来，立即就嚷着说屋里太呛人了，烟雾弥漫。——这未免过于夸张。老张想：他只是抽烟，又不是在烧烤。为了这个，老婆恶声恶气不知骂了他有多少回。她以危害身体健康的名义，严厉谴责他的嗜好。她越是骂，他就越想抽。

到了浴室干活以后，老张抽得又少了。一天十多个小时，都在忙着为人搓背，哪有工夫抽烟呢？偶尔，歇下来，客人会给他递上一支好烟。抽着，特舒服，浑身上下，感觉都是通透的。那魂儿，仿佛也随着深吸一口再喷出去的烟飘走了。舒服，舒服极了，比做爱还舒服（说到做爱，他现在和老婆做得越来越少）。每天下班时，心里特别踏实。所以会踏实，倒不是因为别的，而是因为工作稳定，收入也不错。有时，生意好的时候，一天的收入会是原来在工厂里的一倍还多。

也许是命中注定了什么，老张干活的那个叫清平乐的洗浴中心，就开在原来机械厂的厂区里，靠近街面。因为是新开张的，档次也高，生意好得不行。原来沿街一溜的破烂不堪的围墙，或是门房，也差不多都开发装修成商业店面了，很繁华。他所在的那个洗浴中心，是个集洗澡、休闲、餐饮于一体的销金窟。里面有唱歌的，也有按摩的。出入的小姐们，一个个都很年轻漂亮，妖气十足。她们挣钱来得快，也容易得多。但是，老张也不眼红。他在浴场里，有自己固定的客人。这些客人，是真正来洗澡的，而不是来娱乐消遣的。有时，他伺候的人中，也会有真正的大老板，他们出手大方，这就让老张觉得，自己的劳动，受到了尊重，“劳”有所值。也是出于一种对自己的犒劳，他不再抽玉兰了，开始买一种叫白渡的香烟。白渡比玉兰，要高一个档次。有天夜里一点半他才下班，突然想抽烟，结果就在一个新开的店铺，看到了陈玉凤。

这次见面，对他们俩来说，都是一个意外。

陈玉凤以为他下岗回家，再也不会现身于这一带了；而老张看到这一带拆迁了，以为她也早停止不做了。毕竟，她那样的生意也赚不了几个钱的，只是糊口而已。当然，很多人做的，也只是糊口，包括自己现在所做的。

乍见之下，两人很亲切。

就是一下子，他们的距离近了。

3

在此以前，他们虽然见过多次，但实际上他们并不了解。可是，那天他们谈了许多。老张一下子知道了陈玉凤的许多情况。比如说，她的家庭情况，丈夫、孩子，甚至她的父母。从她的话语里，他能听到她对她男人的哀怨。她一点也不避讳她的哀怨。也许，她是气极了。事实也正是如此。那天她的男人是回家了，和她吵了一架，然后走人了。他在家里的种种作为，简直就不像一个正常男人。即使是张跃进，站在一个旁观者的角度看，她的男人也太过分了。

但是，她发泄了一通之后，也就平静了下来。男人是自己的，谁让她当初做出那样的选择呢？平静下来，她又说起自己过去的美好时光。她说她过去其实学习挺好的，但是却没考上学校。她爱好绘画，还上过区文化宫举办的美术培训班。也就是在那个美术班上，她认识了现在的男人。他那时候，整天在文化宫门外的那条街上晃荡，屁股后面跟着几个晃晃荡荡的，留着长发，穿着喇叭裤的小青年。

她说她那时候就是迷他，迷得不得了。他所有的坏行为，在她当时看来，都是酷极了，帅得不行。那个时候，他比她大几岁呢？大七岁。她死心塌地跟着他，不管家里如何激烈地反对。而且，反对得越激烈，她的心就越是坚定。自然，美术辅导班也不上了。

老张听得蛮感动的，因为他怎么也想不到陈玉凤是这样的一个浪漫而执着的女人。她说事实上甜蜜了不过大半年的时候，然后她的男人（准确地说，是男友）就有点不把她当回事了，甚至一度想把她甩掉。因为他整个人自我感觉很风光的，不乏一些社会上的闲杂女青年对他有好感。但是，陈玉凤很执着，哭着闹着，坚决不同意放手。再说，她觉得她都和他睡过了，理应跟着他。很明显，事实教育了她：跟错人了。结婚这么多年，那个男人给过她什么呢？她觉得他什么好处也没给过她。她没有享过一天的福。他只给了她艰难与忙碌。她给他做饭、生孩子，陪他睡觉。可是，他对她没有半点的感激。相反，他认为她给他做什么，都是理所应当的。有一样不如他的意，就要破口大骂。她真是受够了。她哭过，哭过无数回。但是，慢慢地，她就接受了。她认命。因为，一切都是她自找的，就像她妈妈后来批评她的一样，她怨不得别人。

陈玉凤让老张有了一种同情。相比之下，他就觉得自己的女人一点也不厚道了。他们的婚姻，是别人介绍的。那时候，老张家里的条件不好，母亲有残疾，全家就靠他父亲一个人。所以，等到大龄的时候，别人一介绍，他也就同意了。他对女人的要求不高，只要身体健康，心地善良就好了。而当时自己的女人在附近的农村，最大的梦想就是能嫁一个“工人”。双方你情我愿，一下就说好了，就像做什么生意一样，整个过程，很平淡。

很长时间以来，老张从来没有感觉过自己的婚姻有什么遗憾。但是，自从听了陈玉凤的叙述后，他忽然就有意识地对照和检查起自己的婚姻来。检查之下，就发现了许多的苦涩。他发现自己的婚姻是不圆满的。事实上，他早就知道自己的婚姻是不圆满的，但他从来也没有觉得是一种什么缺憾。因为，他当初选择时就接受了已有的一切。他对婚姻一开始就没有什么特别的要求。为什么现在有了不一样的感受呢？他一点也没有意识到，自己这样想的时候，实际上是喜欢上了陈玉凤。他在陈玉凤的脸上，看到了一种自己女人所没有的东西，那就是和气、乐观、热情。她是富态的，圆圆的脸上，有一双明亮的大眼睛，看人的时候，很温柔。

陈玉凤也根本没有想过她会和老张成为一对情人。她从来就没想过，和自家以外的男人有任何别的瓜葛。尽管她对自己的男人有怨恨，有时甚至是恨得要死，但从没想过出轨。男女关系说是情人，但实际如果没有性，还会有什么情？而这男女性关系，她是没什么兴趣的。有时候她想，就算一辈子不再有性生活，她也不会主动去想。她不觉得那种事有什么意思。男女间的那种事，她听过，也见过，不算少。最后，一个个都是黯然分手。她所要做的，就是努力地挣些小钱，维持家里的日常开支。她要带好孩子，孩子是她的骄傲，她的儿子也大了，虽然学习成绩不太好，但平时挺听话的，对她很好，知道疼她。儿子比丈夫好，儿子也是男人了，小男子汉。所以，她不觉得生活中缺什么。另一方面，她当然也是比较认同老张的，觉得这个男人顾家。顾家的，当然就算得上是好男人。老张开始时，还为他是个搓澡工，而有点不好意思。毕竟，她当时认识他时，他是个机械厂的工人。大家总是认为搓澡工，不太光彩。但是，她不这样看。这个世界上，从来没有下贱的职业，只有下贱的人。

和老张产生感觉的，是那年夏天的一个雨夜。老张下班了，路过她的小店门口。她正在关门，却突然怎么也拉不动卷帘门了。老张那天下班也早，因为下雨，没什么生意。整个下午和晚上，他就搓了十多个人。夏天的生意，本来就清淡。他是赤着上身出来的，把一件汗衫搭在肩膀上。看见了她正在努力，就赶紧上前，帮她拉了下来。就是在刹那间，她看到了他宽厚有力的后背，看到了他肌腱突起的臂膀，她知道了男人的意义。她的心里，涌起了一股暖流。最意外的是，他们在回家的路上，居然同行了一段。她住得不远，就在这条街和模范马路交叉口里面一条叫做鱼市巷的里面，他把她一直送到家门口。在陈玉凤的经历里，从来没有一个男人对她这样体贴过。对老张而言，实际上并没有更特别的意思。他们只是顺路，他就陪她走一段。再说，陪她走一段路，对他来说，也是愉快的。他平时很少和妇女打交道的。小雨时断时续的，走在街上，感觉特别。

有了这一回这样更近距离的接触，后来的接触也就越来越多，越来越频繁。换句话说，他们已经成了一对比较熟悉的朋友，有点知根知底的味道。老张买烟，总喜欢到她这边来。而陈玉凤每次总是尽可能地按进价给他。老张不接受，他知道她是小本经营，并不容易。两下一客气，双方又增加了不少的好感。男女关系其实就是这样简单，双方只要一有好感，界限就没有了。界限没有了，什么就都容易了。陈玉凤不计较他只是一个浴室搓澡擦背的，甚至后来还非常喜欢他整个身体干干净净的，永远散发着一股肥皂味。而对老张来说，爱上陈玉凤，是一件很幸福的事情。她很宽容，也很温暖。在她的怀里，老张就像一个贪婪的大男孩，简直比他自己的儿子还不如，一点血性也没有了。他心里想到，只是一味地哄陈玉凤开心。陈玉凤从来是个不会要小性子的人，也不知道怎么回事，和老张在一起，居然有时也会故意要要小性子，看他急。

老张像是突然掉进了一个蜜罐里，一切都是甜的，满头满脸，都是蜜。睡梦里，咂吧着嘴，也能品尝到甜蜜的滋味。他怎么也想不到，自己会和陈玉凤好上。有个晚上，也是雨天，他下了班坐在她的小店里，两人聊天。整个街上都很静，看不到什么行人，只有车来车往。陈玉凤那天其实早该下班了，但她却没有走。她没看到老张下班。她在心理上好像形成了一种依赖，看不到他下班，她就不会关门。她指望他来买烟。事实上，他并不每次来都买烟。抽烟不好，她也这样说过。而且，他也不是每天都来。他内心里，还是有所顾忌的，不敢经常来，做得太明显。那天，主要是她特别想和人聊天，她心里有些闷，她也不知道为什么有些闷。然后，她真的就等到他了，他说他来买烟的，她让他进到店里，两个坐着聊天。聊着聊着，老张就脸红了，心里有了一种欲望。他看着她，身体感觉要膨胀。她当然也感觉到了一种不对，气氛的异常。她要站起来，摆脱这样的尴尬。他看到她站起来，他就也站起来，因为他也要摆脱这样的窘迫。两人都起来，面面相对，一下就不知道如何是好了。也就在两秒的时间里，老张选择了抱住了陈玉凤。而陈玉凤也顺从地让他搂住了，仿佛自己站起来，只是为了等待他的拥抱。而事实上，他们俩都不是讲究浪漫的人，一男一女，抱在一起了，接下还能做什么事呢？他们都明白应该发生什么，但是，那天他们却并没有发生。说到底，老张在内心里还是胆怯的。当一场不可避免的爱情来临时，他有点惧怕。但是，他们在心里也都明白，将来会是什么。

陈玉凤那天在他的身上很近地闻到了肥皂的味道。

她喜欢那样的味道。

那气味，让她有种家庭日常生活的感觉。虽然，她知道，那气味并不是来自厨房和卫生间，而是来自他所在的浴室。但她仍然喜欢那样的气味。

老张对爱情一点经验没有。所以，事后他有一个多星期，没敢再去看陈玉凤。因为他怕她不高兴。她为什么会不高兴呢？他也想不出所以然。他完全是想当然。事实上，他不去看她，她才是有点郁闷的。后来，他们不咸不淡的，维持了有一个多月的时候。这期间，他们是暧昧的，含糊的。要是没有后来陈玉凤的丈夫那件事帮忙，老张就不知道他还有没有勇气或者说是机会，让关系取得突破了。

有时候，机会比勇气还要重要。

而陈玉凤的男人，给老张创造了一个机会。有时候，帮忙的并不一定是朋友，甚至，有可能还是仇家。受益者，连一声感谢都不要说的。

老张事后回想起来，觉得自己真是一个比较走运的人。

4

一对过去没有爱，或者说缺乏爱的人，一旦有了爱，往往会比别人更炽烈。老张和陈玉凤，也正是这样。他们有点贪，有点不顾一切。他们是干柴烈火，火上浇油。他们爱得明目张胆，大张旗鼓。好在这个地方人杂，而且陈玉凤的为人一向很不错，没有谁有心要去张扬这种事。况且，是查无实据的，周围邻近小店铺的人，尽管觉得他们的关系有点不同寻常。但是，谁会管他们这样的事呢？再说，他们所处的环境，本来就是一个灯红酒绿的场所。他们知道，关心自己的生意，远比关心别人的非正常关系要重要得多。何况，时代不同了。社会上的男男女女，有非正常关系的，多了去了，谁计较呢。管好自己的金财，比去管别人的非常正常男女关系要重要得多。

老张有时也帮陈玉凤上街去进货。他们走在街上，也掩不住有一种甜甜蜜蜜（尽管他们有意要遮蔽）。外人看上去，他们就像是一对恩爱的夫妻。到了批发市场，往往是陈玉凤和人侃价格，老张在一边立着。不熟悉的从事批发的店主就会夸赞他们是一对很般配的夫妻。当听到别人这样说的时候，老张的心里也是甜甜的。

陈玉凤自然也并不介意别人这样说。她在心里，对张跃进也有了一种依赖。只要是上街办事，她都喜欢叫上他。有时是让他参谋，有时是让他照看，有时是什么都不是，只是需要他在身边。有他在身边，她觉得有底气。这是一种很奇怪的感觉，就像过去做姑娘时，依赖男朋友一样。她恋爱了，真的。在老张的身上，她才知道什么是“爱情”。她知道什么是爱情了。她相信现在经历的，才是真的爱。

老张对陈玉凤，自然就是恨不得把心掏出来了。在她的身上，他仿佛第一次知道什么是女人。或者说，他才知道这世界上的女人，其实是有很大区别的。他在陈玉凤的身上，知道了爱情，尝到了甜蜜。原来，他根本不知道爱情是个什么东西。现在，当然他也还是说不清。但是，他相信他说不清的那种复杂美妙的感觉，就叫“爱情”。在那份爱情里，他甜蜜得不行。看什么都是好的，做什么都有信心。在浴室里，他帮人搓背，也越发地卖力。他觉得他应该更加认真，就像他对待“爱情”一样。同伴打趣他，他也不恼。因为，他觉得他现在是一个幸运的人，应该更加宽容。在这样的一个时候，他得到了陈玉凤，多不容易啊！在他眼里，陈玉凤就是一个完美的女人。是的，别的女人再美再好，和他没有关系，而陈玉凤就是他最爱的女人。

中年男人得到的爱情，虽然来得有些迟，但它却往往又更浓烈。老张恨不得把陈玉凤捧在手里，含在嘴里，百般地疼爱。他也知道这样的爱情，是不太“道德”的。可是，那种爱情的甜蜜与幸福，完全把“道德”给淹没了。他这场爱情，真的就像是一场特大洪水，没头没脑地，他自己都淹在里面了。他的老婆其实是感到有些异样的，但却偏偏没有往这方面去想。在她的眼里，他依然是个老实男人。她想，就算是公开招标，也没人对她的男人感兴趣。就算是那些不正经的女人，也不可能看中他。那些女人只会看中钱。而她所要做的，就是把钱管得紧紧的。

“男人有钱就学坏。”关于这一条，老张的女人是记得死死的。除了给他一些买烟的零花钱，她尽量把他的口袋掏空。她有权利掏空，因为她认为是她在支撑这个家。她觉得自己对这个家，操心得太多。她全心全意，为的都是这个家。“嫁汉嫁汉，穿衣吃饭。”既然她成了他张跃进的女人，她就有权利控制一切。

老张倒也不反对自己的女人那样的。事实上，他也没有小金库，挣多少钱，都给她。他乐得轻松。需要钱了，就伸手向她要。平时的生活里，她也不烦他了。他们的关系是简单的。现在，她对性没什么兴趣。有时候，他们一个月才做一两次。她瘦瘦高高的，脸像刀子削的，有些苍白。她在妇科方面有点不太舒服，所以，她有时就没什么兴趣做。再说，她觉得也做够了，没什么稀奇的。平时在家，她从电视连续剧中所获得的那个乐趣，比那事强多了。有时，她还讲给老张听。那些言情连续剧，让她看得津津有味，每一个情节，每一个人物，都会让她感慨半天。她为好人喝彩，为坏人拍案（当然，她是无案可拍。但在择菜时，看到激动处，往往会扔下菜，很激动地大声谴责着）。在这个时候，老张就觉得自己的女人赵大梅简单了，爱憎分明，分明得过于简单。

赵大梅其实是个死心眼，就算是把自己男人的钱全掳去，她也并不知道家里有多少钱，甚至，她连存折放在哪，也记不住。存钱、取钱，都还是让老张去办。老张有时候发现陈玉凤那里缺少一个修水管的扳手、老虎钳，或者是一管玻璃胶，他都从家里悄悄地带过去。赵大梅是一点也没觉察。老张有时候就忍不住想：就算从家里把一只锅端走，她也不一定就马上有所反应。

陈玉凤在心里知道，自己的爱，其实一开始是有一种报复的成分在里面的。她是喜欢老张，但是，也不是非要发展到那样的程度。他们也可以做很好的朋友。她对他没有防范。自然，他对她也是诚实的。有那么一阵子，他们已经有点冷却下来了。他们完全是可以冷却平淡下去的。但是，是自己的男人先惹起。

她的心，真是被自己的男人伤透了。没有哪个男人，可以做到像他那样的无情，陈玉凤想。他太无情了！她相信，没有几个女人，可以做到像她一样，善于容忍。当然，她不忍又能怎样呢？她早已经忍受惯了。从某种程度上说，她已经不需要一个男人了。至少，她不需要余大乐那样的男人。所以，余大乐后来出去，她并没有特别的介意。她只希望他一个人在外面混，要多保重自己，没病没灾就好。想不到后来他好像还真出息了，说自己在深圳开了一个公司，当了什么总经理。偶尔回来一趟，满嘴跑火车，天南地北，见识广泛；神通广大，上到北京，下到什么小村子，没他不认识的人，没他办不了的事。陈玉凤也就听他吹，随着他的性子，只是心里不信。她觉得他真是变化太大了。原来，他只是一个会耍横耍酷，靠打架斗狠，展现自己一身蛮力气的人，一个街上的混混。但是，他现在成了一个靠嘴皮子招摇撞骗的江湖油子。在陈玉凤听来，他说的种种事情，其实都不怎么靠谱。应该说，听来还是很有诱惑力的，但是，后来的结果证明，根本就没有成功过一件。他总是说他赚了多少多少的钱，可是，陈玉凤没有从他手里拿过一千块钱。相反，每次他离开的时候，倒是理直气壮地向她讨要。有时，还嫌她给的少。

陈玉凤也不计较他不给家里钱。她根本就没想过，他能挣什么钱。她只希望他在外不要惹下麻烦就行了。她对他的要求，实在是低到不能再低了。可是，就是这样，他有一天告诉她，他在外面有女人了。他要和她离婚。她当时就傻了。她先是有些不相信，后来就是满腔的愤怒。他凭什么？凭什么？凭什么？她当然不能同意。她不会让他就这样轻易得逞的。那样，她就是一个太过于软弱的傻瓜。

关于余大乐的一些情况，陈玉凤后来才陆续知道一些，说他事实上经常在周边的一些中小城市晃荡，有时候，也是天南海北地跑。他有女人，不三不四的，也不止一个。也没有太多的瓜葛，都是临时鬼混的，多则三五个月，少则三四天。当下的说法是，他找了一个很肥的女人，两人经常混在一起。很胖的女人当然也很有钱，否则有什么能吸引余大乐呢？他成了一个很不要脸的男人，弄点钱来贴补，就是在糊他的脸面了。是的，用那个女人的钱，来糊他的脸。他成了一个吃“软饭”的。他以为有点小钱，就可以买来别人对他的尊重。可是，骗得了别人，能骗了自己吗？

陈玉凤其实很害怕余大乐回家。她宁愿他在外面鬼混。每回来一次，他们就要爆发一次很大的争吵。余大乐回来，对儿子也是不三不四的。陈玉凤就看不得他那样子。他一个人可以胡作非为，对她也尽可以作威作福。但是，她绝不允许他影响孩子。和老张发生实质性关系那天，正是她在和余大乐大吵了一场之后。陈玉凤正在生闷气，老张来了。她就对老张说：“你想不想要我？”她这样说的时候，心里直骂自己不要脸，但是她还是很坚决地说了。老张当时听得有点发呆，脸色都有点白了，吓的。他被她这没头没脑的话，吓得不轻。但是，五秒钟以后，他反应过来了。他在猛烈地冲击中，知道了她内心深深的寂寞与怨恨，知道了她的伤心与快乐。他们那天有点发疯，就像是两个笨蛋在搬运什么东西，使的都是蛮力。当然，主要是她发疯，而他多少是有些被动。她紧紧地搂着他，搂得他几乎抬不起腰来。她咬他，嘴里发出含混的深沉的呜呜声。他看到了她的脸，是通红的，眼角涌出了泪水。她大口地喘气，就像是一个呼吸困难的病人。她需要他用力，弄疼她，抵消内心的伤痛。也许，她并不认为自己在和老张做那种男女的事情，而是主动让人来惩罚自己。而他就像一个笨拙的，没有任何经验的人，第一次在农田里用铁铧犁耕地，走得歪歪扭扭的，使的都是笨力气，不太得要领。一场混乱的肉体交错后，分开了，有些累，躺在一边，屋子里静极了，头脑里一片空白。对陈玉凤来说，她的精神一下松弛了。她踏实了。她知道自己做了一件无比错误，却又无比正确的一件事。而对老张来说，他得到了，像是一个饿极了的人，闯进了一家无人看管的糕饼店，吃饱了，撑得走不动，留在原地，对下一步有点不知所措。他有点迷失。或者说，他有些犯晕，就像一个不习惯在海上颠簸的人，在狂风大浪的小船上，有点辨不清东南西北了，迷糊得厉害。但是，在这迷糊中他知道自己是幸福的。她的气息，她的体温，她在经历了那场狂风暴雨后的慵懒模样，都让他体会到自己是在一个美妙的温柔乡里。她让他赞叹。他喜欢她身体上的气味，惊讶于她身上的白净，贪恋她温暖而丰满的乳房。在她的身上，他获得了前所未有的体验，与体验后的巨大满足。

从那天开始，老张就想，他要对陈玉凤好，永远对她好。她是一个苦命的女人。他要善待她。他愿意为她牺牲一切。他是个男人，他会说到做到。而后来，事实上他也真的做了。他很努力地表现自己。他把她的事，全当成了自己的事。更准确地说，事实上是比他自己家里的事还要重要。陈玉凤当然是感觉到他对她的好的，很强烈。很多时候，她拒绝他为她献的那些小殷勤。她觉得，只要他有时陪她说话，和她温存，就很好了。她是幸福的，她体会到了。同时，她还体会到了性爱的快乐，非常意外，非常美妙。说它意外，是她真的没有想到和老张的性爱，是和余大乐的不一样的。或者，只是她遗忘了过去？她有些不能肯定。不管怎么说，拥有了这个男人，她觉得自己是得好好待他的。

待他，要比待余大乐好。

因为，她觉得老张比余大乐好。样样都比余大乐好。老张老实、厚道、体贴。她在心里说：她会对得起他的，她会给他的妻子不能给他的那些温暖与快乐。

重要的是，他们希望长时间地彼此拥有对方。

5

两人这样好了大概有一年多的时间，直到陈玉凤有一天生病。

陈玉凤生的不是一般的头疼脑热，而是大病。

病情很严重。

老张怎么也没有想到陈玉凤会生病。在他看来，她的身体一向是很好的，精神饱满，性情开朗。这样的一个人，怎么会生病呢？陈玉凤当然自己也没想到。最初她只是感觉不舒服，但她以为只是累了。自从和老张好上后，她自己都觉得生活不太正常了。原来很平淡的生活，一下子变得浓烈了。事实上陈玉凤后来也犹豫过、矛盾过、自责过。她不知道是不是应该和老张继续保持着那样的肉体接触，做那种夫妻之事。大概是老张第三次找她的时候，她其实就想拒绝了。但是，她又受不了他可怜巴巴的眼神。在那个时候，他就像一个很无助的小孩子。她的心原来还在努力地硬着，一下就软了。心一软，就由着他了。其实，她也是喜欢和他做那种事了。喜欢，真的很喜欢。

她在老张的心里，真的就那么重要吗？陈玉凤有时忍不住在心里这样问自己。只要她稍稍情绪不好，老张就非常的不安，问这问那，生怕是由于自己惹她不高兴的。他这样宠她，倒让她有点不太习惯。有时，她真的需要他对自己凶一点，可是，有时又很需要他像只宠物一样地围着她。在这期间，老张甚至提过想和她结婚，她当然拒绝了。她知道自己不能这样做，即使自己同意和余大乐离婚。

让陈玉凤感到奇怪的是，余大乐在最初逼迫她离婚，没有得到同意后，再也不提了。很长时间，他也没有任何的消息。他就像从这个世界上消失了一样。陈玉凤宁愿他这样的。当时，她的判断就是：一、他原来要结婚的目标，消失了；二、无奈之下，他选择同居，既然结婚也只是一种形式，他就不再讲究了；三、他以拖待变，希望由她来提出来。这样，他又可以逃避道义上的责任和经济上的补偿。而她相信，第一种的可能性要大得多。她不相信哪个女人会真心爱上余大乐，尽管自己年轻时，爱得死心塌地。

陈玉凤没有想到自己一下子会病得那样重。

老张直到那个时候，才知道陈玉凤其实根本就不像他原来认为的，性格开朗。开朗只是表面的。当医生告诉她，病情比较严重，需要住院时，她一下就垮了。去医院检查时，他们还是一起去的，她除了脸色苍白，走路也还是有力的。可是，出了医院的时候，她就说走不动了。她就坐在医院门口的大街上，看着眼前车来车往。当时天气很冷，还飘着细雪。她就那样坐着。他怕她冻坏了，让她站起来，他去打一辆出租。可是，她却不肯站立，眼里充满了泪水。

“你不要多想，没什么的。有病我们就治。”老张着急地安慰她说，“这病，也没什么了不起的。你放心，我会帮你的！”

陈玉凤低着头，不说话，大粒大粒的眼泪往下掉。

老张的心，疼极了。

6

谁也想不到陈玉凤病得那样重，危在旦夕。

在那段日子里，老张的情绪也很低沉，悲叹生命的无常。医生开始时以为他是她的男人，告诉说，她的病情很严重，光依靠透析，恐怕不能解决问题，也许需要换肾。老张知道，当医生说“也许”的时候，实际上就是“一定”。整个手术费用，需要十几万，还不包括肾源。这一下子要十多万，到哪筹这笔钱呢？老张就像疯了一样，到处去帮她筹钱。

陈玉凤的情绪很恶劣。她突然发现，自己其实是无依无靠的。在她最需要人帮忙的时候，自己的男人却不在身边。而在她身边的，却是一个名不正言不顺的人。她劝老张不要这样忙。老张这个样子，把自己的工作给耽误了。但是老张觉得在这个时候，帮她治病肯定比自己的工作被耽误重要。她的儿子还在读书，男人又没个影踪，能帮忙的，就是他了。他劝慰她说，不说他们是这样的一种特殊关系，即使是一般的邻居或是熟人，他也要帮的。事实上，老张知道，要是他再不帮她，她真的就连心也死了。陈玉凤只是因为一时的困难，情绪上有些绝望，但她虽然嘴上说她不愿治疗，宁愿去死，但实际上求生的意识是很强烈的。谁会不想活呢？实际上，人往往是越没希望活，就越想活。对死的恐惧和对生的愿望，是格外得强大，无与伦比。

对医院里的人的误解，老张也不好申辩。如果他说自己其实是一个无关的人，别人会怎么想呢？所以，他选择沉默。自己的女人对他现在每天上午都出去，觉得有些奇怪。以往，他都是下午才上班的。他就只好对她扯谎，说是他要帮忙维修洗浴中心的锅炉，或者是别的什么活，反正，他要找理由的。

那一段时间，他总是扯谎。各种各样的，有的听上去还正常些，有些根本就很可笑。但他顾不得了。女人骂他，他也无所谓。她骂了，也就消了气了。

“真的不要治了，死了算了。”有一次，陈玉凤对他这样说，“我这病是治不好了。”

“你别乱说了，医生说，一定能治好的。”

“你对我很好了，”陈玉凤说，“谢谢你啊，我不要治了。白花钱。”

老张说：“别乱说了，有病当然要治。孩子还没成人呢。一起想想办法，总是有希望的。”

说到了孩子，陈玉凤就哭了。

哭得很伤心。

看她哭成那样，老张就也流了泪。好好的一个女人，怎么就成了这样呢？他们还没有爱够啊。过去的种种疯狂，一幕幕地回想起来，老张觉得就像是梦。

陈玉凤的儿子在心里应该是猜到老张是什么人了。但是，看到老张这样尽心地照顾他妈妈，所以表现得比较安静，甚至，透着一丝友好。无论如何，没有老张的帮忙，他是没有能力照顾他妈妈的。他对他的父亲，是没有好感的。而大人们的事情是比较复杂的，他管不了，也不想管。但是他不欢迎老张，也不反对老张。他们像是陌生人。当然，他们本来就是陌生的。

老张不计较那个孩子的态度，他只希望陈玉凤能好起来。他帮忙取出了她名下的所有存款，自己还贴了一万多一点。但是，这是远远不够的。

为了陈玉凤，老张其实是做了忍辱负重的。陈玉凤有两个表姐或是姨姐的什么亲属来，看到他，目光透着一种特别的东西。尤其是有一次，她的一个远房堂妹，从他身边经过的时候，赶紧把腰肢一闪，好像他是个什么不洁的秽物。陈玉凤心里当然知道他的委屈的。再说，她自己也是难堪的。所以，她尽量不让他来。

让人感到意外的是，余大乐回来了。

老张过去见过余大乐。那一次，余大乐正好到那家浴室去洗澡，偏偏又正好轮到老张给他搓澡（除非是固定的熟悉的客人。一般的客人是按号排序的，轮到谁就是谁）。那是一个身材很高，又很结实的男人。他有一双像铜铃铛一样的大眼睛，但是，他的眼白却很浑浊，充满了对人的不信任与自大。他躺在澡凳上，默默地享受着老张的搓揉。他大手大脚，仰面朝天，直直地躺着。双腿中间的那活计，软软的，而那紫褐色的睾丸袋，拖得很长，无力地垂挂着。老张的手是有力道的，而且张弛得法。很多人都喜欢老张的搓捏。老张搓澡的时候，很用心。事实上，他从来也没学过，但是，他知道怎么让人舒坦。他会把客人的身体擦得干干净净的，每个隐秘的角落，都擦到。全身的关节、脉络，经他的大手一搓捏，就都全散开了，活泛了。一活动，像是重新经过了整修，焕然一新呢。

“爽，搓得好！”那次余大乐这样对老张说。

老张笑笑，说：“下次再来，多多照顾我。”

那时候，老张和陈玉凤还是清白的。

老张以为，在外闯荡的余大乐应该是胖了。可是，相反，他看他比过去瘦了，头发也白了。按说，余大乐的年龄并不算大。当然，老张过去在上中学时，有个同学，就是“少白头”，十六七岁，却是像一个老头，头发白了一大半。两个男人，一见之下，有点发愣。对老张来说，其实多少还有些紧张。可是，余大乐却什么也没多说。他选择了沉默，在沉默中，大口地抽着烟。他当然应该清楚，这个男人和自己女人的关系。世界上没有无缘无故的恨，也没有无缘无故的爱。他相信老张不是“雷锋”。老张只是一个搓澡工。他在老张的身上，嗅到了自己女人过去所留下的气息。真的，他并不夸张。或者说，夸张的只是他的神经。他相信在自己不在的这段日子，自己的女人把她交给了另一个男人。

但是，自己能说什么呢？余大乐在心里想，甚至可以说，他在最初的暗自吃惊后，平静了下来。他发现自己女人好上的，居然是这个的一个男人。这个男人，看上去块头要比自己小一号，当一个搓澡工，倒也是恰当的。可是，这样的一个男人能给陈玉凤带来什么呢？他能给她金钱？他不相信自己的女人是贪钱的。再说，这样一个搓澡工，每天也挣不了几个钱的。那么，他能给她快乐？他实在不相信，搓澡工能有这样的能力？

出了这样的事，余大乐是事先没有想到的。他回来，本来只是想和陈玉凤再商量一下离婚的事，没想到她却躺在医院里了。

他被她绊住了。

7

真正绊住余大乐的，其实也不是女人的病。绊住他的，是另一个女人。这个女人是个很有想法的生意人。她经历复杂，遭过不少的罪，但她后来平坦了。尽管她吃过苦，受过罪，却一点也不影响她肉体的增长。她是个很丰腴的女人，丰腴到从背后看，腰和屁股是没有太大区别的。可是，余大乐对她说，他喜欢。

她当然不会太相信他的话。

当然，她也无所谓。因为她知道，谎言并不重要，结果才重要。

她是个精明女人，自然知道男人是个什么样的玩意。她经历过三次婚姻了，当然太了解男人了。如果她的肥肉能卖钱，她相信余大乐喜欢的只是她出售的好价钱。她也不介意他说假话哄她。因为，在内心里她是不会当真的。生活里，有时候需要假话。在男女关系中，更需要足够的假话。她知道他需要什么。她也不介意他的需要。双方都是心知肚明的。再说，决定权在她的手里。他的假话，也能让她得到快乐。因为，他说假话哄她，本身就是一种极低的姿态了。她对付过不止一个男人，前两次离婚，每离一次，她的财富就增加一次。第三次婚姻，她差不多已经是个有钱人了，离婚时，那个男人却没有得到一分钱的好处。自然，如果余大乐要和她耍什么心计，她相信他也不会得到半点的好处。

她对自己充满了自信。

这个女人姓金。余大乐叫她“金总。”即使是在床上，他也这样称呼她。这样的“尊敬”，已经成了一种习惯。金总的生意做得还不错，不算很好，但也不赖。她的生意不算大，但足够算得上是“有钱人”。至少，她对自己是满意的。当然，除了对肚子和屁股上的赘肉之外。她也想减肥，试过各种方法，但硬是没用，身上的肉，仍然是一天天地在增加。时间长了，她的注意力也就不在这上面了。

金总是第一次来到这个城市。这个城市不大，很安静。但是，她一下就觉得这个小城市不错，有很多的生意机会。从经济上来说，这里要滞后一些，因此，也就孕育了无数的商机。仿佛在这里做任何事，都有赚钱的可能。然而，真正要发大财，其实也困难的。金总知道自己只能做一些耗费不太大的生意，比如说，开个茶社、网吧，或者跟人合伙，搞一个什么项目的开发。当然，什么能赚钱，就做什么。她是个生意人，目标明确。至于做什么，只要不犯法，别的就管不了那么多了。而余大乐并没有把自己想要离婚的事情告诉她，她一直以为他是已经离了的。然而，当她知道他的现状后，也并没有生气（这是出乎余大乐意外的），只是说："那你要好好地照顾她，帮她治好病。"

余大乐听她的。

余大乐不相信她说的那些话，是发自真心的。但是，他相信如果自己不按她的意思去做，她只会更不高兴。她希望他听她的，一切都照她的安排去执行。其实余大乐很不愿意留在家里。他一点也不想去医院里，伺候陈玉凤。但是，他又有些无奈。

余大乐在无奈之下，选择了服从，并且希望自己表现得有情有义，像个仗义的男人。这样，让金总觉得，她选择他，并没有错。

金总很大方，听说陈玉凤的治疗费有问题，一下子就提了五万块钱，让余大乐去医院交了。余大乐也说服了陈玉凤，把她的那个店铺抵押出去。陈玉凤同意了。她当然同意。她病得很重，不敢肯定自己以后即使好了，是否还有能力来经营。先保全性命，也是老张的意思。她已经很麻烦别人了，自然也不能太拂了一片好心与苦意。店铺能卖个好价钱，当然是一件好事。在这样的一个时候，她需要人的帮助，哪怕是她曾经恨死了的那个人。是他应该表现一回的时候了，好填补他心中的愧疚（其实他根本就没有）。有他的出现，老张就可以暂时退下了。一段时间以来，已经很让老张辛苦与尴尬了。

老张没有告诉陈玉凤，他已经被老婆发现了他的行为。赵大梅发现他来的是医院，但不知道他具体去探视谁。他就撒谎，说是过去工厂里的一个同事的家属住院了，生了重病。他为什么一定要说成是同事的家属呢？完全可以说是同事啊。他笨！事后想起来，自己也心生懊恼。显然，这方面他的能力是欠缺的。赵大梅闻言十分愤怒，就认为他说的根本不是同事，而是人家的老婆。普天之下，没人听说过，作为一个同事，要去频频看望人家老婆的。老张就再次撒谎，说他的同事是出了车祸了，行动不便，拜托他来帮忙。而且，医院里有个医生，正好是他过去同学的表哥。说这些话的时候，老张就想，其实自己也和余大乐差不多了，特别会胡吹乱编了。赵大梅当然不太相信他的话，痛骂他，而且气得把家里砸得稀巴烂，她扬言要离婚。

也许，离婚是个不错的选择。老张根本就不怕她这样的威胁。因为他居然敢这样不在乎她的威胁，女人就骂得更加的刻骨。那一句句语言，就像一把把锋利的刀片，直割到了老张的肉里。老张被她骂得气极了，也砸了家，把大衣橱上的穿衣镜打碎了。大大小小凌乱不堪的镜片，把屋里的景象也照得支离破碎。

不过了，她要离了才好，老张心想。

女人就嚎啕大哭。

她想不到她的男人一下子变成这样。

像变了一个人。

8

老张做了一件天大的事情。

他给陈玉凤捐了一只肾。

陈玉凤的病情越来越严重，虽然医生们努力地治疗，但不能解决根本问题。她的身上，出现了明显的水肿，便血，有时，甚至还昏迷。医生的建议是马上换肾，可是，肾源是一个很大的问题。医生当然愿意由家属提供，这是考虑到他们的现实状况（包括经济）。当时说这话的时候，医生是对着余大乐和老张两个人的，在医院住院的那个走廊上。老张看着余大乐，可是余大乐把目光看着地上。然后，余大乐一屁股就坐在了垃圾桶的边上。

垃圾桶和余大乐都一点声音也没有。

医生对老张说，其实，一个健康的人，完全可以献出另一个肾，并没有实质性的健康影响。他好像在心里，更认同老张是家属一样。

“我是不能献的，”半晌，余大乐对老张说，“这两年我的身体也不好啊，别的哪个亲属肯献呢?”余大乐担心要是献了一个肾，身体肯定是要受到影响的。身体受影响，就绝对会影响他的那种生活（到目前为止，金总对他的那种表现，还是基本满意的）。那种生活要是质量低了，金总肯定就会对他不满意。金总对他不满意了，他以后的日子就不好办了。说什么，他也不能割让一只肾。尽管医生说，对身体并无大碍，但是，他不能相信医生的话。因为自己是个习惯的说谎者，所以，他对别人也不加信任。

信任别人，是件很危险的事。

老张不吭声，一直看着余大乐。显然，他是她的男人，如何决断，是他的事。然而，余大乐说了那句话以后，就再也不吭声了，继续和边上的垃圾桶沉默下去。

事后想起来，老张肯定是冲动的。他冲动之下，就说了那句话。他是气，气愤于余大乐的那个熊样。他是一个男人，有权力，也有责任，救自己的女人。不管怎么说，陈玉凤是他儿子的母亲。他并没有想过，自己真的要献出一只肾。只为，他并不是一个首当其冲的责任人。当然，如果需要，他并不吝惜，只要陈玉凤有这样的要求。然而，他的话一出口，余大乐就像得到了救命稻草，甚至，他把老张的身份都想好了，说是陈玉凤的表哥。在心里，老张真的很瞧不起余大乐这样的人了，自私透了！她嫁给了这样的男人，真是太糟糕了。他让人感觉恶心。

陈玉凤当然并不知道老张要给她一只肾。

老张的女人当然也不知道。

知道的，只有这两个男人。

9

陈玉凤痊愈了。

她所以能痊愈，当然是因为老张的那只肾。仿佛是命中注定的一样，老张的那只肾用在她的身上，连一点的排异反应都没有。用医生的话说，简直就像是原来就属于她一样。天生的一对？老张在心里也这样问自己。可是，如果是天生的一对，为什么他们不是一对夫妻呢？在陈玉凤醒来的时候，他看到她流露出来的，不是欣喜，而是眼角的两行泪水。

“谢谢你。”当时陈玉凤抓着他的手。老张能感觉自己的手是凉的，他很虚。“你为什么要这样做呢？”她问。他没说话。他想：这是应该的，只要她愿意，他什么都可以给她。他很高兴自己能帮上她。他想到自己过去在刚和她好上时，是真心愿意为她付出一切的。他想到了他们过去说的话。“你不是说要我的心么？”他说，“我没给你心，只给了你一只肾。”陈玉凤就哭了，哭得很厉害。“你的心给我了，我知道。”她泣不成声了。她现在知道自己爱的男人是个什么人了，她觉得自己过去对他的，都值了。不，她付出得还不够多。她希望自己以后能更多的回报他。她想，以后她会样样让着他，依着他，尽自己最大的女性的能力，去温暖他。

世界上最爱她的人，就是老张，她想。另一方面，她更加看不起余大乐了。关于余大乐的事，她也知道了。只要他再提出离婚，她会马上毫不犹豫地同意的。真的，她不要任何条件。

她担心老张。担心老张的身体，也担心老张以后的处境。

老张是瞒着老婆做这件事的。他相信，没有任何人会理解他这样的举动。其实，包括了余大乐，但是，余大乐嘴上却不说。他甚至还帮老张一起商量，寻找一个合适的捐献理由。他恨不得他马上就在医院提供的自愿书上签字，他需要他这时候勇敢的献出。他不在乎他是他老婆的情人。在这个的时刻，那不算什么。如果没人捐献，最后难题还是落在他的肩膀上。而他，实际上是不想承担责任的。他现在的心思，完全在另一个女人身上。很显然，对他而言，陈玉凤是一种负担。他所以还在照顾着她，只是因为金总要求他这样干。

金总是个盘算很深的女人，余大乐有时不得不服。他的能力和心计，远在她之下。金总有一些计划，在慢慢地实施当中。余大乐相信，他会把家庭的事情处理好的。等陈玉凤痊愈了，他做丈夫的责任也尽到了，她总会同意和他离婚的。死缠着没有意思的。

余大乐把算盘打得很好的。

老张当然没有想过事后的发展，会是什么样的情形。他能感受到的，只是余大乐对他的态度是松弛的。从头到尾，他没有表现出一点男人被戴上绿帽子以后的愤怒。到了后来，他甚至还表现得相当友好，给他递烟什么的。老张慢慢就体会到了他的意思。他有另外的女人，而且，前后还远不止一次。他早就不在乎陈玉凤和他的事了。

因为是瞒着老婆做的那个手术，所以，老张没敢多休息。而最巧的事，就在他躺上手术台的前一天，老婆赵大梅回娘家了。她的一个远房的什么姨侄，和人打了架，她要回去看看。关于借口，他也早想好了，就说是跟人到外地，想合伙贩点东西，做生意。就算老婆不太信，她也无可奈何。她也发现了，自从和她吵过架，老张的心思，越来越活泛了。事实上，那阵子老张哪有活泛的心思啊。老张是魂不守舍，整天飘飘忽忽的。关于陈玉凤的病情，让他的心绪很乱。他想帮忙，但却时时感觉有力使不上。他想离开，但又觉得有责任去关照。尤其是，他和余大乐在一起，感觉很别扭。别扭得不得了。他觉得医院里，所有的人，都用一种很异样的眼光看他，仿佛，他的脸上被人写上“情夫”两个字。

老张在医院里整整躺了一个多星期，而这期间，余大乐只来过两次。但是，老张没有怨恨。从医院出来，正好老婆也回来了。老张的脸色很差。他努力地掩饰着，但还是很容易被人发现了。老婆以为他是出去累了，或者病了。让他休息，他却说要上班。其实，到了浴室，他就进了休息室睡了。他也不能下水。在他的右下肋处，有一道三寸长的红色伤口。至少在一个月的时间里，他不敢脱光衣服睡觉。好在这是一个初春，晚上睡觉还需要穿着内衣。难堪的是，有两次，他的女人想要他做那件事（自从上次爆发了争吵以后，他们再没做过。也许，女人觉得可以通过那件事，缓和一下他们间的僵硬的关系）。面对这样的要求，老张当然难堪极了。但他表面上不动声色，含糊着找一些借口，推挡掉。他不能做，他很虚弱。他需要休息。毕竟，他献出了身体里的一个很重要的东西（对男人来说，象征的意义，要远远大于那东西本身），不是简单地受伤。他缺失了。他身体里的另一个东西，完整地存在到另一个女人的身体里，为她服务，为她工作。事实上，成了和他再没有关系的东西。

日子一天天地过去，老张慢慢地也就有所恢复。他每天都要去小心揭开纱布，去看看那里的伤口。医院里的医生已经帮他换过两次了，伤口愈合得非常好。拆线以后，伤口部位有些痒，有时痒得还非常厉害，一直痒到心里。那痒的感觉很怪，就像他第一次和陈玉凤约会前的那种感觉是一样的，火急火燎的。常识告诉他，伤口处是长新肉了。伤口的颜色也变浅，由原来的一道黯然的血痕，逐渐变成了红色，再变成浅红……

陈玉凤也出院了。

老张知道，在他出院后的第二个星期，她出院的。据说，她恢复得相当好。他出院前，去看过一次她。而她正好在睡觉，睡得很沉。余大乐也不在她身边。老张是想叫醒她的，但是，犹豫了一下，还是没忍心。谁想，过了这么一段时间，他就再没看过她。他心里忽然有了一种障碍，想不出正当的理由去看她。自己只是扮演了一个救人者的角色。救过了，他的使命也就完成了。再去，仿佛就有了一种想要索要回报的嫌疑。当然，如果不是余大乐在家，他是一定会去看她的，甚至，他还可以再照顾她。他想见她，太想见了。他想知道她的现状。想听她手术后的感觉，想她再拉着自己的手，甚至，想再次听到她说自己喜欢他。

老张没有想到，有一天余大乐来找他。余大乐一直等到他下班，然后非拉着他去喝酒。他并不愿意去，因为他不知道余大乐这样做的目的。但是，余大乐却非要拉着他，好像他就是他的兄弟一样。老张心想，也许他是想说说陈玉凤的事情。两人就在离洗浴中心不远的另一条巷里的一家小饭店坐下了。

看上去，余大乐整个人都很萎靡，精神落魄，情绪低落。他也不说话，点了几个菜后，只顾喝酒。几杯酒下肚，他才开口。开口就骂那个姓金的女人。他说那个女人太毒了，一切变好了，她把他甩了。他心里苦，苦极了，他悲叹自己的运气太差了。他前面勾搭过三四个女人，都是好好的，然后就离他而去。但是，那些女人都不足以让余大乐伤心。因为那些女人全是要骗他钱的，他从外面好不容易挣来的一点钱，全花在那些不正经的女人身上了，最后是人财两空。只有这个金总，他看出来这个女人的真正能耐了。她是可以做成大生意的人，他在心底里佩服她。而跟着她，他就不用为了钱的事太操心，她让他活得滋润。

老张看着余大乐，一直默默地看着他，听他絮絮叨叨地说着，在心里，有了一种厌恶和怜悯。他明白了，余大乐是让那个姓金的女人甩了。余大乐老了，是更老了，头发比原来白得更多了，额头上的皱纹像刀刻的，一道一道的。他感到不平。他说他过去帮那女人做了好多事，仿佛那女人的财富全是靠他挣来的。如果是真的，他又何必这样计较呢？他完全可以在以后自己来干，老张想。

余大乐怨恨那个姓金的女人无情。他说，姓金的一共给了他八万多块钱，可是，他全用在给陈玉凤的治疗上了。而且，姓金的把陈玉凤的那个店面也吃走了，她把那一排的店面都吃下了，她要在那里做大。她有了新的合作伙伴，据说也是一个颇有实力的老板。她让余大乐在家好好照顾陈玉凤，说，他应该做一个“好丈夫”。她过去为什么不劝他做一个“好丈夫”？关于自己的婚姻状况，他是瞒过她，但是，那正是因为他爱她，想得到她啊。

"陈玉凤现在好点了么？"老张小心翼翼地问。他发现，从坐下来后，余大乐就没提过陈玉凤，仿佛陈玉凤和他没有什么关系。甚至，他对她有些怨恨。因为如果她不生病，也许他和姓金的那个女人就还能保持着那种关系。是她的意外，粉碎了他的前程。失败之下，他冷静了下来，如果他再和陈玉凤离婚，那么他就什么也没有了，一无所有。至少，眼下他只能消极地等待，等待着事情的进一步发展。

"最近我手上没钱了，你借我点钱吧，"余大乐最后说，"过一阵我还你。陈玉凤好多了，已经能在家里四处走动了，有时还在阳台上晒晒太阳。"

"你们的过去，我就不问了。但是，从现在开始，你们注意点。"余大乐拉着脸说，"你们太不像话了！太过分了！以后再这样，就别怪我不客气了。你们最好断掉这样的关系。"

老张不说话，一颗心木木的，麻麻的，就像被酒精浸过了一样。

10

半年多的时间过去了，老张仍然在那个洗浴中心，当着他的搓澡工。关于他给陈玉凤献肾的事，没有什么人知道。即使在洗浴中心，也几乎没人知晓。他不是什么名人，认识他的人少。再说，他也不想对人说。每每想起来，他有些心酸。这种酸涩的感觉，只有自己体会最深。老婆最终知道了那件事（谁也不知道她是怎么知道的），愤怒地在他身上，没头没脸地打他。他都没还手，老婆伤透了心，气得真想和他离婚了。老婆想：如果她生了病，也需要一只肾，他会给她吗？

老张意识到严重了。他也在心里问自己，会吗？会的，但是，心情却和给陈玉凤不一样的，她们的性质也不一样的。

老婆恨死了他，认为他是世界上最傻最傻的男人。她是不能原谅他的，也许，一辈子都会记着这件事。她也看出来了，那个女人在冷落他，活该！她恨不得叫自己的男人，去把那只肾再讨回来。当然，那是不可能的。她也不能让他去讨。那只会让他们再续旧情。她禁止他以后除了工作的地方，再去任何地方。

"你是一头猪！猪都不如！"她这样气愤地骂着老张。

老张忍辱负重，随她骂去。

陈玉凤现在怎么样了呢？大概是几个月前，他远远见过她一次，是在菜市场的岔路口。看上去她恢复得不错。如果不是他知根知底，相信没人知道她曾经是个很严重的病人，甚至，她能感觉到她脸色的红润。他想她，想极了。很多个深夜，他想得很痛苦。他忘不掉过去的一切。过去的一切的一切，都能回忆起来，哪怕是其中最最细微的。他不太相信，她能不想他。她没有理由不想他。可以说，不是他，就没有她的第二次生命。她的第二次生命，是他给的。她即使不念旧情，可是又怎么能不感谢他后来的献肾恩情呢？

男女之情，不论当初是如何得甜蜜，如何的海誓山盟，竟然是这样的不可靠，老张在心里很感慨。不论是他和陈玉凤，还是陈玉凤的男人余大乐和那个姓金的女人。可是，不管别人怎么样偏偏陈玉凤不应该对自己这样绝情啊。

他的心很寒。

到底，老张忍不住，往她家里打过两次电话，一次，一听声音是余大乐，老张赶紧就挂了。另一次，是陈玉凤接的，陈玉凤一听到他的声音就哭了，哭得很厉害，几乎没法说下去。大概意思是，她很感激他，也很想他。但是，他们再不能见面了。她让他多注意身体。老张从她断断续续的话语里能听懂，现在余大乐对她很不好。

老张心情差极了，很复杂。当然，她在电话里对他表现得非常温情，这让他感到不少的安慰。然后，也正是因为这样的温情，使他越发地牵挂她。

后来有那么一次，洗浴中心的一个新来的搓澡工告诉他，说有个女的找他。那个下午他正好不在，当时他干吗了呢？去买烟了。只有十几分钟的时间。但是，就是没遇上那个女的。同行告诉他，说那个女人有些慌张，听说他不在，就又走了。他问那个女人的模样，得到的描述就是陈玉凤的样子。那人还告诉他，说那个女人好像让人打了，脸上和眼角，都有伤。老张听了，不语。他什么都不想说，他也无话可说。

老张像是换了一个人。从此，他变得更加沉默了，原来那个虽然不多说，但是却很有内在精神的老张不见了。给人搓澡，客人已经明显感觉到他不如过去用心了，手劲还在，拿捏也还准确，但就是有不到位的感觉，他的心散了。

有个晚上，就在老张快要下班的时候，经理叫他，带着他上楼，穿过男宾的休息厅，再穿过电影厅，再打开一扇门，让他到隔壁的一个贵宾小包间里。“有个客人让你去捏一下，腰椎不好。你好好地伺候着，人家是点名要你的，说你有手劲。”老张心里有些狐疑，因为他知道，这时候他已经到了女宾部了。过去，他也来过一次。他小心地推开了408的门，看到在铺着榻榻米的小床上，半躺着一个十分富态的女人。那个女人烫了一头的卷发，湿漉漉的，好像还在滴着水。她裹着一件白色的浴衣。她正在慢悠悠地一边看着前面的电视，一边抽着烟卷，看到他进来了，随手就在茶几上的烟缸里，摁灭了。

老张有点胆怯，也有些别扭。但是，他也知道，经理的话，他是不能不听的。经理平时很少出面，更很少和搓澡工直接打交道。而且，事实上，这半年多来，他还是得到了照顾的。他要好好地做，他已经习惯了这份工作。他甚至不能想象，以后不做这份工了，还能做什么。在这份工作中，他得到了一种踏实。按照规矩，他除下自己上身的浴衣，下身有一条半截的丝质短裤。他要求女客人趴下，然后隔着她的浴衣，轻轻地开始拿捏起来。

“用力点。”女客人说，语气坚决。

老张很少为女客按摩。他知道，在这个店里有，但不是他这样的。那是属于另外的一种性质。他是在最大众化的浴池里，服务于最基础的，也是有最正经要求的浴客。他从事的是最低级，也是最光明正大的事。显然，这次不是，他的手，缓缓地，慢慢地，像是试探性，一点点地，由上而下，由轻及重，捏揉着。他的手能感觉到女客人的后背很阔，很绵，就像是一个面包师傅，面对着一个巨大案板上的巨大面团。

女客人发出轻轻的惬意的呻吟。

老张一天也没有学过按摩，但是，长时间帮客人搓背，他知道所有的关节与骨骼。他能感觉到，女客人肉体的绵软，很厚实，有弹性。“你……捏得……真……好，”女客人说，“好，真好……”老张不说话，尽力把注意力放到一双手上。陈玉凤也让他捏过，捏过后直说很舒服，说全身都让他捏散了，捏松了。捏得她全身软绵绵的，没了半点的力气。但是，全身上下却都感觉捏通了。休息一会，感觉全身是精神，像换了一个人。

"往下……往下……"

老张的手接触到了她的屁股。

女客再次发出哼哼声。

那声音让老张感觉有些异样，一时间想得有点走神，岔了，感觉手触到了臀部中间最柔绵的低凹处，一惊，好在女客并没有特别的反应。

"给我涂点精油。"女客人在下面说，"我的包里有。"

老张看到了床头柜上那只女式坤包。

女客人自己抬起了身，伸手去摸到了那只包。他看到了她的浴衣松了（什么时候解开的？他可一点都不知道），敞开了。浴衣里面的胸罩也脱落了（大概是搭扣在前面的那种），一对硕大的乳房在胸罩里忽隐忽现。她转身把一小瓶植物精油递给老张，重新伏下。老张只好把她的浴衣撩起来，看到了她巨大的白皙的后背和屁股，以及像牛腿一样粗壮的大腿。他努力地不去看，不去想。把精油倒了少许在掌心里，然后均匀地涂抹在她的后背上。一股植物油的气味，在房间里荡漾。然后，她再拉下浴衣，自觉地翻身向上（这时倒是和没穿一样），因为浴衣更像是铺在身下的毛巾毯。而她只穿了一件银色的丝质内裤，紫褐色的乳罩松垮垮地挂在两只奶子的表面上。他不去看她，但能感觉到她在看他。

老张的手，只是在她腹部按摩着，然后很快地过渡到大腿和脚踝。

脚踝是结实。

老张在她的脚踝上用劲。

"你的肩膀很宽。"女客人说。

"我过去是个工人，在工厂里。"他说（半天了，他没和她说过话。他偶尔回一句，是对客人的尊重）。他那意思是自己过去干的是体力活。当然，他现在也还是干体力活，但这两种体力活，又是有所区别的。老张在按摩时，整个上身的腱肉突出，非常健美。

“你的伤口好了吗?”女人突然问。

老张一愣。

“你就是那个割了一只肾的男人。”女人说。

“你是个不错的男人。”女人说。

“世上少有呢。”女人说。

老张不吱声。

“让我看看你的那个伤口。”女人说。

女人坐起来，看着他右肋下的那道伤口。现在，这道不长的伤口已经完全愈合了，浅红色，像一个月牙，又像是半个唇迹。“愈合得不错。你这伤疤，还很漂亮呢。”女客人说，还用手轻轻地上面抚摸了一下。

“你这男人，有情有义。”女客人说。

老张明白这个女人是谁了。

他的手重新向上。

“用劲。”女人命令说。

老张却使不上劲，她的大腿上也全是绵绵的肥肉。想到自己这大半年来经历的事情，忽然有了一种伤感。鼻子一酸，不觉就有眼泪吧嗒、吧嗒在那个女人堆积了太多脂肪的白皙的腹部上，正好流进她的脐窝里，就像是一只小酒杯里快要溢出的晶莹透亮的美酒……

春之色

上午墓园里的人真少，三三两两的。

毕竟离清明还有半个多月呢，再过些时候只怕是要人流如潮了。有几次她是正值清明来的，人头攒动，简直就像是逛庙会那样拥挤不堪。私家车和公务车，能排成数千米的长龙，前来扫墓的男女老少得早早下车步行才能进入园区。这个墓园原来并不大，就在那座小山的山脚下，但这些年来不断地扩建，整个园区也修葺一新。尤其是新辟出来的区块，简直就像是花园一样漂亮。里面长满了各色花草，广场那边甚至还建了一个音乐喷泉。她看到了母亲的新墓碑，黑色的大理石，非常漂亮，上面刻着镏金隶书。工作人员告诉她，清明前一个星期，肯定能竖好。她在母亲的墓前伫立了好一会，心里空空的。曾经真实的一个人，现在就这样不存在了。墓碑和骨灰其实只是一种象征，证明她曾经来过这个世上。往年，她都会在墓前看到一束花，基本都是提前一两天才放在那里的样子。但最近有两年了，她都没再见到过。出了什么事吗？她在心里问。她知道是谁放的，但她从没说过。

阳光晒在她的身上，暖暖的。今天的天气不错，天很蓝。早晨刚从城里出来时，天还是阴沉沉的，仿佛还飘了点毛毛细雨。现在却是完全放晴了，甚至连云彩都很少。整个墓园里真是安静啊，静得能听到远处的鸟叫。墓地里的墓碑排列整齐，就像一列列骨牌。原来的墓碑都是水泥墩，上面刻着那些对外人来说却是非常陌生的名字。他们中有年老的，也有年少的，现在却永远在这里沉默。生与死，在这里就是这样的鲜明，所有站着的人，最后都会躺下去，她想。

那个男人一直陪着她来到墓前，还在墓前放了一束白色的康乃馨。这让她心里有点感动，他周到而细心。他这样做的目的，当然还是为了讨好她。她的丈夫过去从来都没有这样做过，这就是差别。

“今天是个好日子。”他说。

她笑了笑。她相信他说这话不止一层意思。她知道他的心思。他是一个很有意思的男人，不一般。自然，这话本身是很正确的，至少是赶上了一个好天气。她一直就想着要来一次了，却一直没计划好。父亲其实早就念叨了，才过惊蛰，他就催了。看来他要在这个清明节，好好地祭扫一番了。在她的记忆里，父亲一直是不太积极来墓园的，尤其是最初的那几年，人们甚至不能提到母亲的名字。通常情况下，她过去都是陪着姨妈来。

事实上这些年来她对妈妈的印象已经有些淡化，好像是陈年老照片受潮在逐渐褪色。妈妈出事的时候她也有十几岁了，可是她的那段记忆是混乱而模糊的。她无法判断那件事情对她的打击究竟有多大，只知道当时整个人都是木的，过了很久她才知道那种刺心的悲恸。她不敢想，一想就感到心悸。现在父亲对上墓这件事的态度有了很大的变化，她有点怀疑他是不是有点小题大做了。她不相信他对妈妈的看法有了什么根本变化，或许是他老了？她知道她父亲是个怎样的人。他为了证明他妻子的错误，甚至不惜用一直鳏居来惩罚自己。其实他是有机会再婚的，那时候他才是中年。真的不止一次有人给他介绍过，有些条件还相当不错。可是，他非常干脆地就回绝了。可见男人一旦心狠起来，那真是了不得的，她想。

两天前，她去看望他，他再次提起了这件事。她向他做了保证。就在她回家的路上，姚总给她打了电话，她灵机一动就抓了他的差。

“行的，没问题。”他回答得非常爽快，甚至为她约他而感到有些欣喜。

“这个墓园很不错。”他说，“我还是第一次来。”

她在嘴角露出一丝笑意，“这个墓园原来很简陋的，现在越修越漂亮。”

“第一公墓现在已经满了，现在看这里还真不错。”

“是的，现在做得漂亮了。”她说。这对死者算不算是一种安慰？至少对她来说算是的，每年她都会来一两次，清明和冬至。每来一次，她感觉心里就会舒服些。有时她甚至在平常的日子也会来一下，如果她心情不太好的话。这样的体验很奇特。一晃好多年过去了，回想起来就像梦一样。

他们在二楼的小包厢里。

这家饭店的生意真是好，楼上楼下的，挤满了客人。不知道为什么他居然还能要到了一个单间。那个单间正好临街，靠窗，坐着就可以看到小镇的街景。街两边都是各种各样的店铺，路边还有一些尚未收摊的卖菜的，卖日用杂货的，甚至还有卖鼠药、卖假古董的……这是一个非常安静的小镇子，舒适平和。时光在这里是缓慢的，缓慢得就像是镇子中心的那条小河的河水，几乎看不出有什么明显的流动。她是第一次来到这个小镇，因此感觉格外地陌生，陌生而新鲜。她不明白他为什么要选择来到这样的一个地方。她知道这个地名，离这小镇不远就是著名的温泉胜地，他说那里现在新开了一家很高档的温泉会所。

“我请你吃当地的土菜，非常正宗的土菜。”他说。

“简单点，”她说，“清爽就好。”

俞洁感觉是没什么胃口。天气突然热起来了，她觉得坐车有点胸闷。一天前天气还有些阴冷呢。在墓园时她看到一个男人的身影，像极了她多年前看到过的那个身影。当时她心里一怔。她知道那是不可能的。当时她一个人站在那个空旷的广场上，等待着去洗手间的姚总，不免有些恍惚。许多年前她也是只有一个人孤零零地捧着母亲的遗像站在这片空地上，等她的父亲。她整个人都是蒙的。她不知道为什么这样的不幸会降临到她的头上。她有些不知所措。然后她看到一个瘦瘦的男人一直在不远处的一棵树下盯着她看，她就扭过了身子。他的神情有些局促，甚至有些紧张。他像是在时刻提防着什么人。可能是他觉察到的确并没有什么危险时，他才向她走了过来。她当时并不知道这个男人为什么要向她走来。

“你是文秀的女儿？”他问，脸上有些尴尬。

“是。”她的声音里透着一种悲伤的冰凉。

“你妈是个好人，好人，外面的人在瞎说。”他说。

这是一个怪人，当时她想。一直到好久以后，她才知道这个男人是什么意思。如果没有他，妈妈会怎样？她不知道。或许那就是命，命运是最最不可捉摸的。命运是说不清的，说不清的就是命运，她想。

四菜一汤，两个甜点。对他们两人而言，显然是多了。她看不出有什么特色。“你看这个‘松瓤鹅油饼’就是《红楼梦》里写过的，贾母吃的，又酥又甜又香。这‘泡菜苕粉肉丝’，城里也是没有的，是这里正宗的泡菜，又酸又辣。还有这道汤，这里的圆子其实是鱼圆，特别新鲜，你多吃点。”他说。她笑了，“红楼都出来了，哪里还是土菜？分明是国宴嘛。”

“这相当于是这小镇上的‘国宴’了。”他笑了笑，“很多人是慕名赶到这里来吃呢。”

“从城里赶来这里，倒也还是不近。”她想，美食诱人。

“今天是巧了，”他说，“正好不远。”

菜的味道果真是不错的，在城里大抵是难得吃到这样的特色。吃饭的过程中，他的手机响了好几次，他都是匆匆地说了几句就挂了。他是大忙人。为了她，他是把工作全放下了，让她心里有了一些愧疚。

“你妈妈……多少年了？”他问。

“十几年了。”

他叹息了一声，“那很年轻啊。”

她不语。

他居然没有问她母亲离世的原因，当然，如果他问了，她也不能说实话。这是她心里的痛，她甚至对丈夫都没详细说过。丈夫是隐约知道一点的，但他也不细问。他看过她妈妈的照片，说比她还要漂亮。俞洁在心里也是这样认为的，妈妈年轻时比她更妩媚，妈妈有一双非常好看的丹凤眼。妈妈年轻时的生活，好像一直就有些风言风语，谁让妈妈那样漂亮呢？她虽然只是一个商场的营业员，但真的是走到哪都光彩照人。那个时候国营商场还很红火，营业员也还是一份让人羡慕的职业。她记得自己很小的时候，跟着妈妈去过她的商场，总有阿姨们抱她，亲她，她们还塞给她一些饼干和奶糖。那时候她特别羡慕崇拜妈妈，觉得她特别能干，能说会道。因为她在商场里工作，所以她认识的人真多，社会上各种各样的人。在那些人里，大多是有点小权力的，最差也是什么工厂的办公室主任什么的。那些人乐于讨好她，为她忙这忙那的。她喜欢差遣那些人。事实上，很多都是芝麻小事，而且也并不全是她自己的事，大多都是在帮别人的忙。她喜欢张罗，说她是热心，或者是她自己就为了追求那种被人认可的价值？

妈妈其实也烦恼，街坊邻居的不时有人托她买这买那的。那些人当时为了想办事，就使劲地夸她。而背地里却一直在嚼她的舌头。尤其是她出事后，什么脏水都往她身上泼。她觉得当年的妈妈好傻。她是个没有活得很明白的人，她喜欢找那些人办事，但她又厌恶那些喜欢占她小便宜的男人。要是换作自己，她一定不会去帮那些人，她想。

她不理解妈妈。直到自己婚后两三年，有时她才会想妈妈当时的境况，过去她从没有想过，可现在却一幕幕地全想起来了。她想起自己看到过妈妈沮丧的情形，好多时间她坐在一个地方发怔，甚至她有时还在做事，就会发怔，不知不觉地停下手里的活。这样的状况有一年多？有一次还抱着她哭了。她想离婚，也和父亲在争吵时提出过，但却没有真的做出行动来。她内心里是痛苦的，斗争挣扎的。

“你今天真漂亮。”姚总说，“你这件翠绿的上衣好看，衬得你的皮肤更白了”。

她笑了一下，说：“是你今天有企图？甜言蜜语后面，都是有想法的。”他没有说她的外套，却说她的内衣。她穿了一件浅灰色的薄呢风衣，黑色的长筒丝袜。她有一双傲人的修长美腿。

他却又一本正经起来，“没敢多想。”

她认识他有好几年了。这些年来他一直都和她保持着一种若即若离的关系，却没有发展到那一步。她在心里觉得他这人还真的不错，有好几次她差一点就放弃抵抗，最后失守。可他却就在她那如同一层纸薄的防线前，恢复了君子的风度。不管他是出于什么原因没有强迫她，她在心里还是很喜欢他的这种淡定和从容。或许，这是另一种男人的坚强？她需要被尊重。她觉得他应该不缺女人。这年头对他这样的有钱男人来说，女人可以像水果店里的水果一样让他尽情随便地挑选。她不希望自己只是他生活中正餐之后的一只水果，当然，更主要的是她不想那样去做。她不想做任何人的情人。她不希望和妈妈过去一样，会在身后有这样那样的风言风语。她希望她能一直和他保持着这种有点暧昧的友好关系。或许有那么一天，他会觉得无趣自动离开。那样她会觉得有遗憾吗？不，不会的，她在心里笑了一下，为自己这样的设问。

“男人是不是都会这样?”她问。

“哪样?”他显然是装糊涂，“男人夸女人？我这可不是夸，我说的是真话。”

突然楼下响起一阵震耳欲聋的鞭炮声，接着他们就看到腾起了一股浓浓的白烟，慢慢向四下里扩散……然后他们看到了有一长溜的车队缓缓驶过来，“结婚?”她说。“结婚。”他说，“看来今天真是一个好日子。”

春天风大。

他们的车开在路上，不时能看到路边会突然地卷起一阵旋风，淡黄的尘风中夹着草屑什么的，斜斜地向远处的半空中直刺而去。太阳很好，天气也许会越来越热。她坐在车里感觉有些困倦，昏昏欲睡。她其实很怕坐着熟悉的男人的车子，尤其这个男人如果和自己存有一定暧昧关系的话。姚总过去不止一次地要开车带她出去转悠，大多数时候都被她回绝了。她心里有阴影。母亲那年就是跟随一个男人去郊区，出了车祸。那个男人没事，只是小腿骨折，在床上躺了几个月就恢复了。而她的妈妈却连抢救的机会都没给，当场就香销玉殒。

那在当时是一个很轰动的社会新闻，尤其是在熟悉或半熟悉的人际范围里。对于妈妈和这个男人的关系有各种各样的说法，比较一致的看法是情人。她记得自己在学校里都能感觉到老师看她的眼神，有些特别的。有人说她妈妈至少有五六个情人，而且把她的美貌过分夸大了，说得真像是沉鱼落雁，闭月羞花。

开车的男人是一个工厂的领导，据说那人不像是出那种事的人，平时作风严肃。他比她大了有十几岁，交往也并不多。还有人说，妈妈有一个情人是什么局长一类的。对所有的传言，父亲都保持了沉默。俞洁从那个时候起有了一种想法，就是美丽和丑恶是互相映衬的。她喜欢美丽漂亮，但又害怕美丽漂亮。她其实很想看看传说中的那些妈妈的情人们，是什么样子。直到几年后，她再次在墓园看到了那个瘦瘦的戴着近视眼镜的男人。她当时以为他也是家里有什么人安葬在这里，后来才知道他就是特地来祭扫她母亲的。为了避开敏感的时间点，他都是提前几天在周末的时候，一人悄悄地来。

俞洁不喜欢这个人，她说不出理由。显然，他并不在那些传闻的名单里，甚至她都有些怀疑他和妈妈根本没什么关系，只是他的单相思。她不相信妈妈会爱上这样一个男人，看上去毫无理由。在别人的眼里，妈妈是个作风不正派的女人，说起来各种的不堪。但他显然对外面的那些传言毫不介意，依然对已经埋入地下的女人怀有很深的恋情。她听姨妈说，这个人是一个中学老师，还是一个诗人。他写过很多诗，还出过诗集。据说这人年轻时因为写诗倒过霉，离过婚，又丧过偶。“他们真的好，好过。不知道她为什么会爱上他，你妈真是昏了头了。”姨妈这样生气地评价说，“她还被他弄得神魂颠倒的。”

没人知道他们是怎么好上的，反正他给她写了很多很多的诗。俞洁不认为妈妈是个多么文艺的女人，或许她爱上的只是单纯的出于对知识分子的崇拜？诗人的神秘？无论如何，她是没法理解妈妈是如何在几个男人间做出取舍的，世俗的和精神的，她更偏重哪一个？俞洁永远也不会知道妈妈内心真实的想法。每个人的感情世界其实都是复杂的，她想。妈妈过去在她的心里是那样的一个好妈妈，她看到的永远只是母爱的一面。

“男人没一个是好东西，”姨妈往往提起来这些事，气就不打一处来，“你妈死了，没一个男人去送她的。在世的时候，他们就像是蜜蜂一样围着你妈转。人没了，一个个全缩成了乌龟。”

俞洁想到了那个老师。

时间是试金石，或许所有的男人真的只有他是真心的。她知道他几乎每年都会去，在墓前放上一束花。虽然只是一束黄菊或是白菊，但她觉得这个男人倒是一片真情。有一次她甚至做出了一件很傻的事，去他的中学打听。她想听他怎么评价她的妈妈。可是，传达室的人却告诉她，他调到一所大学去教书了。听到这样的消息，竟让她的心里感到了一种欣慰：妈妈看中的男人还是有真才实学的。她没有再去大学找他，只是听说他依然一个人生活。他有孩子，好像在外地读书。现在想来，也早应该工作了。

“你妈可能真的喜欢这个书呆子。”姨妈后来这样说过一次，“她对他的感情，超过对于别的任何人。我都没对人说过，她曾经和我说过想和你爸离婚，嫁给这个男人，疯了！”她觉得她妹妹应该去追求那种实实在在的好处，就像她平时表现出来的一样，但后来她也改变了看法。尤其是后来知道这个男人每年都去祭扫，“倒也算是有点良心的。”她说。

她的手机响起来，是丈夫的。她正在犹豫要不要接，电话却又断了。既然断了，她也就没有再回拨。她吃得不多，眼睛就关心起包间的陈设来。包间也是略作装饰的，墙上还挂了一幅书法作品，想来是当地的书家写的，“曾经沧海难为水，除却巫山不是云。取次花丛……”她喃喃道。

“‘懒。’”他说，那个字写得有点草，她有点不能辨识，“取次花丛懒回顾，半缘修道半缘君。”

她感觉他对这首诗比较熟，前两句她是懂的，只是对后两句不甚了了。她没问，他也没解释。饭毕，两人从饭店出来，发现时间也还早。

“去哪?”他坐在车上这样问。

“回家。”她说，她真的想回去了。

他笑了一下，说：“好咧。”

嘴上这样说，但车子却向另一个方向去了。她嘟哝了一句：“骗子。”随即她合上眼睛。她信任他。他能去哪呢？“我把你拐卖掉。”他说。她在鼻孔里吭了一声。他是个不错的男人，他的价值不是去干坏事。

“这是去哪?”俞洁仿佛是睡了一觉猛地惊醒似的，突然这样问。她感觉自己刚才睡着了的，至少也有五分钟。五分钟里，思绪可以穿过现实和梦境。她坐在车里，突然就想起妈妈当年出事，一定有太多的东西需要交待，却没来得及。想到这一点，她心里不由得有点小小的恐慌。

“那个开车的男人其实和你妈没关系，”半年前父亲突然这样说，让她吃惊不小，“他是带她去一个地方，看货。他们一直想合作，做生意。你妈其实内心里很活泛，她一直想做生意，但找不到合适的合伙人。有人说他们是什么私会，纯粹胡扯。”

她有点不能相信，因为她从来就没听说过有这样的说法。他之前为什么一直没说?

“那个时候你妈妈的商场已经不行了，快要倒闭了，好几个月发不了工资。”父亲哼哼着说，像是在表达着不满，“那个时候做生意，并不像现在能光明正大的。那个厂长在外面有关系，他就希望通过你妈出面，倒腾煤灰、钢材什么的。”

俞洁觉得像听一个陌生人的故事一样。

“那时候不能说。出事了，也不能说。”父亲说。

她无法理解为什么直到现在，他才这样说。当然，一切都已经过去了，他说什么都不再有实际的意义。

车里是越来越热，可是姚总却并没有打开空调制冷。

“我真要把你拐卖掉。”他说。

“好。”她毫无表情地说。

他笑起来，“真好。”

“你是坏人。”她说。

“为什么?”惊讶的语气里，他好像显得很委屈。

“你不应该让我喝酒的。”

他再次笑起来，“一点红酒。”

“我醉了。我困得不行了。”她说。

金色的阳光下，温泉度假村非常的美丽。

她想不到他会把她拉到这个地方来。这么一个气派堂皇的温泉度假村，正是他投资的。它像一个很大的庄园，占地大概有好几万平方，有一座主楼和两座副楼。到处是绿地，还有喷泉和假山，还栽种了许多南方植物，因此看上去有了不同的异域情调。他带着她，四处看。温泉区占了整个区域的一半以上，但核心却是宾馆住宿和饱餐，还有各种会议室、KTV 和各种健身设施，室外还有一个很大的网球场。宾馆是五星级的标准，客户装修都是格外的讲究。

“真是豪华。”她惊叹说，“这得很大的投资啊。”

当然，他说他只是股东之一，还有另外十多家的投资商呢。“我只是一个打工的，”他轻描淡写地说，“那些人才是真正的老板啊。”

俞洁不知道他说的“他们”是谁。但是她知道这个社会里有形形色色的有钱人，有些有钱人是在明处的，有些人却是在暗处的。隐蔽在暗处的有钱人，往往才是真正的有钱人。那些有钱人深不可测。姚总自然也是有钱人，但是他表现得却很平常。

“下次周末你可以和你先生一起来，”他说，“打打球，泡泡温泉。紧靠这里的还有一个高尔夫球场，很漂亮。”

她不说话。他这样客气是虚假的，她想，他难道不是一直想泡她么？谁会喜欢情敌呢。她和他交往这么久，他很少主动问她的丈夫的情况，她也不想说。她的婚姻没什么好说的。除了初恋之外，她没有感觉到多少幸福。母亲的事情，对她的婚姻选择是有很大影响的。没有人知道这两者间的关联，她从没对人说过。

他请她去他的办公室喝茶。

这才是真正拉开大幕，她想。不管前面做了多少的铺垫，男人最终是要一个结局的。她觉得他的耐心已经非常好了。

“你的办公室真是气派。”她觉得算是见识了。

他的办公室是独立的，和业务部门是分开的。他在楼上。办公室太大了，里面一式的红木家具，办公桌简直像是一张台球桌。“我不喜欢，”他说，“装修好了，我才知道。我又懒得去改。”

“喝绿茶还是红茶？红茶有铁观音。或者喝普洱？”

“就绿茶吧。”她说。

他在泡茶，她站在巨大的落地窗前看着远方。远处是连绵起伏的丘陵。到处是一片碧绿。太阳这时候呈现出一种耀眼的金色，让整个天空的蓝色显得有点泛白。这里是远离城市，相距可能有数百里。她站在这里，仿佛和过去都做了干净的切割。“天气真好。”他在她身后说。她感觉到他就贴在她的身后。她没有回转身，她想好了，她今天要让他做一个了结。是的，既然他这么多年了，一直对她有企图，她总要给他一个结果。

她感觉到他的手放在了她的肩头。那么，下一步他可能就是会把她搂住，会亲她，会在她的身上乱摸，会把大手强行地伸进她的内衣，抚摸她的乳房。她会温柔地顺从他吗？要不要装着抗拒一下？他当然会不顾她的抗拒，把她拥进他办公室里面的隔间，推倒在那张大床上。她可以不抗拒的，因为她对他是怀有好感的，内心存着一种感激。这些年来，他一直是关照她的。不管是今天的上墓，还是既往，甚至她过去因为工作问题，他真的帮了她大忙。他从没要过她什么回报，甚至想请他吃饭，也都是他付账。如果他们不能成为情人，至少她要委身他一次，否则她就没法定位他们之间的这种关系。

“喝茶。”他说。

她看到他已经坐到茶几那去了，把第一遍的茶水泼了，续上了新水。

他很讲究。

她像是释然了，顺从地坐了他的对面。

"茶香。"她说。

"其实红茶更香。"

"还能减肥。你们有钱人，喜欢喝红茶。"

"也就那样一说。减肥还得靠运动。"

"你不是说你经常运动么？又是游泳又是打网球啥的，怎么肚子也没见小。"

"原来也不算大吧？我已经算是保持得很好了。当然，和你们女人不能比。你苗条。"他笑了。

"你肚子里装了坏水。"

"你早就知道了？"

"我真的有那么好看么？"她问。

"你不自信了？"

"女人的自信都是男人给的。"

"男人的自信是女人给的。"

"不对吧？我在一本书上看到说，男人的自信是金钱给的。男人有钱都是花心的。你这里这么多的姑娘，你是身在花丛里，可以随便采。"

"你是个聪明人。"

"我很傻。"

"有多傻？可以轻易被骗么？"

"你心情不错。"

"你不好？我看你挺好的，年轻，又漂亮。"

她不说话。

他看着她。

她也看着他，眼里有水在流动。不，是光，流光，在闪。

两具赤裸的肉体随意地摆在床上。这是在一场激烈的纠缠后，疲惫地自然呈现。房间里散发着肉体的热气，热气腾腾。“你怎么了?”她看他起身在柜子的抽屉里找出了一瓶药丸，倒出两颗一仰脖子就咽了下去。看他的裸体，上身还是很结实的，胸脯很厚，肩膀也宽。看来他平时积极健身，是真的。“硝苯地平片，”他说，“心脏不太好。”

“你胆真大。”她翻了个身，拉过被子的一角，把自己卷了起来，就像是一个虫子卷起了树叶。“你真漂亮，性感。”他重新躺到了她的身边。“你是个坏人。”她说。他没说话，长长地叹了一口气。假如他不能算是阅人无数，至少也算是个中老手，自然懂得女人这样说，只是一种嗔怪。语气的后面隐藏着的是真实的喜欢。他的长叹，只是感叹世事无常。有些事情算是命中注定么?

她听到了他的叹息，不明白他为什么要叹息。但她是踏实的。不管今后如何，她今天终于把自己交给了他，算是认识这些年来的一个终结。在这件事上，她是主动的。他们本来喝了茶后都决定由他开车送她回城了，在他准备取车钥匙的时候，她说：“好了，我们拥抱一下吧。”他怔了一下，然后坚定地抱住了她。“你真香。”他说。他把她紧紧地搂在怀里，嗅着她头发的香味。“你真的喜欢我?”她希望再一次地从他嘴里得到证实。“喜欢。”他说，喉咙有些发干。

“抱我到床上去。”她在他耳边轻声说。

他显得有些迟疑。

“你确定吗?”他似乎有点不相信。

“不许欺负我。”她说，脸烫得就像是被火烤了一样。

车子在回城的路上狂奔。

天色向晚。

两人都没说话。西方的天空正在变暗，云层越来越厚。太阳正在西沉，给那些云层镶上了一层金色的丝边。她看到自己的右腿上的那只黑丝袜不知道怎么跳线了，于是修长的大腿上就有一道长长的痕迹。她赶紧把腿并了并，又拉了拉薄呢的风衣，盖上。好在不注意是看不出来的。

“你知道为什么我们去那个饭店吗?”车子快要进城的时候，他突然这样问。

她想不明白。

“那是当年他们一起吃饭的地方。”他说。

“谁?”

“我父亲，和你母亲。”

“那个饭店边上，就是一家旅社。”他说，“当时没有什么宾馆，就叫旅社。”

她想到了那个瘦瘦的老师。世界居然这样小，他居然是他的儿子。显然，他早就知情的，但却一直瞒着她不说。这样看来，他当初认识她就是有目的的。她感觉头脑里一片混沌，坐在车里身体像是要飘了起来。如果她知道这一切，她今天还会做出这样的安排吗？不！她在心里说。但她又不能肯定。这一刻，她对自己格外的不自信了。

“你爸是干什么的?”她像是有点疑惑地问。

他眼睛看着前方，前方是一个弯道。护城主干道上，车流繁忙。“二机厂，第二机械厂。”他说，“副厂长。”

她感觉自己又被意外了。她不说话。她不知道说什么好。她心里有点酸，忽然感觉想哭。而这样一想，眼里一热，前方的视线就变得模糊起来。

车里一下像是曲终人散的剧场，空荡荡的寂静。

“对了，你两天前打我电话是有事么？”她想了想，问。

他不说话，眼睛看着前方。

“一定有事的。”她想。她当时抓了他的差后，都忘了问了。

“没事，”他说，“就是突然想起来了，打个电话。”

她再次无话可说。

“你爸……他现在好吗？”她问。

他叹了一口气，眼睛依然注视着前方的道路。

“如果……如果哪一天我也不在了，”她扭过头去，眼睛看着车右侧的远方，“你会送花给我吗？”

他不说话，加大了油门，车子快速地不断地超越前面的车辆，继续狂奔……在这城市的郊外，有着大片的绿色树木和植物。一旦过了清明，就算是进入深春了。越来越浓烈的深春之下包藏了过往太多的隐秘……而越是隐秘，春之色就绽放得越鲜明。

毫不相干的生活

那天中午她走到阳台上不禁吃了一惊，隔壁（但并不是一个单元）阳台上有一个全身赤裸的男人。她赶紧下意识地缩了回去。他是谁？外面的阳光很好，非常灿烂。前天晚上她没有睡好，似乎做了不少梦，不过醒来后那些梦却纷纷地从她头脑里消失，就像黎明前天幕上的那些星星。那些梦同阳台上那个赤裸的男人有关吗？她想，当然没有。他是谁？他为什么要那样赤裸。在这之前，她从来没有意识到隔壁已经住人了。他住到这里已经多久了？很久吗？她手里还有一些刚洗净的内衣，现在却不能再走到阳台上去了。本来她是打算把它们晾到外面去的。她回到客厅坐在沙发里喘了一口气，定了一会神，只好把她的那些宝贝（全是内衣）重新扔回洗衣机里。

他的胆子真是太大了，他怎么能够那样做呢？光天化日之下。一个人有没有赤裸的权利？回答当然是有，但它却必须是隐蔽的，无碍于他人的。现在他这样就是有碍于她，有碍于她的自由。有时候的雨夜，独自一人的她会感到非常的烦闷，会穿着内衣走到阳台上去。四周都是黑的。她熄掉屋里所有的灯，连电视也不开。电视真是一个非常讨厌的东西。过去的一年她大部分时间都用来看电视，除了吃饭和睡觉。除了看电视她无事可做。可看了电视之后她更无事可做。他过去对她说：你一个人要是烦了就看看电视吧。但电视让她感到非常的无聊和孤独。没有任何东西比电视更加让她感到孤独。后来她就很长时间再也不碰电视，任由它孤零零地置在那里。黑黑的，一个没有生命的东西，让她感到它比她更孤独。孤独地存在。夜晚的阳台是一个绝好的地方，她可以站在那里远眺这个城市的夜色。她处在这个城市的西南，而城市中心在北边，灯火通明，如果是阴天，那种灯火就会映照在上空低沉的云层上，红红的一片，就像半个城市在燃烧。黑黑的紫红色有时让她感到心惊，一种末世的景象。它像一个梦境。她做过这样的梦。夏天的夜晚她有时喜欢躺在阳台的躺椅上去，透过阳台的窗玻璃看满天的星星。每一颗星星都是一颗孤独的心灵。当黎明渐渐到来的时候，星星一颗颗地隐去，她感到自己体内也正有一种东西逐渐流逝。

男人生来就是自由的。他们可以做得很随便。在丈夫回来的那些日子，有时在家里他也会光着身子。她看不惯，但她绝不说。他的裸体很难看（结婚之后，他的身体越来越臃肿了），让她想到一种低级动物，非常丑陋。他的身体对她已经没有了吸引力，性的吸引力。她自己绝不赤裸，即使是在做爱的晚上，赤裸之后她一定要重新穿回衣服，尽管她是个美丽的女人。美丽于她是一件衣服。只是这件衣服她穿得太久了，穿得自己失去了兴趣，一点也不以为意。美丽让她害怕，因为美丽是种容易失去的东西。如果她天生没有那么美丽，她想她可能活得容易一些。

那天下午她再也没有走到阳台上去，直到夜幕降临。想想中午看到的那个赤裸的男人，觉得他神经可能出了点问题。他的出现，对她是件污辱。他怎么能够忽视她的存在呢？要知道这个世界上并不是只有他一个人，他要注意公众道德。他是一个缺乏公众道德感的男人，她想，和他做邻居真是一件很不幸的事情。

她想她应该给自己的男人打电话，告诉他，她受到了一个男人的侵犯，希望他有空回来看看她。她是他的女人，她需要受到保护。

有两天她在阳台上没有看到隔壁的赤裸男人，不仅没有赤裸男人，干脆连任何“人”也没有。那个阳台上空空的，像是根本没有人住一样。他到哪里去了呢？她想不出来。她安全了，可是她却更加的空虚。

丈夫突然回来了，他的生意做得好像并不顺利，一副很疲惫的样子。她没有多问。她是这样的一个女人：绝不过问丈夫的工作。她知道自己对生意一窍不通，所以就干脆不操那样的心，除非丈夫需要她分担。丈夫没有什么好消息需要告诉她，但她却有话要对他说。那天晚上，她在饭桌上就把她见到的那一幕说给他听（不管如何，这算得上一件趣事），他皱起了眉头。她说得淡淡的，事实上她也并没有见到什么，只是那么一晃，他也并没有多说什么。也有可能那个男人并不是有意的，他以为不会被人看到，突然到阳台上去取什么东西。一个男人，这样的事，不算错误。丈夫当过兵，水兵。他能回忆起自己在舰上的情形，一群水兵，晚上睡觉都喜欢光着屁股，夜里就套上那种很宽大且很长的内衫出来，在甲板上小便。那个男人显然把自己家的阳台当作了甲板，而那样白天，一般是不会有人在家的。他想不到隔壁会有例外。

两天后丈夫又走了，家里又只剩下她一个人。

她以为她再也不会看到类似的景象了，但一个中午，她到阳台上去收衣服，再次看到了那个人，赤身裸体地躺在阳台上的一张竹椅里面。那个人是背对着她这边的阳台，所以她只能看到他的后脑勺、肩部和两条跷起来的腿。后脑勺看上去平平的，然而从后脑勺上看，她猜不出他的年龄。肩部的肌肉是鼓起来的，看得出来可能他很有力气，也应该是年轻的。两条跷起来的长腿不像城市人，极有可能是乡下出身，黑黑的，长满了浓密的细毛。

这样的人真是无耻，没有公共道德。他怎么可以这样呢？这说明他这样并非是无意的。无意的反面是什么？有意！他有意这样想达到什么目的？不，也许他仅仅是有病。比如说是暴露狂？她无从想象。

世界上什么样类型的人都有。他也算是一种吧，她想。这样的人是极罕见的。他一定没有受到过什么教育。赤裸是一种野蛮人的行为。从他后背的那种黧黑色的皮肤看，也许他的确是个乡下人，因为有钱，在这里买了房子，但他还是改不掉在乡下的毛病（习惯）。乡下人就是喜欢打赤膊。好多年以前的一个夏天，她和几个朋友去黄山玩，在山脚下的一个小山村里，就看到一个年老的妇女赤着上身，摇着蒲扇。那个老女人嘴里的牙都快要掉光了，瘦骨嶙峋的上身，如柴一样干枯。全身皮肤黧黑，胸前吊着的那两只乳房就如瘪掉的牛皮水袋，无力地牵悬着。每一个经过她身边的人都要惊奇地看上一眼，为了那惊人的丑陋。而那个老女人，眼神茫然，对瞥她一眼的人视而不见。这当然也是一种境界，因为她是老女人，她经历过无数的沧桑。但隔壁的这位却是一个男人，而且看来还是个并不算老的男人。他这样做，当然是触犯道德的。

她不敢停留在阳台上，赶紧又回到了屋里，倒像是自己做了一件见不得人的亏心事。很多事情都是这样，理直气壮的倒不是受害者。

好在这样的事并不多见，她想。希望这样的事对那个男人来说，也只是偶尔为之。长此以往下去，那就不是她所能容忍的了。现在，她还可以原谅他。种种迹象表明，他只是一个单身汉，身边还没有女人和孩子。一个单身的男人，不论他年龄老少，身上总还是有那种坏男孩的作派。在他的那个家里，他现在自己就独自扮演一个坏男孩的角色，男人是有犯罪欲的。他现在正在进行自我满足。在心里，他甚至有点得意，他可以这样自由的犯罪。

她也并没有看到什么，不算受到亵渎和污辱，她想。

那天早晨她醒来很早，醒得很早的原因是她做了一个梦。她梦到她在一个荒野里行走，那些草啊都深及膝盖，刺疼了她的大腿。而天上飘着许多风筝，无数的风筝，看上去黑压压的一片，就像蝗虫一样多。有一只蜈蚣飞呀飞，飞到了她家的阳台上。当蜈蚣贴在她家阳台的玻璃窗上时，她正躺在床上睡觉。她就想，是谁放了这样的一张风筝呀？她看着那只风筝，看着看着，那风筝不见了，原来是一张人的脸。一张男人的脸，一张隔壁男人的脸。那张脸看起来很粗糙，黑黑的，眼睛看人很特别。他那样看她，叫她害怕。她既害怕又紧张，害怕是因为他的眼神，紧张是因为她正赤裸着身子在床上睡觉。这样，一激灵，也就醒了。

醒来她发现自己果然是在床上，但却并没有赤裸。她趿着拖鞋拉开窗帘，打开拉门，走到阳台上去。阳台上空空荡荡，什么也没有。窗玻璃上没有什么贴着的蜈蚣风筝，当然也没有人脸。她住在七层。谁能贴得到这样高的楼层呢？她想想，心说自己的神经真是越来越脆弱了。

而外面，是一片大雾。白茫茫的。她穿着睡衣就站在那里，一直向外看着。大雾把外面的世界都笼罩住了。在这个天地里，就只有她一个人。她感觉一种很无奈的情绪。在阳台上她站了很久，忽然她听到了一种剁木头的声音。她循声看去，还是隔壁的邻居。他几乎是赤裸地（只穿了一条那种瘦巴巴的、很紧的，只有一个窄条的三角短裤，有点像美国下流舞女穿的那种。与他高大的身体相比，很是滑稽）背对着她在劈一截木头。他在干什么？他刚才看到了她没有？也许他装作没有看到她，但他一定是有意的，她想。

她踅回屋里，探出头来（不让他发现她）看他的动作。看来他想在阳台上做一个类似橱柜的东西。从他的后背看，他非常有力量。一个粗人，一个体力劳动者。没有人会在一清早就这样在阳台上乒乒乓乓地干活，除了他。他的行为和他的身份是相称的。在这个城市，他也许是个完全靠力气吃饭的人。如此，他这样赤裸行径也就好理解了。他是没有接受到什么好的教育，在他心里，也许感觉这样很自然。文明的外衣他是很不习惯穿的。

在他试图把一根木架子吊到阳台顶上去的时候，他显然遇到了麻烦，于是他回到了自己的屋里，很长时间再也没有出来。她洗脸刷牙完毕，感觉精神爽了很多。她走到了阳台上，打开了纱窗。忽然她感觉到了一丝什么不对的地方。她一扭头，果然是隔壁的阳台上有人，那个男人。那个男人站在那里正在看她。她感到浑身的不自在，转身就回到了屋里。回到屋里，她想了那个男人。这回她看清楚了。她感觉自己过去从来也没有见过他，从来也没有，他是新来的。但是，他那黑黑的脸，他那恍惚而又有些迷离的眼神，他腮边茂盛的黑胡子，让她感觉有些熟悉。

这是多么奇怪的感觉啊！她想。不可能的。她真的在此之前从来也没有见过他，但她怎么就会感觉他面孔有点熟悉呢？也许在梦里见过吧。对！她一下想起来了，她清早上做的那个梦。他就是她梦里的那个人。

她为什么要惧怕他呢？她坐在沙发里的时候想。她没有任何理由惧怕他，她的惧怕是由于她的羞愧。但她又有什么理由羞愧呢？感到羞愧的应该是他。在一个文明社会里，一个不文明的人应该感到惭愧，感到羞耻。这个早晨他虽然没有全裸，穿着内裤，可那跟全裸并没有什么区别。他下身在短裤里非常突出（可以想象他或它是相当有力的）。这对她是一种侵犯，也是一种挑衅。想到这里，她站起身，要再次走到了阳台上。但她到阳台上并没有什么充足的理由，仅仅是出于一种对他的争斗？所以，她想了一下，就到卫生间拿了一条毛巾，放到水池里湿透，再拧干，然后才走到阳台上。她把毛巾晾在了阳台的衣架上。通过眼睛的余光，她看见他还在阳台上。可她绝不打算去正视他。她知道他的存在就行了，同时她用自己的行动表明她对他这样的赤裸并不在乎。她是一个内心健康而强壮的女性。她又不是一个小女孩子。如果他想用这样的方式来污辱她，那他就错了，完全错了，彻头彻尾的错了。谁会在乎这个？太幼稚了。她想。

回到屋里她止不住一阵心跳，这真是一种奇特的感觉。这一经历让她的大脑深处皮层感到兴奋。那种快乐就像她是一个高中女生，同什么人打赌，头也不抬地迅速从一大群赤裸着上身在洗澡的男生中间穿过。

他会怎么想？她在心里这样问自己。也许他以为她是个好对付的女人，甚至让他看到一点希望？男人的野心总是很狂放的。他们的欲望与想象是成正比的。那就让他想好了。想象的结果总能是他自己折磨自己。当然，像他这样的人也许什么都不想。他是个没头没脑的粗人——他可能喜欢用更简单的办法来解决他的人生问题。谁知道呢？

相比而言，自己的胆量和勇气还是小了一点，本来到阳台上去可以理直气壮，但她却不得不用一条毛巾作道具。心虚的倒是自己。是由于自己是个女人——性别上带来的差异？

也许，她在心里这样回答了自己。

丈夫回来了，从某种意义上说，她现在安全了。但事实上从他踏进家门的那一刻起，她一直就在心里隐隐地担起心来。她怕什么？她怕丈夫再看见那个男人裸着身体在阳台上。她是在猛然间意识到的，那个男人的行为，事实上是她生活里的一个秘密。这个秘密只有她才能知道。这么长时间以来，那个男人的裸体并没有给她的生活带来什么不安，相反，她有了一种心理上的期待。对她而言，守住这份秘密，事实上就是拥有了那种精神上的期待。

她真心地不想让丈夫知道，她甚至有点后悔当初告诉他这件事。男人总是自私的。他在这之前还特地打电话回家，问她有没有受到邻居的骚扰，她否认了。她让他不要担心。她说，事实上她过去说他裸体在阳台，只是那么一晃，有可能他只是急忙去取一样东西，完全是无意的，他后来再也没有发生过。她想丈夫在听了她这样的说明后基本上同意了她的意见。就她本身而言，她真的没有其他想法。她只是不想让丈夫知道。说穿了，那个男人的行为也没有什么大不了的。就当他是个露阴癖好了，一个病人。正常人会同一个精神病人计较吗？但她的丈夫不会把那个男人看成是个病人的。他会同他吵架，生没有道理的气。她不想这样。

担心的事总会发生，这差不多是一种经验。那天她正在厨房里，就听到丈夫在阳台上同一个人吵了起来。不用说，就是同那个人。她听到自己的丈夫像是一头狮子在吼。她也听到那个男人的声音，但毕竟隔了距离，所以她听不真切。而她丈夫的话语就像是万钧雷霆，雄辩而有力。有什么值得生那样大的气呢？她对丈夫狭小的心胸感到难过。他那样一个人，不能同隔壁者一般见识，他应该有相当的气度。他这样一吵，就把他的气度吵没了。一幢楼里的，她不希望闹得不太平，让人家笑话。她就叫丈夫回来，可是丈夫的声音仍然一声高过一声。她气坏了，他怎么就一点也不听她劝呢？锅已经沸了，但她顾不得了。她穿过长长的过道，穿过宽敞的客厅，穿过卧室，来到阳台上，一把就把丈夫拽了回来。而丈夫并不甘于这样回来，一边被她拽得跌跌撞撞的往回走，一边还冲着外面向那个男人发出听似很有威胁性的语言。

“你干什么呀？也不怕人笑话。”她把他按在沙发上坐下。而丈夫红着脸，喘着粗气，说：“他妈的，从来也没有见过这样无耻的人。他身上一根布纱也没有，居然在阳台上浇水。”“他光他的，你气什么啊？”“我对他说‘你不要这样，穿上点衣服’，可他居然直直地看着我，反骂我。”“这人可能是有病的，你同他计较什么。”“他有病？他他妈的毛病。天下居然有这样的鸟人。他这种人根本就没有毛病，完全是存心的。”“他存心干什么呀？”是啊，他存心干什么啊？他想不出来回答什么好。他心里想：他存心是想勾引我的老婆。天下什么卑鄙的男人没有啊？很多人就生活在我们当中，在我们身边，或者说我们就是。我们每个人都有这样或那样卑鄙的想法。我们都是卑鄙的人，只是有人把卑鄙的事做了，有的还没有来得及做，也有的人一辈子没有机会做，但每个人在心里其实都希望做，做几件卑鄙的事，做一个卑鄙的人。

她当然看出了他的想法。她在他脸上亲了一下，说：“你不必同这种人生气，看见只当没看见罢了。你怕什么，还怕我跟他跑了不成？他是不能勾引你的夫人的啦！凭他那样，我能稀罕他？”为了安抚他，她还做了不少亲昵的动作。这样一来果然让他消气不少。于是两人一齐骂起那人来，公认他是这个世界上最最没有教养的人。的确，这种人太糟糕了，糟糕到无以复加。她想：如果那个男人真是像她丈夫怀疑的那样，只是想以此（用色相?）勾引她，那真是太拙劣，太糟糕了。勾引她很容易，主要看她的心情，但决不是他这种方式。照她从种种迹象看，那人也未必是想勾引她。因为他们是毫不相干的人。

那天丈夫去了阳台上很多次，再也没有看到那个人。她也到阳台上去过，那边也是一点痕迹都没有。想必丈夫的这一架，吵得还是很有成效的。他总还算是个知羞耻的人吧。生活里的一点小浪花，到此就算告一段落了，她想。

这件事里面有个胜利者。胜利者是她的丈夫，因为通过他的争吵，那个男人不敢再裸体走到阳台上了。这件事里面还有两个失败者，一个主要失败者是那个男人，另一个则是她。为什么会是她呢？她想，因为自己想瞒住这件事，她不想让丈夫知道，但结果却是知道了，并且爆发了口角。她内心里的一点秘密被人点破了，所以她是个失败者。

但她却和丈夫一起笑着，表面上满足于这样胜利的斗争。事实上，她心里正在担心，如果她有一天走到阳台上再次看到他，一定会感到很不自然，很是尴尬。这是她多么不希望的呀。

她很快就发现他们估计错了，那个男人照样敢光着身体走到阳台上来，连正眼也不瞧她一下。她多么希望他能瞧她一下呀，但他就不。他在他自家的那个阳台上感觉这个世界好像就只有他一个人一样。他是一个多么独特的男人啊！那场争吵看来对他没有影响。他是这样一个我行我素的人，一个特立独行的人。

在那些天里，她至少看到过他三次。她很担心会让自己的丈夫发现。她不想他们再发生什么争吵，更主要的是不想让他知道这个秘密，她把他每次裸行作为一个秘密。奇怪的是她的丈夫果然一次也没有见到过那个人。为什么？她在心里问自己，是不是有着一种什么感应？

丈夫有自己的事业要忙，所以他在休息了几天后，又去外面忙碌了。家里再次只剩下她。丈夫走得比较放心，他相信再也不会出现那样的事情了。再说，从妻子的表态情况来看，她是那样爱自己。当然，她是绝对不会受那样的诱惑的。他只是怕她在感情上受到污辱，既然她并不介意，他当然也可以把心放宽。

他一走，就让她感觉松了一口气。生活，又可以是原来的样子了。她突然发现自己有点爱恋她过去的寂寞生活。它虽然寂寞，但它同时却又是自我的。

自我的生活让她感觉自然。

天气越来越热。那天她在阳台上再次看见了他，他家的阳台上挂起了窗帘，遮挡阳光，而他则躺在躺椅里睡觉。赤裸着身体对他而言，可能很舒服。这一次，他是正对着她家阳台的，而他全身赤裸，却是鼻梁上架了一副墨镜。看起来，他有一种像是黑社会老大或是特务的效果。她看到他的身体很结实。也许，他很为自己的身体自豪。一个漂亮的身体对男人有那么重要吗？毫无疑问，一个美妙的身体对女人是极端重要的。

她回到客厅里坐了一会，想起了什么，走到洗漱间，站在镜子前，一件一件地往下脱衣服。她好久没有审视过自己的身体了，结婚之后就再也没有过。随着衣服一件件地除去，她看见了自己漂亮的胴体。她差不多已经有点忘记了昔日曾经有过的对自己身体的迷恋与欣赏。她可以与任何一位过去流行过的挂历上的泳装美女相比。她还同过去一样漂亮。她看见自己漂亮的藏在文胸里的乳房。有一对漂亮坚挺的乳房，对女人至关重要，它几乎与一个女人有好的腰身一样，是她最好的骄傲。她的腰身也是无可挑剔，该细的地方极细，该丰腴的地方很丰腴，那曲线，简直就是神工鬼斧之作。当然，走在大街上，她也不是顶顶漂亮的女人（这年头，也不知怎么搞的，漂亮的女人好像越来越多），但毫无疑问，她也算是比较出色的一位。

那件文胸非常漂亮，是英国的名牌，它几乎和一件衣服一样贵，她很喜欢。它是天蓝色的（四周是镂空的花边，做工考究），越发衬出她胸脯的洁白。可惜没有人看到她这样昂贵的文胸。这算得算不得是一种浪费？好衣服是要给人看的，没有人看，再好的衣服也没有用，她想。

一个大胆的想法忽然攫住了她，她应该走到阳台上去。对，她为什么就不能走到阳台上去？那是她自家的阳台。她穿这样的一件文胸走到阳台上去，并不碍别人什么。她有自己的自由。再说，她又不是裸体。既然隔壁的男性邻居可以裸体，那么她这样做就算不了什么。

她迅速地走到阳台上去，马上又折了回来。她不敢停顿一段时间。重要的不在时间的短长，重要的在于她这样做了。她重新站在镜子前，对自己非常的满意。

真的，她的胸部挺挺的，很丰满，非常性感。他看到了没有？也许是看到了。看到了又怎么样呢？他是没有权力指责她的，既然他可以赤裸。妇女早就解放了嘛！不，他才不会指责呢，也许他正是用一种非常欣赏的眼光在看，只恨看的时间太短，不能尽兴。男人就是这样，她想。

后来的日子里，她又一次看到他光着身子。他是背对着她的。就是说他并不知道她会出现在阳台上。这回她没有马上折回屋，而是忍不住多看了一眼。她多看不是因为别的，而是因为发现他的臀部非常结实，也非常性感（她第一次意识到原来男人的臀部是相当性感的）。在那结实有力性感的左臀部，有一条疤痕。那是条什么样的疤痕呢？刀伤？还是别的什么？他的性感事实上还同他的肤色有关。他全身的颜色是古铜色的，而不是白色。

城市里的男人现在越来越白了，就像是水泡过的样子。男人还是要有男人的样子。

她喜欢男人是一种日晒的模样。她的丈夫也是白的，一半是遗传（她的公爹是个知识分子，就很白）一半是没有经过日晒。她的丈夫喜欢白色，他认为白皮肤的人意味着优雅，意味着高贵，意味着有闲。

她看见他调转过身来。他们目光碰到了一起。她发现他的目光被她的胸脯吸引住了。他是男人，男人很容易迷恋年轻女性漂亮的胸脯。当她看着他的眼睛的时候，她感觉他的目光开始躲闪起来。接着他回到了自己的屋里。

这样的结果让她感觉很意外。他居然不敢看她漂亮的胸脯？他的目光是那样的不自然。她并没有做什么，她只是在自家的阳台上穿了一件天蓝色的漂亮文胸。可他不敢看了。发现这一点，让她内心涌起了一种惊喜。这么说，这个男人在内心里还是相当的胆怯。他不是一个愚鲁的男人，他有羞怯的一面，她这样想。

她回到镜子前，内心的感觉真好。

一种无所拘束的境界，一种坦荡大度的气派。她想：她做到了。她做到的这一点也是别的良家妇女所不能做到的。

他们就这样相持下来，这种相持只是她的一种感觉。这种相持没有人知道。她的丈夫再也没有看到那个人裸体过，也许只是因为他在家的时间太少。她自己倒由此感到了解放的必要。她发现自己越来越喜欢走到阳台上去，上身仅仅只是一件文胸。这样的行为让她很过瘾——她还从来没有表现过这样的挑战的姿态呢。而她这样穿着文胸，隔壁的他竟也装成无所谓的样子。这就对了，他没有理由对她的个人自由行为提出批评或指责，她想。

她看到那个人还是依然故我，有时，他还会赤裸着身体（最多下身穿一条那种紧巴巴的窄窄一条）走到阳台上来。而她偶尔也会走到阳台上去，梳一梳头发。他们几乎都不看对方（事实上只是不对看）。

他们是一对互不相干的人。

互不相干的人，互不相干的生活。

他躺在阳台上的躺椅里，鼻梁上架着那副墨镜。他睡着了吗？她在心里问自己。

也许，也许。也许他根本就没有睡。他这样躺着只是为了感受阳光。她忽然产生了大胆的想法：她要把上身的那件文胸脱掉。他会怎么样？他会把她当作一个浪荡女人？这真有趣！她不在乎，她可以把他当作一个死人，他跟她毫不相干。

她犹豫了一下，背对着他，摘下了自己的胸罩。现在，她完全裸露了上身。他则是在她的背后，他的目光呢？他在干什么？他在想什么？她转过了身，看见他还躺在那里，纹丝不动。他真的睡着了，还是把她完全看在了眼里？她盯着他的那副墨镜，黑黑的，没有一点感情的光亮。

她不相信他睡着了，他一定看见了，看见了她裸露的上身，看见了她漂亮的洁白的乳房。它是那样坚挺，那样勇敢，毫不畏惧。

她看见他动了，动了一下腿，动了一下腰身。接着他抬起了头，支起了胳膊。

他抬起了上身。他整个站起来了。

他站在那里有好一会儿，看着她，默默的。

她看见他转身回了屋，再也没有出来……隔壁就像死了一样，一点动静也没有。

以后的日子里，她再也没有看到他出现在阳台上。他消失了。

她多么想再看到他一次，然而一次也没有。

她觉得内心的那点乐趣一点点的失去了。

在这段毫不相干的生活里，她感觉自己受到了伤害。

槐花蜜

每年，我差不多都要到那个叫新荡的地方去写生。

我是一个画家，专画风景的画家。像我这样专门只画风景的画家现在越来越少了，主要是这些年没有谁还会对风景画感兴趣。现代社会工业化的步伐加快，一片浮躁，自然遭受无情的戕杀，金钱和肉体泛滥。风景画卖不出钱来。风景画家也是最没出息的画家。但我喜欢那个叫新荡的地方，我喜欢新荡是因为那里有大片的槐树，我从来也没有见过哪个地方有像此地那样集中的大片槐树林。而到了五月，那里就开满了白色的槐花，远远看上去，白色的槐花在绿树当中，就像是一片碧波当中的大片浪花朝你涌来。

在那里我认识一个养蜂人，他也和我一样，每到槐花盛开的季节就在那里安营扎寨，应该说他到得比我早，我去的时候他已经早早在那里了。第一次见他的时候应该是在六年前，我被一个女人追赶逃出了城南，落荒在郊外那片油菜地里。那天黄昏的时候我带着醉意受着一群蜜蜂的引诱走进了那片槐树林。乡下房东家的那种封缸黄酒太香了，中午的时候我差不多喝了一坛子。这个郊区离城里已经有相当的距离了，实际上已经在天紫山的山脚下了。从这里向城里那个方向眺望，根本看不到昔日司空见惯的那些高楼。这里的天是湛蓝的，完全是纯色。我很满意于这样的地方。我在这里可以一早就起来，听到鸡叫、犬吠，看到太阳红着脸慢慢从山那边爬起来，看田野里的纱样的白雾慢慢褪去，看到农户房顶上升起来的炊烟，看到牛羊出栏哞哞咩咩地叫着，到小河边去饮水，沿路屙下一摊摊粪便；傍晚的时候我可以到田野里去散步，看那些从地里劳作回来的农民，他们带着一身劳动后的倦意，让我感觉到生命的意义，然后回到房东家，坐在院子里喝着稀粥，吃着他们自家腌制的咸菜，感觉回到了五十年代（当然我并没有那个年代的经验）。乡下的夜晚特别安静，完全没有城里的那种喧嚣，夜幕下只有偶尔传来的几声狗叫。农民们都安静地坐在家里看电视，然后早早歇下睡觉。我当然不会那么早就去睡觉，我会一个人出来闲逛。乡下的夜晚很神秘。有一次我半夜的时候被一种神秘的鸟叫声惊醒，出来的时候却什么也找不到。还有一次我看见远远的田野里有东西在闪亮，在月光下它就像一团银火在燃烧，走近了却只看见一只玻璃瓶子。我还去过坟场，见到过一个白衣人（女?）像仙女一样飘过小河，飘过小石桥，最后隐到林子里去了。

养蜂人看到我的时候眼神里充满了一种不信任，我能感觉到他的那种警惕。不知为什么，我总觉得他不像个地道的养蜂人，真正的养蜂人应该是什么样子我也不知道。他穿了一身黑色的衣衫，全黑的，长了一把乱蓬蓬的大胡子。我感觉他的眼睛和嘴巴都是藏在整张脸的深处，那些乱蓬蓬的大胡子的深处，或者是藏在灵魂的深处。他当然想不到会有陌生人在黄昏的时候来造访他。我想他在摇蜜的时候肯定不用戴头罩，因为蜜蜂根本不可能蜇到他，他的大胡子太茂盛了。他当时正坐在帐篷的门口看着他脚下的一只风筝发呆。那是一只旧风筝，不知他是从什么地方捡来的，也许是从城里哪里飘过来的吧？断了线的，坠落在草地上。它是一只很大的蝴蝶风筝，但由于时日较长，颜色褪尽，早已失去曾有的那份鲜艳。而在他身边摆放着十多只蜂箱子，一只看上去崭新的不同于别的蜂箱，上面放着一只上海产的红灯牌半导体收音机，里面正放着黄梅戏。夕阳下，他的头发和胡须一片火红。我看见不远处有一只锅，锅里正咕嘟咕嘟地煮着什么，后来我知道他是在煮羊肉。怪不得我老有一种恶心要呕吐的感觉。他居然在深春季节吃羊肉，真是不可思议的事情。他问我是干什么的，我告诉他我是画画的，他就显出一副不耐烦的样子。当然我想他有权这么做，他是一个为生计而忙碌的人，而我干的画画这行当多少就有点“不务正业”。

我问他从哪里来，他说是从很远的地方。难怪他操一口外地口音。蜜蜂在我的头顶上乱飞，我有点怕这种膜翅目昆虫。它们有可能随时蜇我一下。随着夕阳余晖的逐渐收敛，它们也纷纷嗡嗡嗡地叫着，回归蜂巢。

我真正接触他的次数很少，因为照我的理解他是个不可靠近的人。长年的养蜂生活，使他习惯了孤独，他不喜欢有人走近他。在整个槐花盛开的季节里，我们总共说过不会超过二十句话。我只是支撑起画架，一天天地画那些槐花。在我的画作里没有蜂群，也没有养蜂人。虽然我并不画他，但我却又忍不住在工作的间隙去观察他。他从来也不主动看我。但他内心一定很是敏锐，能感觉到我对他的窥视。他有时候突然抬起头来看我一眼，虽然隔着很远，但我还是马上心慌地把目光移向别处。我在阳光下感到自己是处在一个多么黑暗的地方啊！不知不觉那个花季就过去了，当我意识到这点的时候是在一天早晨突然发现养蜂人和他的蜂群都从此消失了。他走得非常突然，我一点也没有觉察。我们就像是完全陌生的两个人，他一声招呼也没打就走了。我想他可能是往更远的北方去，那里的槐花正次第开放。他可能一辈子就这样，永远不知疲倦地追赶着盛花期。

他像是从来就没有存在过一样，消失了。

第二年我早早就到了那里，仍然住在那个房东家里。我的房东夫妇都很年轻，男的在村里当支委，妇人在家做家务（这是干部家属与别的妇女的一种区别）。我喜欢那个房东女人，身上带着一种乡下女人特有的清香味。在乡下，她算得上是个年轻漂亮的媳妇。我渐渐发现在这个家里实际上妇人当家，丈夫只是个傀儡。丈夫很老实，一天也说不了几句话，倒是妇人喜欢说笑。妇人在村里很得人缘，尤其是同乡里的那些干部。乡里来干部，都是在他们家吃饭。

妇人年轻而又健康，身体茁壮，在整个春季里喜欢穿白色的上衣，而胸前的乳房鼓鼓的，走起路来颤动不已，充满了诱惑。她偶尔也喜欢同我进行一番打情骂俏，但我努力控制程度，到一定时候就作罢。因为她是房东。我向她问起那个养蜂人，她也知道，她说他来这里好几年了，从来也不和村里人打交道，他酿的蜜，谁也没有吃过。因此她断言这个养蜂人是极为小气的。而槐花蜜是很好的，清凉香甜，他至少也应该向村民卖一些。有一次还是村里干部买过几斤蜂王浆，却是又老又陈。

那个养蜂人不通人情世故啊。要说这里的槐花也不能无缘无故地让他的蜂儿采嘛！我同意她的观点，因为我住在她家，不仅房租照交，还要画两张风景画给她。我敢说她根本就不懂，但她还是欢天喜地地马上把那画贴在了墙上。

养蜂人来了。

那天大雨后我到树林里去采蘑菇，这里的蘑菇又白又大。我喜欢用蘑菇做羹的那种汤。那简直是天下第一美味。鲜极了。那味道一辈子也不会忘。吃了还想吃。

女房东做羹的手艺好极了。我挎了一只大篮子，穿着雨鞋，走进那一片像是永远也走不到头的大树林里。树林里空气清新，雨乍歇，小鸟就叫得格外欢。阳光透过林间，就像斜插进万把金剑。林子里很潮湿，地上有无数的小水汪。一些刚开不久的槐花被急雨打落了，像星星一样散布在地上。蘑菇太多了，有些大的像碗盏那样，更多的是小的，才鸡蛋那样大。它们都像是一把把白色的小伞，紧挨着大树根，撑着。我差不多一会就摘满了一篮子。我往回走，在走过小河边的时候，看到有几只蜜蜂正在一朵野花上嗡嗡地叫。黄褐色的小精灵。它们忙个不停。

我四处看了看，没有见到养蜂人的帐篷。但我知道他一定是已经来了。

阳光灿烂，槐树花无比兴奋地开放。村里到处都能闻到那种香味。只要是天气晴好，我就背起画夹到田野里去画画。蜜蜂越来越多，它们围着我嗡嗡地叫。我有些怕它们，虽然我并没有去侵犯它们，但我还是害怕它们会突然蜇我一口。因为它们是没有理性的动物啊！我这样想。

终于有一天在小石桥那边看见了养蜂人的帐篷，灰色的油毡。养蜂人穿着一身黑色的衣衫不知忙碌着什么。我没有过去和他打招呼，然而我突然发现在帐篷后的晾衣绳上搭着一件鲜红的衣服。它像火一样燃烧了我的眼睛，它不属于养蜂人。当然我这种感觉非常强烈，它属于一个女人，而且这个女人肯定绝对美丽动人，非同寻常。它像一面旗帜在风里轻轻地飘着，特别招眼，而我相信那个漂亮的女人一定就在那个帐篷里面。

在后来的那些日子，只要我一出去写生，脑海里总会不自觉地想到那个养蜂人的女人。我选择的写生的地点也有了问题——

总是最易于观察那个帐篷，这种选择完全是下意识的。我知道我内心某个地方出了问题，着了魔一样。写生不再是主要目的，而进行窥视才是真的，那种窥视的欲望强烈极了，我止不住那种好奇。我的这种好奇终于有了回报，一天正午的时候，她从帐篷里走了出来。

虽然我们隔得比较远，但我意识到她真的是漂亮极了。她就穿着那天在外晾着的那件红衬衣，非常鲜艳。她身材高挑，有着一头像瀑布一样泻下来的长发，她的脸在阳光下白亮得耀眼。她用手搭起凉篷状向我这里张望。她也是好奇的，她肯定觉得一个人长久地在这阳光下不停地往一个架上作涂抹是非常可笑的。在她的心目里，我一定是个怪人。

一个养蜂人居然有这么漂亮的媳妇，我觉得多少有点不可思议。他们从什么地方来，最终又会停留在哪里？我想的净是这类问题。因为我自己有根，我的根就在城里。到这里来只是短暂的写生，而最终我会在城里。他们对于我来说是一个谜，而这个谜我是多么地想去解开它呀。

很长时间里我一次也没有真正走近过那个养蜂人的帐篷。我时刻能感受到养蜂人那种警惕的目光。他对我怀有很深的戒心。我想他这样是有理由的。然而在梦里那个年轻的红衣女人却一次次在走近我的生活，让我一遍遍地感受到甜蜜，我醒来的时候总是怀疑它是不是真的。因为梦里的一切可都像真的一样啊！在梦里，她完全是自由的，行动自如，不受任何人控制。她走近我的房间，和我说笑，甚至和我偷情。我多么想这一切是真的呀。

在这当中出了点事，完全是在我意料之外的事，使我不得不搬出房东家。我并没有打算那样干。一天晚上那个队委不在家，女房东请我喝了她酿制的黄酒。我这人贪杯，喝多了，又差不多喝了有一坛子。喝了一坛子黄酒的人就犯了迷糊，同那个妇人上了床。事实上要是她不是我房东，我即使不多喝酒也可能同她去做爱。谁会拒绝一个年轻有风味的漂亮妇人呢？这属于你有情我有意。但作为房东就不一样了，我不想惹麻烦，而且她家确实很好，我是打算长久租住的。她是有别于城里的女人的。我得承认我们彼此感觉很好，如胶似漆。但我同她做爱的时候肯定是幻想同两个以上的女人，因为我脑海里不时闪过那个养蜂人的女人的身影。我一边做，一边把她混淆，这种混淆让我感到兴奋。我们差不多一直做到半夜才结束，累极了，然后就都睡着了。我想让她回自己的房，但她却不松开紧抱着我的双臂，她说她男人夜里在村里值班，捉那些违反计划生育的大肚子女人，不会回来的。

然而就在我们睡得很沉的时候，她丈夫回来了，事后我也知道她丈夫并不是有意的，而是完全无意的。我那晚喝得一定是相当得过量，事情怎么开始的我一点也不知道，我是被她摇醒的。我睁开眼，就看到屋里的电灯大亮，明如白昼。她当然比我清醒。她拉着一条被单盖着上身，而她一点也没有意识到她这一拉，我身上一点遮盖都没有啦！我看见了自己赤裸的丑陋的身体，那肉体由于肉欲的释放而显得非常的疲软和慵懒。那一刻我真是非常紧张，然而出我意料之外的是她丈夫并没有打我，而只是看了我一眼，然后掉头走了。

那之后我就再也没有睡着。女人临走的时候在我头上摸了一把，小声说：我过去了，你不要怕。但事实上我却不能不紧张。我考虑着结果。最后我决定立即从这个房东家撤走，不能再住下去。那个男人的沉默让我害怕。他们争吵起来，那个男人操起一件什么家伙要杀我，这都是正常的。只有这不正常才让我真正害怕起来。

我想事情决不会如此简单和轻松。所以，我要走。

在整个盛花期，我都住在那片槐树林子里。原来这片林子虽然和村子在一起，但它却属于林场。一个看守林场的老头给我提供了一间废弃的油毡房，必要的生活用品都具备：床铺、锅灶。老头不向我收一分钱。我很满意这样的地方，它是那样的自然和宁静。

那些日子我总是做同样的梦，梦见自己游进一潭碧水，慢慢往下沉。水是那样温柔，暖暖地包围着我。我幸福地往下沉，最后只露出两只滴溜溜的眼睛在水面上。

只有到这时候我才真正惊慌起来。醒来的时候我就害怕和房东的那件事要发，但事实却是从此波澜不惊。一切就像没有发生一样，唯一不同的就是我从那个家搬了出来。我的心日趋平静。我每天照常画画写生，蜜蜂飞得到处都是。我整天都能闻到清新的槐树花香，而这种酿出来的槐花蜜肯定非常诱人。

我差不多每天都能看到养蜂人，他不停地忙碌着，清扫着蜂箱什么的。他不像我见过的别的养蜂人，需要用罩子遮盖头脸。有一天，当我走近他的时候，看到密密麻麻的黄褐色的小精灵顺着他长满汗毛的手臂往上爬，而他一点也不去理会。他和蜜蜂的关系是如此亲密！我说：它不会蜇你吗？话一出口，我就知道自己是多么的愚蠢了，但一个人常常是没法控制自己的愚蠢的。我红了脸吗？我感觉到自己的可笑了。他抬头看了我一眼，说：只有你伤害它，它才会。它们其实是群很听话的小东西，我和他说话的时候一直希望她能从帐篷里出来。她果真出来了，我看到了她，像我想象的一样，不，她比我想象的还要美。我首先看见她的眼睛，就像一汪秋水一样动情，我一下子不能准确地说出她究竟是如何的漂亮，我可以把她画下来，但是那神韵也并不是我所能准确描绘下来的，精神是永远也没法复制的。

“你也常在这里吗?”她问我。

“我……我在这里画画。”我说。

然而那天我并没有和她多说多少。我能看得出来养蜂人并不高兴我和他的爱人说话。身边有着这样一个漂亮的女人，总有种不安全感。啊，可怜的养蜂人！我不想让养蜂人知道我迷恋这样的漂亮女人，我也知道我这样迷恋是没有作用的。那个养蜂人是强大的。我欣赏这样的女人只能是从审美上。让我费解的是，这个养蜂人凭什么可以赢得这样的女人。世界上很多事情是用正常的道理讲不通的。

之后，我就还是画我的画。我能感觉到自己的画在变。画作里有东西是活的，这一点让我激动。

后来我终于有一次和那个养蜂人的女人单独相处的机会。那个养蜂人在一天清晨就到城里去了，买一些生活日用品。有了女人就是不一样，有女人就意味着有了家，有家就得要过正常的生活。而像我这样，随便简单点根本不要紧。我吃了早饭之后，就支起画架，画清晨的树林。清晨的树林是最不好画的，因为这时候的光线最容易变化，非常不易把握。我正在画得入神的时候她来了，她是悄悄地站在我的身后，而我长时间的一点也没有觉察。她惊叹地说：啊，画得真好。我才意识到她的存在。我请她看我的画。她脸上的表情极其丰富。她用丰富的表情来夸赞我的画。

她说：“我很佩服画家，你们怎么就能把画画得那样好。”我看着她，说：“我希望有机会画你。”她红了脸，说：“不。”我说：“真的。”她说：“我有什么好画的?”我说：“你很漂亮。”她似乎有点不大相信，说："没有人画过我。"

她那天清晨穿了一件白绸上衣，下身是一条紧身的黑裤子。我在她身上闻到一种很香的蜂蜜的甜味。我问她是否每年都要出来，她说不。我说果然去年就没有看到过你。她听了我的话，居然红了一下脸。我一点也不明白她为什么会红脸。这年头还会有女人红脸。现代人很多东西都在退化，羞涩的消失是其中之一。她问我是不是每年都来，我说是的，我喜欢画这里的景色。最后她有些犹豫地对我说，如果我真的觉得她可以入画，她非常愿意让我为她画一幅。

养蜂人从城里回来的那天中午，在靠近槐树林的公路边上出现了两三个可疑的人，他们的行动是那样的鬼祟。那几个一律是外乡人的打扮，他们小心地朝养蜂人的帐篷方向窥视。而自养蜂人回来之后，那个漂亮女人就再也没有出现在帐篷之外。

毫无疑问，养蜂人遇上了麻烦。

我隐约感觉那几个人同养蜂人的女人有关，他们肯定要伺机下手。我想去提醒养蜂人，但又觉得好像是多余的。养蜂人说不定会更对我反感。

当天晚上有着很好的月亮。月光照在养蜂人的油毡顶上，反着圆圆的光亮。整个大树林子安静极了，我早早熄了灯，躺在黑暗里，看着外面的天空。我想养蜂人和他的女人在做什么呢？那些人会不会偷袭他们？村子里有狗叫，一声高过一声，许久，一声低过一声，最后重又恢复平静。我怀着那种担忧，迷迷糊糊睡了过去。

中间有几年呢？三年？我没有再见到那个养蜂人和他的漂亮女人。他真是非常神秘的人。那年的第二天早晨我醒来，再次惊讶地看到养蜂人的帐篷消失得无影无踪。他是如何走的，我一点也想象不出来。简直是神不知鬼不觉，一点痕迹都没有。

这是非常不容易的，一个人如何才能做到这一点呢？奇迹！那几个外乡人找到我，问我一些关于养蜂人的情况。我能告诉他们什么呢？我甚至不知道他们叫什么，从什么地方来。他们失望极了，像我猜测的一样，果然是同那个漂亮女人有关，那个漂亮女人是养蜂人拐来的。

他们走后，一切又都平静下来。

不久，我也回到城里。

然而，每年花开时我还来，但这时候只有我一个人。我一下子感到寂寞得不得了。事实上养蜂人在的时候并没有同我有什么交流，但他不在了，我觉得一下子空落了许多。这是奇怪的感觉。这种感觉不应该有，但它却有了。我没有办法。

我心里总在想：他怎么样了呢？没有答案。

今年的槐花开得好极了。

我在城里就闻到了它的香味。真的，一点也不夸张。我早早就去了那里，早去的原因是因为我过去的那个房东女人托我从城里买些东西给她，我不能辜负她过去对我的情义。女房主对我为她带去的东西大加赞赏，非常热情地招待了我。她让我仍然住在她家里，但我谢绝了。她试图让我明白她男人并不介意我们过去的行为，可我还是告辞了。我不想让自己不舒服。

然而一天早晨我在林子里再次意外地发现了养蜂人，这让我吃惊不小，我原以为这辈子恐怕再也见不到他了呢，他变化了吗？更黑了，胡子也更蓬乱了，也瘦多了，衣服肮脏。我一眼就发现他身上失去了点什么。

让我更感到意外的是他主动同我打了招呼。

我说：你有几年没来了。他说：是啊，有几年了。我问你好吗？他看着我说好什么？就这样，谁会好呢？这年头就这样就这样。他嘴里不停地念叨“就这样就这样”。他是怪怪的。当然，几年了，他肯定是会变的。我有些犹豫地问他，你没有让你的……女人也来吗？女人？他目光如炬地盯着我，说：不。

不？我不知道他这一声“不”是什么意思。他一个人，能看得出来。身边有女人是不同的。他身上有一种落魄的味道，我能强烈地感觉得到。

以后我每天画画，每天看他坐在帐篷前面，什么活也不干。破天荒的事情发生了，那就是他有一天也走到我小棚子前，看我画画。他问我画能不能换饭吃，我说不能。他眼睛眯起来，神情就有些迷惑不解了。我然后告诉他，画也可以卖，换钱。

他就有点懂了。他居然坐下来，看我画。太阳一点点地从我们头顶上移过去，他说：你画得太慢了。我说：绘画只能是这样。他说：我看你几年前就画这个树林，一个树林子有什么好画的呢？我说：绘画重要的不是可以画千百张相同的东西啊，而是可以在千百张中间画一种完全不同的东西。我这样说的时候就知道这样说并没有作用。他是一个养蜂人嘛。

谁也想不到，以后他竟然一早就会从他那里过来，看我写生。他完全放弃了他那边的活。他同我谈我过去的那个房东女人，他说他能猜得出来我和那个女人关系不寻常。我说没有啊，他就笑，说，女人啊，我是知道的，他这一笑，就让我承认了。他能拐那个漂亮的女人，显然是很懂的了，他的强势直接显现在我的面前。

看得出来，没有了那个女人，他很寂寞。没有了那个女人，他对我也失去了戒心。我很想问他关于他那个漂亮女人的情况，但我猜得出来他不会愿意谈的，所以我也就不去主动问他。我隐约觉得他和那个女人之间发生了些什么，也许那个女人离开了他？之后不久的日子里，我们（我和他）又看到几个行动诡秘的乡下人在树林周围活动。他们像我过去见过的一样，还是那几个，只是都显得苍老。“他妈的！”养蜂人恨恨地骂。他告诉我，他们跟踪他已经好几年了，而他怎么也摆脱不掉他们。他们让他吃不好，睡不安，他过去几年里不得不带着那个女人到处游荡。他说他前些年没有亏待过他的女人，让她吃香喝辣。他精制的槐花蜜把她养得多滋润啊！那种肤色和秀发，多么青春。他说：明天我送点蜜给你，那蜜是世界上最好的。

第二天，养蜂人果不食言，送了一小罐蜂蜜给我。像他说的一样，那是我看到过的世界上的最好的槐花蜜。它清亮得像高级清洁油，透明，不含一丝杂质。打开罐口，立马就有一种扑鼻的香味，他说：没有比我这槐花蜜更纯的了。每年我只酿它一罐子，从来也不卖。卖的都是下等货，我知道怎么酿好蜜。

我没有舍得吃。在那个晚上，我把它偷偷地送给了房东女人。她高兴得不得了，嗔骂说：这个死养蜂子的，这回倒大方！临走时候，她非要让我带上她家的一坛黄酒，我客气一下，还是高兴地带上了，我觉得在这样的交往里，这个女人是很有情义的，与我在城里交往的那个女人完全不同。

夜色很沉，月亮慢慢从东方升起来。我顺着小路往回走，空气清新。我忽然来了兴致，心想可以找养蜂人一起喝酒。有什么比在月夜里，坐在树林前的草上两人对酌更快乐的事情呢？我过去时他还没睡，他坐在帐篷前望着月亮哩。我说：我们喝酒吧。养蜂人很高兴，当即就摆开了小桌子（用一只蜂箱替代），还找来了两样炒素菜。

树林里越来越亮堂了，月亮越升越高。浅雾像薄纱一样把我们包围起来。我们听到林子里有鸟叫，叫声很特别。我过去从来也没有听到过这样的鸟叫声。我感到周围的树林里有黑黑的人影在移动。他们有可能会袭击过来，养蜂人开怀畅饮，他说，他都好久没有喝酒了，因为平时不敢有一点放松啊。他说，你老兄这么看得起我，我就要喝个痛快。

一坛酒就这样喝完了。养蜂人不胜酒力，摇晃起来，舌头打了结。我把他扶到帐篷里，他的床铺是用两只蜂箱搭起来的，有一只就是我过去看过的仅有的放收音机的新蜂箱。很显然，这两只蜂箱都不再养蜂了，而成了他的床。他一躺到床上就咯咯咯地笑起来，扬着手对我说：傻B！我一惊，以为他是在骂我。他说：他们永远也找不到她。他们找我这么多年啊，却一点也找不到我的把柄！他说：我的槐花蜜，你吃了吗？不能让女人吃，女人吃了你那蜜，就会跟你走啊。我的槐花蜜，让漂亮的女人吃。女人吃了会动情。她漂亮啊，真漂亮，我就请她吃了我的槐花蜜，她就跟我走……我对她好啊，我、我——我喜欢她、她，没魂、魂了。我让、让她——成了世、世上最漂亮的女人。他躺在那里像梦呓一样地说。

我想离开，他挥着手却不让我离开，说：你、你别别走。没有人、人跟跟跟我说、说话。我一肚、肚子子子话啊。你说一个女人要要要要什么呢？她后来想想离、离开我。她看见了那些找、找、啊找、找她的人，她想回家。她、她是个多多多漂亮的女人哪。我不会让让让她、她走。我为了谁、谁、谁呀？我都是为为了她呀。

月光移到帐篷里来，照着了他乱蓬蓬的胡子脸。我闻到一种气息，一种女人的气息。我想到了他说的那罐蜜的作用，知道自己可能会犯错。树林的鸟叫个不停啊，它们为什么还不去睡觉呢？他嗬嗬笑起来，“他们是、是笨蛋，傻、傻B，我啊不会——让他们找、找到她，他、他们永远永远永远永远——也、也找、找、不到。她现在在在在我、我心里面她她、她永、永远陪着我了。他、他们猜不到、到她会在什、什么地地地方，老兄，你、你也也也，猜猜猜猜——不到——神仙也不会会会知、知道!”他一边笑，一边拍着身下的蜂箱。蜂箱发出空洞的声音。

“我、我把她藏在这这这只箱、箱子里了。”他说。

月光照着那只新箱子，我看见了那个美丽的女人在空洞的箱子里，一种强烈的恐惧让我大叫起来……

远方的现实

一

在三十九岁前，褚宝成的生活一直是平静的，可是到了四十岁的时候就完全不一样了。

表面上看，褚宝成一切都还不错。褚宝成的父母都是本市的老工人，早已退休在家。他在家里排行老三，上面有一个哥哥和一个姐姐，在他的下面还有一个妹妹。现在，都已各自成家。褚宝成二十三岁的时候就进了机械厂，一直干到现在。机械厂风光过，红火过，也沦落过，差点就倒闭了，但是，褚宝成却一直也没有下岗。

这年头，还有什么比不失业更幸福的事情呢？

作为一个普通市民，他有一个三口之家。女儿褚娟十三岁了，正在上学。女儿长得有点像他，单眼皮，瘦高个，脸皮白白净净的。邻居老人们看到褚娟就夸这孩子好，学校的老师也说这孩子好，学习挺用功的。而且，她和她的父亲一样，有点不爱说话，看见人只是那么微微一笑。

机械厂在困难的时候曾经一年精减三次员工，但褚宝成每次都能留下来。并不是说褚宝成有什么背景，他的父母兄弟姐妹，全是普通工人，一般的市民，哪怕姑舅叔伯，也都没有一个当官的。论文化，褚宝成的文化并不高，充其量也就是高中学历罢了；论技术，也算不上顶尖的技术工。说他本分肯干，倒是真的。可是，马上就会有人反驳说：厂里的老实工人有的是，为什么那些人就下岗失业了呢？那么，我们只能说，他的运气比一般人要好点罢了。

褚宝成的运气好，还可以从另一方面证实：他的老婆很漂亮。不谈姚美芹的过去了，即使是现在，女儿都十三岁了，走在街上，她也绝对不比有些年轻姑娘逊色，甚至，有些年轻姑娘的风姿还不如她呢。

这样一个美人，怎么就嫁给了褚宝成呢？这是很多人都想不通的事。褚宝成自己也从来没有想过。事情过去这么多年，他只记得那一年同车间的一位大姐（她刚进厂的时候，曾经跟着褚宝成的父亲干过几个月的徒工）有天对他说："小褚我给你介绍一个对象吧。"褚宝成当然就同意了。他那时候正是想姑娘的年龄。厂里的那些漂亮姑娘看不上他，一般的姑娘他又羞于追求。这时候有人给他介绍对象，岂不是雪中送炭？在这之前，也有人给他介绍过，姑娘们也都是普通工人，有的甚至还在待业呢，文化不高，小市民家庭出身，和他所谓的门当户对，而且，她们的长相也都一般。但就是这样，人家和他见过两面之后，也都没有下文了。这也正常啊，他们家的条件并不好，而且住的也差，在一条小巷子里，六十平米，挤了一大家子（当时他的哥哥姐姐们都还没有出去），和她们自身的境况太像了。她们怎么能再忍受一遍过去的生活呢？

她们都想改变今后的生活。

褚宝成自己也不愿长久地把目前的这种生活延续下去。但是他能有什么办法呢？有时候人是没法改变自己的。个人的力量有时（只是有时。但是这种所谓的“有时”是大多数时候，针对大多数人）是很小的。在当时的那种国家体制之下，你要想改变自己的生活，那简直比登天还难。关键是谁也不会做那种痴心妄想。每个人从出生时开始，差不多就知道安于现状。褚宝成从学校出来后等了几年，进了工厂，觉得这一切已经是非常好了。国家让你有了一份工作，你还抱怨什么呢？除非你有病，存心对国家不满。

工人们的工作是简单的，青年人的思想是快乐的。褚宝成虽然说不上有多快乐，但他也绝不贪婪。痛苦都是由欲望的贪婪而带来的。褚宝成的父亲在工厂里干了一辈子，也还是一个工人。褚宝成和他的父亲不在一个车间里，但是，他的父亲就是他的镜子。而那些街坊们也大多如此，庸庸碌碌。有了许多参照系，褚宝成有什么不满足的？环境造就人。

姚美芹知不知道自己的漂亮呢？褚宝成想她应该是知道的。他和姚美芹第一次见面的时候，自己都有些不能相信他们有一天会成功。世界上哪有这样好的事情：一个漂亮姑娘会嫁给他这样一个普通工人？至少，她也应该找一个工厂里坐机关的，而不像他这样，一辈子都将在车间里过日子。

事实上见过那次面以后，姚美芹也有很长时间没有消息。褚宝成自己的心思也就淡了下去。见到那些知道他相亲的工友，觉得灰头土脸的。被人甩掉，毕竟是个很没有面子的事。一次见到那个说媒的大姐，她倒是坦荡而又热情地说：“还没有消息呢。要是这个不成，我再给你介绍一个，一点也不比她差。她不过就是一个大集体工人罢了。”而褚宝成所在的单位可是全民所有制。但褚宝成当时心里想：集体不集体倒不是主要的，重要的可不要再像她一样漂亮。要是比她差一些，成功的可能性就要大一些。

他不贪，他想找一个不难看、能过日子的姑娘就好。他的父母过去就经常这样教育他的哥哥姐姐们，“漂亮顶什么用？又不能当饭吃。”褚宝成的嫂子非但不好看，甚至可以说长得相当难看。而褚宝成的哥哥倒还是长得挺有模样的。当时别人介绍的时候，哥哥怎么也不同意，哥哥当时有中意的姑娘。可是父母们对嫂子中意得很。嫂子也竭尽巴结讨好之能事，一会给哥哥打件毛衣了，一会又给父亲织双手套了，要不就是给妈妈买一件背心了。父母们反正又不会同她同床共枕，所以根本就不考虑哥哥的感受。他们对哥哥严加责备，认为他简直不知好歹，硬逼着哥哥结了婚。

褚宝成眼看着哥哥结了婚，并且还和嫂子生了两个孩子。在他眼里，嫂子毫无疑问是这一带最丑的女人了。刀片脸，布满了褐色的雀斑，一双小眼睛看人时总是斜着。身材又瘦又小，一头黄色的卷毛。讲起话来语速飞快的，像跟谁吵架，而且又尖又细。

漂亮不重要，否则，哥哥怎么能够忍受得了呢？在共同住在一个屋子里的那些日子里，他不止一次听到隔壁哥哥嫂子在床上的压迫声。另一方面，褚宝成又有些自信：怎么着也不至于再像哥哥那样，找个那么丑的女人，至少，看上去是可以顺眼的。

生活有时候会偶尔显露一些奇迹，否则今后还会有谁再相信命运这一说呢？奇迹没有显现在别人身上，偏偏就选择了褚宝成这样一个非常普通的小伙子。在这个城市无数个工厂当中，机械厂只是一个中等企业。即使在机械厂，像褚宝成这样的小伙子也有上千人。

过了几个月后，有一天褚宝成在电影院门口无意中遇到了姚美芹。姚美芹穿了一身深蓝色的女工装，脚上穿着一双黑布鞋。

与那天和他见面时的装扮相比，要朴素得多。在姚美芹的身边，还有一位中年妇女，那是姚美芹的妈妈。褚宝成一下子就有些不知说什么好，而姚美芹的妈妈则一直默不作声地盯着他看。

以后的几天里，褚宝成一直有些恍惚。他隐约记得姚美芹和他是很客气地打了招呼的。可是，这明显是没有希望的事情，她们母女对他只是礼貌而已。他们就在电影院的门前站了一会，只简单地问候了两句，然后就分开了。他当时有些窘迫，眼光一直躲着姚美芹，甚至都没有向她的妈妈致意。而他走得匆匆，连头也不敢回。他一直觉得背后有一把刀，那把刀就是姚美芹妈妈的目光，简直就是要剐到他的心里去了。

就在他已经感到释然的时候，有一天，那位充当介绍人的大姐突然高兴地找到他，说："小褚，姚美芹带信让你这个星期天有空到她家帮她妈妈搬煤。"大姐好像比他还要高兴，说："她说她妈妈看过你，对你印象挺好的，说你怎么怎么老实，看到她妈居然吓得一句话也不敢说，头都不敢抬。"大姐一边说，一边笑起来。年轻的小褚就惭愧得很。"你福气好啊，姚美芹可真是一个漂亮丫头。你可要好好表现噢。"大姐叮嘱说。

谁也不能相信姚美芹真的就和褚宝成好上了，也许姚美芹看上了他的全民所有制？对于一般姑娘，所有制可能还是计较的，可对于一个漂亮姑娘，根本就不必在乎什么集体全民的！她完全可以找到更好的。他们居然恋爱了整整三年。这当中他们也吵过嘴，甚至差点就分手了，但每次总是又能搅和到一起。男女之间的事谁能说得清呢？只能说是命运安排了。姚美芹后来也觉得和褚宝成好，似乎是有些委屈了自己。她要是放开自己，随便找一个也比他强，但是等她完全意识清楚的时候，婚事已经全部筹备停当了。

褚宝成婚后别提有多知足了。事实上很长时间，他的心是悬着的，而直到结了婚，他的心才真正定下来。漂亮的姚美芹已经成了一只煮熟的鸭子，他不再害怕她会飞掉。工友们都半是羡慕半是妒忌地说："褚宝成真是他妈的好福气。"褚宝成也觉得自己的福分好，是的，拥有一个漂亮的妻子是多么让人羡慕啊！婚后不久，他们就有了孩子。时间过去这么多年，褚宝成虽然已经习惯了姚美芹的美丽，但是对婚姻家庭生活，依然是知足的。什么叫幸福？拥有一份平静就是幸福。

二

姚美芹下岗了，褚宝成也依然认为他们的生活是可以的。褚宝成已经习惯了。姚美芹的下岗事实上只是迟早的事，他心理上早有准备。姚美芹早先在一家无线电元器配件厂上班，活倒是比较轻松，后来越来越没事做了。十年前厂里就开始分流，办了后勤三产什么的。姚美芹通过熟人，从车间里跳出来，到了厂里开的洗衣店。这种工作要比在操作台上装配电阻什么的还要轻松些，而且也不像过去那么枯燥。她自己有一阵甚至很得意过。褚宝成相信她之所以能够找到那份工作，还是因为她比较漂亮的缘故。

漂亮的女人总是比别人得到更多的好处。

洗衣店是三产的一个窗口，找一个形象好的当服务员，也是很自然的事。那时候洗衣店是个前景很看好的服务行业，很快大街小巷到处都是大大小小的洗衣店。与那些个体的洗衣店相比，姚美芹所在的那个"国营便民洗衣店"很快就被湮没了。服务没有那些个体的好，价格上也不比人家便宜。这样撑了有一年多时间，姚美芹每月便只拿一百来块钱的工资。又是一年以后，姚美芹就彻底没事可做，车间回不去（自从她尝到了自由的滋味之后，主观上自己再也不想回去了），工资自然也没了。褚宝成并没有觉得格外的压力。姚美芹在家里，做做家务，关照孩子，也挺好。无非在日常开支上，稍稍紧些罢了。

姚美芹闲着的时候，就去参加交际舞。一度，她跳得非常上瘾。开始的时候还知道回来烧三顿饭，后来晚上十点多还不回来。跳舞成了她人生当中的一个重要支柱。没事情可干，她空虚啊。在舞场上，她找到了感觉，很多人夸她的舞跳得好。活跃在公园露天舞场上的，当时多是些上了年纪的老男人和在家没事可做的家庭妇女，像姚美芹这样还年轻的女人，简直就是凤毛麟角，立刻就成为那些头发已经秃谢、眼袋下垂、行动迟缓、衣着不整的老男人们争相邀请的宠物。

褚宝成知道她是不可能看上那些男人的。那些男人还以为艳福就在眼前呢。她只是空虚罢了。这样跳了有半年多，她自己就失去了兴趣。一帮糟老头，有的还流着口水呢，恶心死了！也就在那个时候，她的一个什么朋友又帮她找了一份工作：公司办公室行政内勤。

她对那份工作很喜欢。褚宝成也喜欢她有这份新的工作，一个女人，还是有份工作做比较好，否则就会无事生非啊。而且，虽然她做的不过是行政内勤，可说起来却是在办公室里，听上去像是坐机关的。她文化又不高，还能做什么呢？再说，她所要做的不过就是收发报纸、泡水之类的工作，多轻松啊。

“还是长得漂亮有好处，否则你到哪里能找到这样的工作啊。”褚宝成有次由衷地对她说。

姚美芹现在也的确越来越注意打扮自己。“到了现在这种时候，女人往往老得快。”她有了恐慌感。除了这种天生的恐慌之外，她越来越多地体会到漂亮真的就是一种资本。过去怎么就没有意识到呢？好像当年整个社会那种气场不是很强烈，现在她知道，一个漂亮女人事实上是容易在这个社会上得宠的。在小公园里那帮请她跳舞的糟老头还知道请她看电影、吃瓜子、递小马夹呢，更不用说社会上的那些男人了。

然而，她又毕竟是个结过婚的女人了，同那些年轻姑娘已经不好比了。她有一件事，一直瞒着褚宝成。那是她到那个公司里干了不长时间，一位四十来岁的科长就出现在她的面前。那个科长长得并不好看，黑黑的，脸上净是疙瘩，小眼睛，一口横七竖八的牙齿。在众多的科长当中，他真是一个非常不出色的角色。但是，他经常在办公室里没人的时候同她搭讪。

与褚宝成不同，他可是见多识广，他知道天南海北的很多东西。他经常向她说，他要请她出去玩，或者请她吃饭，还说要送她一个什么什么样的礼物。事实上她那时候内心就有些矛盾。她知道一个女人是不能随便接受什么人的礼物的。一个男人要是给你一样什么东西，那他一定是想从你这再得到一样什么他想得到的东西。男人像个老谋深算的猎人，而女人则像是一个有些贪嘴的小动物。你只要贪嘴了，那么你一定就会被捕。

但是，有些小东西是不计较后果的，明明知道前面的诱饵一定有危险，可是它还是要往圈套当中跑。有些女人就是这样的一种小动物。姚美芹其实也不是有多么贪，更多的是一种好奇，她不知道这个男人会对她采取一种怎样的态度。她要试一试，而且，她还心存侥幸呢，心想：也许，他只是对她一种好罢了，并不是有什么更深的企图。

那个科长也并没有马上就送什么东西给她，也没有马上请她吃饭。很多时候，他只是在嘴上说说，也许他在试探她的态度，也许他内心也是一个胆怯的人，虽然内心很想有进一步表示，可是行动上又不敢做得太直白。有一阵她甚至想：这种人根本就没有什么危险。

后来有一次他又说要请她到一个什么地方吃饭，她就直直地说："你总也不兑现，说了跟没说一样。"他有些尴尬，说："那我们就去。"真去了，在一家饭店里。姚美芹倒是坦然得很，整个吃饭期间，他也并没有什么不礼貌的动作，甚至还相当绅士。在回家的路上，她想：不过是一种正常的男女交往而已。

一个月后，有一天他从一个什么地方打电话给她，说他住在某某路某某宾馆某某房间，让她去一趟。她那时候有些犹豫，心里有种不好的感觉，可是她又有一种强烈的好奇，不知道会有什么事情发生。内心好像又有一种期待，希望要去证实什么。她像做贼的一样，赶到那个宾馆，发现房间里果然只有他一个人。

那个科长笑吟吟地看着她，从一只包里拿出一条珍珠项链给她。他说是他到海南出差特意带给她的，他说海南盛产珍珠，接着就说这种珍珠怎么怎么好，好像非常值钱。她的脸有些红，觉得不该收他这样的东西。如果收下，她就要给钱给他。可是他笑着说："你是怎么啦？我怎么能收你的钱呢？我又不是卖给你的。"她的脸就红得更厉害。他不要钱，这怎么是好呢？也许她只能把它退给他，可是，她又实在喜欢这串项链了，她受不了那份由贪恋带来的诱惑。褚宝成从没买过什么首饰给她，除了结婚的时候买过一枚戒指，一说都是十年前的事了。

科长说："我给你戴上。"说着就抱住了她，然后越抱越紧，气越喘越粗，动作越来越放肆，他的手已经伸到衣服里去了，她挣扎着说你不要这样这样不好啊我不要你的东西你放我走。科长说："我喜欢你你还看不出来么。"这句话击中了姚美芹，姚美芹一下就被他推倒在床上。

姚美芹走出那个宾馆很远的时候，还忘不掉科长脸上当时淫荡的笑，"你真是骚得可以呢。"他感觉到了她的异乎寻常湿润。她也说不清楚自己为什么会那么的湿润，湿润而温滑，从她体内流出来的兴奋的润滑液，把床单都浸湿了一片。液体的润滑，使得他们的肉体行为变得格外地顺畅，可是，却使事后他们的关系变得非常的枯涩，她忽然意识到自己在那个科长的眼里，只是一个婊子一样的人物。她恨自己当时表现出来的那种兴奋，可是她却又是情不自禁。不要脸，真的不要脸！事后在道德上的羞愧与对还残存在记忆里的强烈的快乐交织在一起，她心绪一片混乱。在这种混乱的情绪下，她把那串项链扔进了下水道里。

她以为丢掉了那个东西，就等于自己没做那件事情。晚上回到家里的时候，她简直就不敢直视褚宝成的眼睛，更不愿和女儿有肌肤上的触碰。她感觉自己就像一块已经用脏了的抹布，擦到哪，哪脏。可在黑黑的夜里，那串项链的夺目，总在浮现在眼前。

姚美芹没有在那个公司里继续干下去。二十天后，她就把那份工作辞了。她讨厌那个科长看她的眼神，暧昧得让她恶心。有一回在走廊上，他堵住她说："我们什么时候再开房？"她知道他话后的意思——我们曾经是那样快活么——她摇摇头。他说："我怎么没有看过你戴那根项链？"我是在你身上花过钱的——"我扔了！"她说。他惊讶地睁大眼睛，"为什么？"他问。"我讨厌再做那种事。"她说。他笑起来，眼镜片后面的眼神全是不信任。他不相信她会把那根项链扔了，更不相信她会讨厌做那种事。难道当时她不是在床上兴奋得直扭身子？

褚宝成一直也不明白她为什么好好地把那份工作辞了。但是，既然她已经决定了，他能怎么办？再说，当他知道的时候，事实上她已经回到家里了。他猜想可能只是在单位里受人欺负了。在那种公司里，文化人比较多，她这样的，自然受人小瞧。这样一想，他也就不怪她了。辞就辞了吧。他相信她以后还会找到新的事情做。她比他活络得多。

姚美芹果然不久又找到了一份事做，帮人在一条街上的花店里看店。活，自然是轻松的，但是常常是早出晚归，而且报酬不过是那么三百来块钱。褚宝成就安慰她说："活又不重，三百块钱也值啊。不过话说回来，你要不想干，就回来歇着。"姚美芹不想歇，她不是念着这每月的三百块钱，而是可以消除每日的寂寞和无聊。在外面做事，心里总是装着新鲜，每天见识着不同的人，经历着不同的事。在见识不同的人和经历着不同的事中，她才感觉自己是活动的，在家里的人是死人。

褚宝成也仍然是知足的，老婆孩子一样也不缺，生活照着日常的轨道走，多好啊。姚美芹越来越注重打扮，他每天晚上看着她，挺受用的。常常有人对褚宝成说："前几天看到你老婆了，怎么越来越漂亮了？"他知道他们用的是一种夸张修辞法，越来越漂亮是不可能的，只是说按她现在的年龄，她仍然保持了一种美丽，而且是一种不同于年轻姑娘的美丽。

姚美芹也会打扮自己，女人嘛，打扮是正常的。褚宝成喜欢姚美芹各种打扮的样子，她总是给他一种新鲜感。

一家三口的日子过得不富裕，但也还能凑合，关键是夫妻之间挺恩爱的，孩子也顺心。姚美芹一直没有再和别的什么男人发生意外，虽然也还有一些社会上的男人向她献点殷勤什么的，但是她坚持一条：决不和那些人发生肉体关系。那些男人也聪明，谁能上床，谁不能上床，几个回合下来，也就知道了。他们对她有个印象，就是这个女人虽然也喜欢和男人交朋友，喜欢男人们为她做点事什么的，但是她却不愿意上床。他们认为她并不是保守，而是因为她心里的什么地方有病。

他们不喜欢那种心理上有病的女人，假正经，而且这种假正经还真的不肯上床，你说这不是有病是什么？

他们喜欢那种男人给点好处，就能哄上床的女人。

与那些女人相比，姚美芹还是小家子气，他们想。没有见识过大世面，或者说思想还不够解放。解放了的女人应该意识到性的快乐也是可以当作人生里的一种追求的。这都什么年代了，还把性看得那么古板！

与那些男人一比，姚美芹就知道褚宝成是多么好了。至少，褚宝成是不会在外面骗女人的。可是当她对那些要对她霸王硬上弓的男人说："你这样做怎么对得起自己的老婆啊？"他们就振振有词地说："这算什么？她又不知道！她不知道就不是伤害她。再说，有本事的男人，谁在外面没有个情人？"姚美芹就知道，自家的男人算是没有本事的。

一个普通工人，能有什么本事？没有本事就没有本事吧。反正当时是自己选择的，现在的日子过得好就行。

三

姚美芹在花店经过了一段好日子，花店的生意一度好得不得了。除了个人的消费，还有单位来订购。一些单位在鲜花的消费上，非常大方。一位朋友，也是一位小老板，劝姚美芹干脆自己也开一个。她也真的动了点心思，可最终却没有付于实施。很快这个城市里到处都是大大小小的花店，花店的生意就不好做了。要说生意败起来，那可是快得很，不到半年时间，那个小店就开不下去了，主人提出来关门，姚美芹能说什么？只能打道回家。

家里的日子就有些消沉。因为，姚美芹回家那一阵子，褚宝成也在为自己的命运担心呢，厂里又要来一次裁员了。而且，据说这次裁员的幅度很大。消息进一步说，某两个车间可能要一刀切。其中，褚宝成所在的车间被切的可能性很大。

贫贱夫妻百事哀。他们那一阵有点为未来担心了，千万不要两人都下岗。要是两人都下岗，没事干，孩子怎么办？孩子上着学呢，处处要用钱。褚宝成那时虽说还没有马上失业，但已经有十多天没有去厂里上班了。单位里没有活干，干脆放了假。谁知道这假一放，还能不能再回到单位里去？本来说只放十天的，可是，许多天过去了，他还没有得到回厂的准确消息。

这一年褚宝成三十七岁。

好运又一次降临到了他们的头上，这次好运还是由姚美芹的美丽带来的。一家房地产公司的老总让她去他们公司开在华侨路上的酒吧当经理。一开始也没说让她当经理，可巧姚美芹上班不到一个星期，原来的那个经理人家不干了。那个经理年轻，三十来岁，据说还是个大学文化。他在这家酒吧里做了三年经理，突然中（其实一定不是突然的）决定跳槽去深圳。据说他的女朋友在深圳。

这样的机会就给了姚美芹。酒吧里没有人了呀。除了姚美芹，其他的都是十几二十岁的小姑娘。就让姚美芹负责。年龄大，可能做事踏实一些。徐总当时心里就是这样想的。再说，这样的一个经理，又不是一个什么了不得的“官”，还不是他随口说？所谓“说你行，你就行，不行也行”是也。

酒吧的生意不算好，那个老总也不是很上心，他对姚美芹只有一个要求：不赔本就行。姚美芹那段日子糊涂得要命，也紧张得要死。她简直有点摸不着头绪。接手的第一个月，结账时发现虽然没赔，但纯利却只有一百来块钱。她感到挺过意不去的，自己每月拿着一千二百多块工资呢。到了第二个月的时候，她就开始算计开了。很快，两个月后她就把酒吧在经营中所有遇到的不懂的问题全问明白了。该节省的节省，该变通的变通，同时又想办法给客人让点小利，生意居然就有了新的一点点起色。

姚美芹比过去忙多了。褚宝成也愿意让她忙。他想不到她居然能干出一番事业来。她要是成了一个什么女强人，也未可知。她能干，他有自豪感。她现在的工资就比他高多了，他看着她忙，挺高兴的。

家里的日子充实。

褚宝成不大怎么探问姚美芹酒吧里的事情。一个工人阶级，管那些闲事干什么？你看夜里泡在酒吧里的那些人，哪有一个是属于工人阶级的？他看不惯那些人，虽然他们年轻，虽然他们有钱。如果让他去过那种黑白颠倒的生活，他也不会习惯。他希望女儿长大了，不会是那种人，女孩子染着金黄的头发，坐在酒吧里，手指里夹着一支烟，和男人相对而坐，吞云吐雾。

女儿褚娟的学习很用功，在学校里是个好学生。褚宝成希望女儿能继续将这种成绩保持下去，顺利地进入重点中学，然后考入大学。要是她考上了大学，她就能过上一种与他们不同的生活。

在女儿学习这一问题上，他们夫妻俩完全高度地统一，都希望女儿能争气，过上与他们不同的生活。他们想让她当上城市白领，虽然要实现这一目标还很早，但他们就是早早制定了这样一个方向。

日子就这样过得很快。

褚宝成一点也没有注意到姚美芹有什么特别的变化。比如她忙了，很晚回来；比如她现在更加地注重打扮，讲究衣着；比如她有时会集中地说起某某男人，有时又突然不再提了，等等。褚宝成认为都是正常的，工作忙嘛，又是在公共场合当经理，接触多了，眼界宽了，一切都不奇怪。可褚宝成怎么也没有想到姚美芹会喜欢起一个人来，一个除他之外的男人。

那是一个四十多岁的男人，文质彬彬的，白脸黑发，戴一副金丝近视眼镜，非常干净，喜欢穿一身西装，打着领带。他喜欢抽外烟，而且永远是一种牌子。

那个男人真干净，姚美芹喜欢看他手指夹烟的姿势，相当优雅。他差不多是每个月都会来那么几次，时间不定。有时带着三四位朋友，有时则一两位，或者是带着一个女人。每次带来的女人都不一样，或年轻，或中年，或漂亮，或平庸。在来酒吧的客人当中，他算是上了一定年纪的。他领来的客人也都彬彬有礼。他们坐在一起喝酒，抽烟，谈论着什么。官场政治、经济风云、男女艺术，杂七杂八，挺有学问。姚美芹一次递名片给他的时候，他笑了一下，说："你这酒吧应该好好包装一下。"显然，他对这个酒吧现在的这种样子不够满意。她也回笑了一下。现在的酒吧的确是需要文化品位的，而她自己是不懂的，那个房地产老总也不懂。她想做好，让那个老总高兴一下，所以，如果有人帮着策划一番是最好的了。

姚美芹后来知道他姓王，是一位律师。他仪表堂堂，让她对他刮目相看。她希望酒吧里能多来这样的客人。

一个雨夜，酒吧里的人很少，他来了。她热情地招呼他。他说他是等一个朋友，不过那个朋友可能不一定来了。当她在吧台里忙碌的时候，看到他坐在那里有些孤独。

姚美芹让小红一个人经营着生意，她则坐到他的边上，问他有没有什么高招，帮助酒吧搞出点品位出来。他一下子就来了谈兴，从酒吧的墙面装饰到招贴画，从服务生的服饰到座椅的形状，从酒的品种到灯光，说得姚美芹佩服得五体投地。那种感觉，就像是她心里是一锅糨糊，昏暗蒙昧中，突然被人捅开了，见了一束特别的光亮。

这个男人给了她一种特别的好感。

他那天给她说了许多，有些措施她是可以实行的，也有些是不可行的。她的能力毕竟有限。她一点点把他说的那些有用的东西，全用力记在了脑子里。她决定要按照他的指点，试着去做一做看。按照他的说法，应该是可行的，而且，她相信酒吧的面貌肯定为之一变，生意上会有很大的改观。

姚美芹回家对褚宝成也说了，说自己遇着一位叫王铭道的男人，律师，很有文化，很有品位。他指点她如何经营酒吧。褚宝成支持她做去好，人家房产地公司的老总抬举她，她自然要努力做好。做人么，要讲个知恩图报。那个老总对她可是有知遇之恩的。

当姚美芹把自己的想法（当然，事实上是那个叫王铭道的男人的想法）在电话向远在南方的那个房地产老总汇报的时候，徐老总只是大咧咧地说："好好好，你做吧。没问题，你做主。你大胆地做。好好好，好，就这么办。"姚美芹听了，真的就感到一种谨慎地欢喜，一种初次当家作主的欢喜。

酒吧重新粉刷，布置。姚美芹不敢把动作做得太大。她知道自己的位置。徐老总从南方回来的第二天晚上，开着那辆黑色的新凌志小车来到了酒吧，眼睛也为之一亮。墙壁上一律刷上了一层黄色的底漆，然后再涂上各种图案。顶上不大的空间里吊上了各种彩旗，吧台的橱柜里则摆满了各种工艺品。整修的花费不大，但感觉一新，很有点情调。他笑吟吟地对她说：“想不到你还真行!”

徐老总叫徐金基，五十一岁，中等身材，像所有的成功男人一样，爱梳那种大背头发式。胖，脸上的赘肉把下巴都淹没了。他发福得厉害，有一副相当可观的大肚皮，腆着，就像挺着一只大铁锅。他说话的嗓门很响，他自己说跟他的行伍出身有关。

姚美芹很感激徐老总，把她弄到了这个位置。他们是在一次饭局上认识的，姚美芹的一个中学同学在市政府工作，接受人家的吃请，座中就有这位徐老总。姚美芹也受邀了，是沾了那个同学的光，当时她在回家的路上正好遇到了那个同学。老同学多年不见了，平时也没什么机会，就非要拉上她，说可以一边吃饭一边叙旧。但她知道，自己只是一个漂亮的陪衬，任何酒宴都少不了漂亮女人。徐老总似乎有些不相信她失业在家。姚美芹的同学说：“你要有可能就帮她一把。”徐老总笑着说：“这应该是你的事情，你们是同学。”姚美芹的同学说：“我能有什么办法？我要能解决，还来找你？你那么大的公司，什么人安排不下？”徐老总笑笑，说：“你的命令，我敢不听？”

世界上没有无缘无故的恨，也没有无缘无故的爱。这句话，姚美芹当然懂，尤其是一个男人对一个女人。徐老总照顾她，自然是看在她那个同学的面上，但仅仅如此吗？当然，他也不定就是看上了她的美色。后来她也听说了，徐老总的生活里有女人，年轻女人，非常漂亮，据说只有二十一岁。她倒是没有亲见过。他所在的那个嘉业开发公司，是个资本非常雄厚的大公司。他的年收入很高，出手大方，养一两个女人根本不算什么。再说，花的钱也不一定非得掏自己的腰包。真正有权力的人，谁会用自己的钱？单位里有的是钱。

姚美芹自己有时倒是想过，如果徐总对她有企图怎么办？依顺还是不依顺？他对自己是有照顾的，如果不依顺，是不是就有点“过分”？男人们把这种事是当成小事的。如果你连这点都不依顺，他就会认为你拒绝了他的“好意”，就像那个科长。好在徐老总自己有年轻漂亮的“小蜜”，这么长时间以来并没有对她有过什么，想来对她是没有什么兴趣的。

她也心安，这样倒好。自己就一心做酒吧生意吧，做好了也算是对他的回报，而且是最好的一种回报。她很感激他给她这一份工作，让她学到了不少东西，得到了锻炼，积累了一些生意场上的经验。她甚至想，如果以后有机会，她也可以单独做。当然，这只是一闪念而已。没有相当一笔资金，怎么能做得成？姚美芹自己也没有想到，她一个从来没有干过大事的人，而且也没有什么大学文凭，居然也能把一个酒吧做起来，管理得井井有条。虽然开始的时候有点手忙脚乱，但几个月下来，越来越有样子了。

偶尔，有时候在街上遇到过去厂里的同事或是小时的同学，知道她现在在酒吧里当上了经理，都很是羡慕她。她们现在终于发现她骨子里是多么的能干。说起褚宝成，她告诉她们：他还在那个厂里。他能有什么变化？一个工厂里的工人，就这样也挺好。她挺知足的，她们都知道褚宝成是个老实人，平时挺顾家的，下了班就回家。现在她忙，家里的事就全交给他了。他把家里收拾得妥妥当当的。回去再晚，他也会为她热上饭菜。当今社会，一个男人不嫖不赌不抽，就算得上是好男人，别的还能图他什么？

这样的话当然只是说给别人听的。别人是否也这么认为，姚美芹就不得而知了。要嫖要赌要抽的男人，褚宝成也得有那份能耐啊！你说徐金基有女人，那是人家有那份本事，经常吃住在宾馆里，桑拿按摩。在歌厅里，搂着年轻的小姐，就像抱着下一代，嘴里却唱着“迟来的爱”。那都是因为他有花不完的钱啊。

王律师呢，应该算得上是个好男人吧？一个比较优秀的、有相当品位的男人。与徐金基徐总经理相比，他只是没有什么钱罢了，但是他比徐总有文化。当然，他们哪一个都比那个小科长强。想到那次越轨，姚美芹心里就有些犯堵。她倒不是觉得对不住褚宝成，而是觉得碰到那样的一个男人，对不起自己。

四

徐总那天的酒有些多了，但问题的关键不是他的酒多。问题是那天姚美芹自己并没有拒绝。岂止是没有拒绝，简直就是比较主动。那天大家一起吃饭，徐总的那个“小蜜”也在。那是她第一次亲眼看到这个“小蜜”，果然非常漂亮。

表面上，这个“小蜜”是公司里的文书，但她却是什么也不干的，连班也不上。她要的也是一个名分罢了，“小蜜”的身份总是有些不尴不尬的。她真漂亮，漂亮得让人有些目眩。姚美芹当时心里就想：她怎么就当起了“小蜜”呢？这么漂亮，什么样的男人嫁不了？所有的男人娶到她，都会把她像宝一样地在手里捧着。

“小蜜”那天好像有点不高兴，她一直冷着脸，不说话。而徐总在她身边则有些低三下四。姚美芹看得心里都有些不高兴了。一个大男人，干吗这样？他也算是一个有身份有地位的男人了，为了一个“×”就贱成这样？也太是软骨头了！不过，好像男人也都是如此啊。

那天参加饭局的都是房地产公司里的人，徐总向他们介绍姚美芹的时候，说她是酒吧的总经理。不过那些人也都认识她，除了那个“小蜜”。“小蜜”真水灵，且不要说她的脸蛋了，单说她那伸出来的一双手，鲜嫩白皙得就真的像是刚出水的葱白一样。作为一个女人，姚美芹都有点喜欢上她了。但是人家“小蜜”不高兴理睬别人。你要说她年龄小，还有孩子气，可她实在已经是成人了，因为她现在做的事情完全是成人才能做的事；你要说她是成人，可她实在又不像一个有过性经历、当着人家“二奶”的女人。无他，就是一个“贱”！姚美芹当时心里这样想。

饭局没完，那个“小蜜”就先气呼呼地走了，也不要人用车送，自己打车回去。其余的人就有些尴尬，勉强撑了一会，酒尽人散。徐总没走。饭后的徐总开车带着姚美芹，来到了酒吧。小红和另外两个服务生在，不是周末，生意一般。徐总对姚美芹说：“我请你喝酒。”姚美芹说：“还喝？不能再喝了。”徐总说：“你的酒量不小。”姚美芹的脸红红的，她过去从没发现自己居然有这么好的酒量。在饭局上，她一人喝了差不多有四五两白酒。而且，是高度的，到现在居然也只是觉得脸有些红，发烫。

“喝，陪我再喝点。”徐总说。

姚美芹笑着推辞说：“我真的不能喝了。”

徐总显然心有些不甘。姚美芹知道他心里积郁着一些东西，无法排遣呢。她要是生硬地拒绝了他，心里又觉得过意不去。“喝点茶吧，喝茶醒酒，我陪你喝茶吧。”她说。徐总不屑地说：“这里的茶有什么好喝的？要么到我那边去，我有好茶。”姚美芹说："你那有什么好茶?"徐总说："台湾的高山冻顶乌龙，极品。"姚美芹相信，但好像为了喝上好茶，就专程去一趟也没什么意思。她对什么好茶向来是持无所谓的态度。不过，看他那样子，她倒是觉得应该陪陪她。不管怎么说，他对她是有恩的。

姚美芹从踏进他家门的那一刻，突然就有预感：她今天来的可并不怎么合适。不过她没有太放在心上，甚至还在心里嘲笑自己的多疑。他的夫人和孩子都不在家。他说是到外地去了，而且是一趟远差。这就难怪他那么大胆了，把"小蜜"带出来公开招摇。谁想那个"小蜜"又要了性子。

当徐总对她开始动手的时候，她多少有些意外，也很有些不适。可是她没有更多的拒绝。之所以没有坚决地拒绝，当然是出于他是她的老板的心理。开始的时候，她只是觉得他可能是一种酒后的胡闹，她甚至被他这种急迫的样子逗得笑起来，尖叫着说："你不要这样，不要这样。"徐总却被她的笑声逗得更加勇猛起来，死死地抱住了她。姚美芹说："你不是有你那个'小蜜'嘛。"这话说出来连她自己都感觉好像是有点吃醋的意思了，虽然她并不是在吃醋。

"你不要提她，你有你的味道，你比她好。"他说。

她知道这是不可能的，可是她的心里还是"咯噔"了一下，像是被电麻了。"不要这样，你不要做你后悔的事。"她用力想推开他的手。"我其实挺喜欢你的。"他说。她说："不行，我不能做这种事。"他说："你是不是把这件事看得很重?"很重吗? 她在脑子想了一下，不! 当然不，她又不是上个世纪的女人。可是，她也不能随便呀。难道不看重的反面就是随便吗? 不! 她又不是没有经历过这种事。她也经历过。她想到了和那个科长的那一次。只是她不想随便和一个人做这种事。

“你没看出来我对你挺好的？我心里有你。”徐总说。

她在那一刻一下就软了，可是她嘴上还说：“你不要做你将来会后悔的事，对你不好，对我也不好。”徐总语气里很坚决地说：“我后悔什么？我不后悔，我要你。”她说：“这样不好。”她自己都觉得奇怪，怎么就说不出更好的理由，只是说这种事不好。这样拒绝的理由太轻浮了，也太缺乏说服力了。他说：“来吧。”

“来吧。”她只听到他说的这句话。她知道，他是让她随他到房间去，到床上去，脱衣解带，毫无遮盖，彻底敞开，所有的秘密全部暴露。肉体与肉体赤裸着在一起，做爱。“来吧。”听起来居然是这样平常，就好像他说：“来吧，我们一起去做一件工作。”

当一切都发生完了，她一个人在他家那豪华的卫生间里清洗下身的时候，心里想：自己是他的第 N 个女人？也许排在多少个位子并不重要，重要的是他今天离开了那个“小蜜”而同她发生了那种事。是自己战胜了那个“小蜜”，还是自己仅仅是那个“小蜜”的替补？是替补。可是，她在心理上更愿意把自己看成是一个胜利者，是自己战胜了那个“小蜜”。

在回去的路上，姚美芹想：我和两个男人发生了性关系。第一个，是自己并不情愿的，但却突然之中发生了。这第二个，好像还是比较愿意的，配合的，至少不是那么的被动，介于有意无意之间。这样做，是不是有点对不住丈夫和家庭？徐总开导她说：只要不让他知道，他就没受伤害。他没受到伤害，你就没有对不起他。

是这样吗？她在心里问自己。也许吧，也许。现在，她成了徐总的情人了，这跟那个“小蜜”有什么区别？区别是“小蜜”

是她被他养着的，接受他的钱财，而自己并不要他的钱财。区别还在于那个“小蜜”和他是长期的性关系，而她和他只是偶尔才发生。可是，发生一次和经常性发生又有什么区别呢？那个“小蜜”所以被他出钱养着，那完全是他自愿的。他觉得为她这样付出值得，要是自己呢？他未必就肯出钱养她。这样一比，她真的就不如人家那个“小蜜”了。

当然不如人家那个“小蜜”，人家在他心里是什么位置？自己又是什么位置？她不过是徐总顺边吃到的就在嘴边的食物而已嘛！人家“小蜜”是他的正餐，而自己不过是他的酒后的点心。

丈夫和孩子都睡着了，姚美芹蹑手蹑脚地进了房间，然后又来到了卫生间，狭小的空间，两居室屋子。普通工人的房子，大家都一样。当时他们拿到这个房子的时候有多高兴啊，好不容易拿到的呀，也不知道向厂里的领导说了多少好话，光酒就送出去有十几瓶。现在看来，真的是太小了，只有五十来个平方，厅小得就像一个过道，而这个卫生间是不能同时进来两个人的，转身的空间都没有。有了钱也许可以买一个稍微像样点的房子。当然，现阶段是买不起的，也许等女儿以后长大了再买？一种梦想罢了。

姚美芹重新用热水把自己的下身清洗了一遍。她觉得在他家里没有洗净。她想起了他当时的那个样子，非常冲动的样子。他对自己能有多少真心？她在他的眼里算是什么？她想到了当时在饭局上用在他那个“小蜜”身上的一个词，“×”！这是一个非常赤裸的词，可是，她觉得用在自己的身上也非常贴切。这是毫无生气、丑陋的、散发着异味的、隐藏在杂乱毛发下不同于其他肉色的低贱的东西。清脆的水声让她想起了自己的过去。这一切是怎么发生的？她自己撩起的哗哗水响让她感到一种困惑和迷惘。

黑夜，现在是如此的静，可是，现在她却在清洗着自己，就像在清洗一块抹布。她想这块抹布不属于她，她甚至有点厌恶它。可是，它是她身体的一部分，如影随形。它是她的一种真实存在。它的兴奋，它的快乐和它的疼痛，她都能真实地感觉。

夜，是这样的黑。当她躺下去的时候，她想：明天，明天会是怎样的呢？

五

姚美芹不知不觉中做了徐金基的野餐。

她原来把自己定位在他正餐之后的点心，后来觉得还是比作是他的野餐比较贴切。发生了一次，再发生第二次就简单多了。事实上，她并不喜欢同他做爱，他的肚子太大了，和他做的时候，她感觉好像自己不是在同男人做，而是和一个大肚子的孕妇在搞同性恋，没有什么美感。

他们的关系是若即若离的，需要的时候他就会来找她，把做过后的功课再做一遍，温故，不必知新。姚美芹本来不甘这样，但她在镜子里看到自己的时候发现自己的确不年轻了。她不是一个年轻姑娘。但他对她说，她保持得很好。是的，与他的妻子相比，她当然还算是年轻的，乳房保持得不错，但事实上肉体和精神都已经松弛了。结过婚，生过孩子的女人，首先松弛的是精神，她和他做的时候，仿佛就是为了证明自己的肉体还新鲜着。

褚宝成很少和她做，正常的夫妻总是这样，在一起做的日子越来越少。一方面是他们已经失去了这种热情，另一方面她实在是太忙了。褚宝成不知道姚美芹的那块抹布有时候也需要湿点水，才行。

姚美芹看惯了酒吧里的男女，知道了这个世界上的很多变化，对她和徐总的这种关系，心理上不再有什么不适了。相反，有了这层关系，她在这个酒吧里就可以做得更加的安心了，甚至是一种理直气壮。肉体关系比什么关系都更牢固。

毫无疑问，姚美芹并不爱他。话说回来，他一定也一样，并不爱她。他们之间只是一种需要。她需要他也许是正常不过的事情，她是在他手下干活。他呢？他需要她什么？他有那么漂亮的小女人，为什么还需要她？是吃腻了鲜嫩的，想再换一种口味，找一种更有嚼头的？

他说他喜欢她，喜欢她身上的那种味道。她当然是成熟的，而且做爱的时候比较配合，有一种妇人的沉静与放纵。做完了，他穿上裤子就走，不必去哄她，陪她。她看着他离去的时候，就像过去褚宝成做完了，匆匆去上夜班。

她不去打听他和他那个“小蜜”的事。她想知道，又不想知道。重要的是他和她做的时候精力充沛就行。在他们那种肉体交欢中，说真的，她并没有特别的激动，她只是觉得踏实。每做一次，她的心里就踏实一回。她也不知道为什么会有这样的感觉。当他在她身上，一下下地撞击她的时候，她把自己想象成是一种空空的地基，而他正努力地往里面浇灌、填实着混凝土。而她的身体，也就越来越沉，越来越实。日复一日，她在酒吧里的底气也越来越沉，几个服务生没有谁敢不听她指挥，她们有议论，那也只能在背地里，她们会说她什么？她猜不出，她们不应该知道她和徐总的这种特殊男女关系。她们都知道徐总有年轻漂亮的“小蜜”，她们见过。

虽然姚美芹总是忙，可是家庭关系却是稳固的。褚宝成相信她。按照电视言情剧和流行小说里的写法，而对丈夫的信任，妻子的内心是不是应该有一种内疚？姚美芹想过这个问题，可她后来自己把它否定了，她要工作，她得到了工作。而为了保证这种工作的长久性和稳定性，她必须要找一个靠山。她不能重复过去，像那个花店，人家说关就关了。她和徐总有了这层关系，在很多问题上就不那么简单了。

她不是在卖，她想。是的，这是有本质区别的。她只是在找依靠。她没有卖给他，她给他工作，操劳。因为有了这份工作，她有了一份收入，家里的条件也得到了改善。日子一天天好过起来，不是吗？一家子不必为了生活问题而发愁，她过去在厂里的很多姐妹现在下岗了，什么事也没有，家里的生活非常困难。与她们相比，自己是幸运的。这年头，依靠谁并不重要，重要的是有一份工作，有了工作才会有收入，有了收入才能保障生活的平静，而所谓的幸福，不就是从平静的生活当中得来的吗？

她不愿意家里过那种捉襟见肘的日子。

让她感到有些不自然的，倒是见了王律师，心里虚虚的。王律师还是像过去一样，不时会在某个晚上突然过来，或三五成群，或是形单影只。他总是对她那么客气，问声好。而她，冲他笑一笑，点点头，即使在他一个人的时候，她也不再过去陪他坐一会。当然，他能理解，表面上看，她忙着呢。她不敢过去，是怕他看出她现在的生活和过去有了一点不同。有一次，他看到了徐总，问她："那是你们的老板？"姚美芹点点头。她见到王铭道笑了一下，未置一辞。

姚美芹以为她和徐总的这种关系，可以一直平静地保持下去，之所以让她产生这样的想法，是出于这样的一种考虑：她是不会向他索取什么的，不会成为他的精神或肉体上的负担。她为什么这样心甘情愿地把自己完全给他呢，可能是一种报答吧？她想。是的，除了她努力经营酒吧，她把自己的身体也给了他。

但是，这只是她一厢情愿地想法。她的这种平静，很快就被打破了。徐总的那个“小蜜”有一天居然找到酒吧里来了，她有点气鼓鼓的，看着姚美芹。“不要脸！”她这么冷冷地一句。姚美芹一怔，她想不到她居然会骂她，“骚货，婊子。”年轻的她继续说，姚美芹说：“你骂谁？”“小蜜”的斗志上来了，“就骂你！”

姚美芹感到所有人的目光都盯着她。她简直有点难以自持。她的脸红一阵，白一阵。正在她不知道如何处置的时候，年轻的女人却飘然而去。

男人徐金基在电话里安慰她说：“你不要跟她计较，算啦。她他妈的最近和我闹意见呢，你不要和她计较，你听我的，改天我请你吃饭。”姚美芹的喉咙里像吃进了一只苍蝇，不上不下。她自己一天在操作间后面的库房里哭了一会，想：那个“小蜜”怎么知道这件事的呢？这件事连徐金基的老婆都不知道，她怎么可能知道呢？再说，她又有什么权利来污辱她？这样一来，自己在酒吧里，还怎么抬头做人？

她没有权利，是的，她想，如果是男人徐金基的老婆来找她算账，倒还犹可，不要说人家骂了她两句，就是刷她两个耳光，她姚美芹也只好有气往肚里吞。可是，她一个小婊子有什么权利？她不就是比自己年轻漂亮吗？明明她自己是个婊子，倒还要骂她是婊子，真是岂有此理。

姚美芹越想越气，她当时怎么没有马上就奋起反击？是当时感觉自己理亏，还是因着徐金基，投鼠忌器？一半是理亏，一半是投鼠忌器。这时候人家被养着的优越性就体现出来了。如果她们两个打架，作为男人的徐金基会偏袒谁？

答案是不言而喻的。

姚美芹那天主动约徐总到一处地方幽会，在性的问题上，她还从来没有那样主动过，事实上她并不怎么喜欢同他做爱，让他的东西在她的肉体里横冲直撞。但是，她那天特别想了解他，了解他是怎样的一个男人，了解她为什么受辱。她希望从他嘴里找到最直接的答案。

“她怎么会知道我们的关系?”她问他。

这个男人笑一笑，说：“猜的呗，女人的感觉很灵的。”

姚美芹不相信。

“一定是你同她说的。”她说。

他认真地说：“瞎说，怎么可能？这种事情能同她说?”

她必须相信他。

“你爱她?”她问。

这个问题虽然很蠢，但是她要证实的也许正是自己的愚蠢。

“我挺喜欢你的。”他避而不答上面的问题。

“骗人！你是喜欢你那个‘小蜜’。她多年轻啊，那么漂亮。我在你眼里算什么?”她酸酸地说。

他得意地笑起来。说中了他的心思？她感觉自己有时候真的蠢，说出来的话怎么这样醋味十足?

“我有一个多月没有碰她了。”他说。

她不相信。

“真的。”他说。“也许是因为这个，她猜测是因为你。你有你的味道，”他邪恶地说，捏着她的乳房，“保持得真好。”

她从心里居然生出了一种邪恶的快乐。那个小×，才荒了一个月，一年不碰她才好呢！“不许你碰她！”她说。他点点头。她看着他的眼睛，眼睛里写满了谎言。她知道那是谎言，可她快乐地相信着。“不许说谎！”她说。他笑起来，淫荡地对她说：“那你必须让我满足，她的床上功夫可比你好。”姚美芹说：“不要脸。”但她心里感觉还是受了一点伤害，床上功夫不如她？床上功夫有什么？不就是比不要脸吗？不要脸的事情谁不会？

男人徐金基快活地叫了起来。他想不到她居然会这么厉害，只那一句话，她立马在床上显得就像一个荡妇。事实上，那个“小蜜”哪里有多少床上功夫？她在床上只会撒娇，只会向他要钱。他怎么也没有想到姚美芹居然当真了。一个女人堕落起来真是比谁都快，愈堕落愈快乐。

六

褚宝成知道了姚美芹有了人。

不用猜，他就知道是怎样的一个男人。他知道的时候，事实上很多人都知道了。这种事情不奇怪，妻子有外遇，丈夫永远是最后一个知道的人。

他那天在家里横冲直撞，眼睛里都往外冒着火，见到什么砸什么，把家里砸得稀巴烂。女儿在一边吓得不知所措。不活了，不活了，不活了！如果手里有一把火，他真想把这整幢屋子都烧掉，不活了！

姚美芹开始的时候心里还很紧张，可是看他把家里砸成那个样子，心里就说：他是真的不想活了，他也不想过了。砸吧，要砸就把家都砸了，这不是她姚美芹一个人的东西。她错了，是的，她是和人睡觉了，可是，他为什么不想想她为什么和别人睡觉？他为什么不检讨检讨自己？一个真正优秀的男人，自己的老婆会和别人睡觉吗？

睡她的男人比他要强。

人家比他能耐大。

她愿意被他睡。

不活了，好，那就不活吧。她不在乎。如果他一个人要去死，那就让他去死吧。她不在乎，女儿也不在乎。女儿在乎她父亲去死吗？也许，可是，她也需要妈妈。姚美芹相信女儿最终一定会站在自己这一边的。

姚美芹走了，家里只剩下那父女俩。

褚宝成哭了，坐在地上哭了，无声地。女儿在一边怯怯地看着他。“爸，别哭了。”半天，她说。

褚宝成擦了眼泪，不哭了，问女儿，“你是不是早知道？”

女儿无声地点点头。

“我要和她离婚，”他说，“你跟谁过？”

女儿看着他，咬着嘴唇不说话。

褚宝成说：“你不能跟着她。你跟着爸爸，爸爸带着你。你好好学习，争气，长大做个有用的人。”

离婚，离婚是唯一的一条道路，一条体面的道路，褚宝成想。

七

很多时间过去了，夫妻俩终于谈好了，离婚。家里的房子归姚美芹，女儿归褚宝成。褚宝成想：宁愿不要房子，也一定要女儿。他心里有一个非常固执的想法：如果女儿跟着她，一定不会成才。

母亲是女儿的榜样。他不能让女儿有这样的一个坏榜样。他心里有个最坏的打算，即使他穷得三顿饭都吃不上，也一定要供女儿读书。这样做，不仅是给别人看，也要给自己看。他要做一个坚强的父亲，一个有志气的父亲，一个优秀的父亲。他要让人明白：他是一个很有骨气的男人。

女儿是争气的，也是优秀的。女儿将来一定会有出息的。对这一点，褚宝成很有信心。

褚宝成想不到姚美芹会走出这一步，做出这种事来。夫妻这么多年，他一直以为自己是了解她的。可是，她说变就变了。环境改变人。看来，一个女人根本就不能到社会上去晃荡。当时姚美芹刚出去的时候，厂里的那些工友就笑着对他说："你女人这么能干，快成女强人，当心睡觉的时候把你蹬到床底下去。"他就笑，老夫老妻了，他还不了解她？

现在，事实证明，他还真的就不了解她。也许，女人的心，天生变得快啊，说变就变。

姚美芹被褚宝成这一闹，心里倒是踏实了许多，事情说破了，也就是破罐子破摔了。分开就分开，她还是有退路的。而且，她想：退路不会很差。她是一个有工作的人，她能养活自己。她也不需要依赖徐总。她只需要他提供的那个舞台。再说，现在她也不必对他有太多的依赖。他应该承认，自从她管理起这个酒吧后，酒吧的生意还是很有起色的。

厂里的人都知道褚宝成在闹离婚。他自己没说什么原因，可是这种事，谁还能猜不出来？除非你是木头人。他四处向人打听，有没有房子可租。

褚宝成的父母和哥哥姐姐妹妹都在摇头叹气。他们在他面前一起声讨姚美芹，列数她的种种不是。褚宝成原来还没有感觉到姚美芹有多少缺点，现在听他们一说，居然是不可胜数，而且，真的是深有同感。

离就离吧，一开始姚美芹出去找工作的时候，他们就有些隐隐地担心。现在，一切都得到了证实：一个漂亮的女人要是得到了什么，那么她一定也会付出些什么。天上不会凭空掉馅饼下来。而且，她这付出的，要比她得到的要多。

孩子归褚宝成，房子归她，这似乎是有些便宜了姚美芹。“这样的女人，应该滚出去。这房子是你厂里分的，凭什么让她住？”褚宝成的母亲和姐姐觉得她应该空手出去。“她不是有野男人吗？让她去找她的野男人好了，让他养着她。”褚宝成的嫂子说。女人们对姚美芹的仇恨要大于这个家里的男人。她们都不相信她今后会有什么好下场。不管怎么说，她都已经是一个中年女人了，人家有钱男人能怎么宠着她？

漂亮的女人，终归是她们的敌人。事实上，从姚美芹第一天进入褚家的大门时起，就已经在她们中引起了程度不同的不安。妒忌、紧张、计较，一直伴随着她们，直到她们各自分开。即使是分开后，那种内心的不睦也一直长期存在于心里。

他们都非常坚决地支持褚宝成离婚，至于离婚后怎样，现在还考虑不上。不管怎么说，对一个男人来说，有什么比当了乌龟更可羞的呢？褚宝成虽然只是一位普通工人，可是，他也是一个很有骨气的男人，如何能忍得下这口气？立在人面前，他褚宝成也是一个堂堂的五尺多高的汉子，一定程度上代表了褚家的形象。

这一年，褚宝成三十九岁。事实上，他三十九岁的生日还没到。

人们看到了褚宝成的坏运。

是的，一个人不会永远走好运的。

好运总有到头的时候。

褚宝成还没有找到房子。

姚美芹也没有赶他。她不急着赶他，毕竟还连着女儿呢。再说，她晚上总是回来得很迟，碰不到正面的。他是从卧室里搬了出去，睡到了客厅里，或者就是女儿房间的地板上。

他要在找到房子后才能和她办理离婚手续。反正两人都谈妥了，离婚只是走一个程序。听说，现在的离婚手续是比较简单的。

然而，就在褚宝成积极准备离婚的时候，他们厂里又在开始新一次的减员了。与过去的减员不同，这回是悄悄的，至少表面上没有什么大的声张，以往每一次减员，都是先做一番声势浩大的宣传。

对于这次减员，褚宝成已经有点麻木了。总是减，总是裁，每一次总是把神经绷得紧紧的，他早就做好了下岗失业的准备，前面就说过了，他这种人，什么后台也没有，按理说过去的每一次他都有很大的下岗可能，而他每次都平安地度过了。这次他相信还能平安地度过去。公园里有一只猴子，你第一次给它一只糖果，它吃了，你第二次第三次第N次给它，它也都吃了。最后一次你给它一只辣椒，它以为你给的还是糖果，也吃了。偏偏这回不是，人有时候跟猴子是一样的，表现出非常强的动物性。

厂里这一回给褚宝成的不再是糖果了，而是辣椒。不，比辣椒还要辣，简直是难以下咽。可是，难以下咽也得咽，不是吗？凭什么好运总是落在他的头上？

褚宝成接到这一决定的时候简直就是五雷轰顶。这样一来，今后的路怎么办？束手无策！

家里好多天是平静的，平静得让姚美芹起了疑。他怎么突然不提离婚的事了？当然，她是不惧怕离婚的。离了婚的褚宝成，日子决不会过得比她好，这一点她是坚信的。他一个工厂里的普通工人，谅他也没有本事再娶一个黄花大闺女。岂止是娶不上黄花大闺女，即使是老姑娘、离婚女人、不幸的寡妇，也不会嫁他。谁还看得上他？他有什么？

她自己呢？再嫁一个人是没有问题的。当然，娶她的也不可能是什么事业有成的优秀男人，大抵只是一个鳏夫。可是，就是鳏夫才会宝贝她。比如一个五十多岁六十来岁的男人，要是娶了她，那还不是把她当亲娘一样的供着？在这样年龄的老男人眼里，她年轻得就像一朵花。他们对肉欲的向往，使他们什么事情都可以做得出来。

徐金基对她的离婚决定稍感吃惊。但是，他很快就理解了。一个能干女人怎么会甘心屈服于一个没有什么成就的男人呢？当然，在他心里，姚美芹也算不得一个怎么能干的女人，问题是，一个女人总是爱慕外面的世界。姚美芹过去在工厂里，天地能有多大？现在出来了，算是见过了世面，当然就不会对过去和现状有所满足。

见过世面的女人容易想入非非，也许，她还会梦想着嫁给自己呢，财大气粗的房地产公司的总经理徐金基这样想。当然，她应该知道这是不可能的。他有老婆。他不仅有老婆，还有“小蜜”（“小蜜”这个词好，也不知道是谁发明的，应该给发明这一个词的人以一种特别的奖励。这个称谓不仅隐藏掩盖了有权有势［当然，更要有钱］男人与美丽小女人间的那种金钱换肉体的直白关系，而且，还增添了一种甜蜜亲昵的成分）。对付一个年轻的“小蜜”已经够他受的了，他怎么可能还有精力去对付一个徐娘呢？

对姚美芹，他觉得也就是在餐馆里，他面前的一盘菜而已，随时可以吃，胃口不好，也可以不吃。可吃可不吃。饿了的时候可以吃，饱满的时候就不必吃，甚至连看也不看。

姚美芹不知道。

姚美芹以为自己是一盘让他感觉可口的菜肴。

姚美芹虽然事实上不喜欢他的大肚皮，也并不喜欢和他做爱，但是因为和着褚宝成的矛盾，这时倒是希望男人徐金基来经常和她做爱。他愿意同她做爱，就证明他是喜欢她的，女人总是希望男人喜欢她的呀，哪怕这个男人平时并不讨她喜欢。

褚宝成下岗失业的事实，一下子让他们家里人感到世界一片灰暗：前途无望。他们都希望用褚宝成离婚这一事实来教训一下那个不守妇道的女人，可是，他们失望了，尤其是他们中的女人。

本来，她们是积极支持褚宝成离婚的，可是，现在，还能继续支持吗？离婚后的褚宝成靠什么生活？他倒还是次要的，关键是孩子褚娟怎么办？最先垮下来的是褚宝成的母亲。老人家哭了。哭了半天，对儿子说："为了孩子，你先忍一忍吧，你是男人，你要管着她。"

褚宝成无语。

"谁家没个丢人现眼的事？"老人家说，"只要她今后改了就行。"

今后会改？褚宝成想，绝没有可能，她现在正处在上风头呢。

姚美芹已经知道褚宝成下岗这一事实了，她却故意不说，但是她心里那个得意啊，别提有多高兴了。叫你厉害，叫你逞凶，现在，你还能怎么样？下了岗，别说你褚宝成出去租房子，连吃饭都成问题。再说，褚娟呢，还要上学呢。

"褚宝成，你说离婚的呢？我们什么时候去把手续办了，不要再这么不明不白地拖着。"有一天早晨她临出门时对他这么冷冰冰地说。

褚宝成从鼻子里哼了一声，说："总有这一天的，等我忙过这一阵子。"

姚美芹又冷笑了一声，"忙得都快要不上班了吧？"

褚宝成说："我不上班，也不会做丢脸的事。"

姚美芹说："你少他妈的放屁！我做什么事，从现在开始跟你没有任何关系。"

的确，即使决定好了要离婚，她现在所做的一切都与自己无关了，褚宝成想。可是，他嘴上却继续说，"我宁愿去卖肾，也不卖身。"

姚美芹疯了一样地一下就扑了过来，厮打着他。他也怒从心起，一下就把她打翻在地。姚美芹没有想到他居然敢打她，就越发疯狂地厮打。而褚宝成长期以来积累在心中的沉闷，这时开始像火山一样地像外喷涌。他把自己目前生活所有的不幸，都归结到这个女人身上。

八

大张旗鼓的离婚运动暂时停止了，一切如旧。事实上一切如旧是不可能的，褚宝成内心的那种伤痛可能是永远的，任何一个男人如何受得了这样的大污辱？

褚宝成那天把姚美芹打得不轻，姚美芹激烈反抗了，可她哪里是褚宝成的对手？他们结婚十几年，从来也没有像这回这样。岂止是这样，他们过去甚至连简单的磕碰都没有。姚美芹的脸上被褚宝成打破了，流了很多血，褚宝成的脸上也流了血，姚美芹躺在地上，心里充满了对男人的仇恨。她心里想：打得好！你打吧，打了更要和你离婚，我偏要和别的男人睡，你没有权利管我。

看着姚美芹躺在地上的那个样子，褚宝成心里一软，突然就哭了起来。先是无声地流泪，后来泪越流越多，越哭越伤心，终于大放悲声。姚美芹是第一次听到自己的男人这样大放悲声。开始的时候她心里还有些无动于衷，可后来终于顶不住了，自己也放声痛哭起来。

哭了许久，两人起来，谁也没有说话。姚美芹先进了卫生间，重新洗过，换了衣服，背上包，然后出门走了，没有回头看一眼。当她从屋里消失的那一刻，褚宝成忽然心里就有了一种不祥的感觉，怕她从此不见了，就此从这个世界上消失了。这时候，他开始反省自己：为什么姚美芹会背着他和外面别的男人好？自己究竟有没有责任？

没有责任！她看中的无非就是外面的男人比他有钱，比他有能耐。可是，这问题在他吗？不在！女人就是这样见异思迁。天生的水性杨花，他想。

要想不离婚也可以，褚宝成想，她必须答应两个条件：一、她必须从此离开那个酒吧；二、从今以后，不得再和那个男人有半点往来。如果她能做到这两条，他就决定原谅她。女人哪有一丁点错误不犯的呢？毛主席还说惩前毖后，治病救人呢。犯了错误不要紧，要紧的是明知错了还不改。改了的同志就还是好同志。

褚宝成这样一想，心里轻松了不少。可是，问题的关键在于：姚美芹会接受他的这两个条件吗？女人是最难捉摸的，而且一旦铁了心，恐怕是八头老牛也拉不回来的。而且，现在的问题是，主动权并不是掌握在他的手里，还是在她那一方。

这样一想，褚宝成又感到一片意冷心灰。

一场轰轰烈烈的离婚大战，胜利者竟然是姚美芹，这使得褚宝成的情绪相当糟糕。

一时，褚宝成不知道今后如何是好了。

九

人的心理承受力到底有多大？谁也说不清楚，有人为了一根针而跳楼自杀，有人临到刑场还面对枪口微笑。褚宝成在这场巨大的危机中，头发一下子白了好多，额上的皱纹也深刻了许多。仿佛是一夜之间，他衰老了十岁。

邻居们都看到了他这一巨大的变化。

女儿也看在眼里。

女儿同情他，比较坚定地站在他这一边。她和她妈妈的关系一下子拉开了距离。姚美芹尽力地在物质上满足女儿，希望弥补感情上的裂痕，可是，女儿褚娟自从发生了这一切后，却一直对她不咸不淡的，刻意要保持差距的存在。

姚美芹并不认为女儿在情感上的疏远是由于她在道德上的评判，而认为是褚宝成挑唆的结果。她也反复想过了，如果他们真的离婚，自己当然过得要比褚宝成好，但也是两败俱伤。女儿呢？会受罪。最好的办法，也许就是维持现状。

维持现状，就是褚宝成的失败，最大的失败。

而她当然是胜利者。

和徐金基的关系，本来她并不积极，但自从出了这件事以后，她反倒生出了一种热情。她就是要和徐金基睡，即使是睡得热火朝天，谁又能拿她怎么样？有两次她甚至非常主动地约他去某处幽会。

褚宝成好多天不吃也不喝。他在家里就那么枯坐着，一动也不动。即使走动，也是无声的，就像一具幽灵。特别是在夜晚，他坐在黑暗里，就像一尊石雕。女儿内心里真的非常害怕，害怕家里突然会发生什么。他这样的沉默，简直就比一颗随时可能会爆炸的炸弹还可怕。

他瘦了很多，眼窝陷进去很深。他拒绝出门，也拒绝说话。他被自己这三十九岁时的生活变故弄得非常的压抑和沉痛，仿佛他头顶上的这方天已经塌了下来，不堪重负。他意识到自己的不幸，他感觉他比这个世界上的任何一个人都更要不幸。

他在想自己为什么比别人不幸的理由，可他怎么想也想不明白。

他的头脑里一片糊涂。

长时间的一片糊涂。

夫妻间激烈的争吵没有了，代之以长时间的冷战。双方冷漠得很。而在这样长时间的冷漠下，褚宝成的心理防线最先垮了，他决定接受这样的现实，并且妥协。

十月二十四，是褚宝成的生日。那天他在家里如坐针毡，心里格外不是滋味。尽管他已经作出了妥协，但姚美芹好像还不依不饶，一点也没有在精神上放松的意思。对于他做好的热气腾腾端到桌子上的菜，虽然也吃，但却一直不声不响的，吃完了推开碗就走。她要去上班，要去工作，而他在家里却成了一个闲人，一个没有了工作的人。看着她出门的背影，褚宝成心里就很悲哀地想：我是一个没有作为的男人，一个没有什么社会价值的男人，一个不得不看老婆脸色生活的男人，我成了一只活乌龟。

天色向晚的时候，褚宝成的姐姐打来一个电话，说今天是他的生日，问他怎么安排。褚宝成闷闷地说："又不是什么要紧的生日，有什么好过的。"姐姐说："三十九岁也要过啊，要不你带褚娟到爸爸妈妈家，我带着马强也过去。我想给你买只蛋糕。"褚宝成坚决地说："不要。我不过去。"他心里烦。他这个姐姐已经是五十岁的人了，马强是她的儿子，已经考上了大学。儿子并不听她的话。褚宝成知道，自己的这个老姐姐其实关心的未必真是他的生日，而是想从他嘴里探听到进一步的消息。可是，他能告诉她什么呢？

"你最近还好吧？你也要有男人的样子，不要那么消极。多大的事情啊？世界上没有过不去的坎。"姐姐终于忍不住这样说了。

褚宝成说："我没事。我挺好的。"说完，就放下了电话。

放下了电话的褚宝成百感交集。在今天这样的一个时候，姐姐打电话来给他，是想听到他悲惨的消息。她是有一种强烈的好奇心。他不想满足她的好奇心，他想到这里，就有些憎恶她。但是，老姐姐当真就是好奇？不，她是关心他。今天，没有一个人来关心他，他的父母、哥哥和妹妹，只有老姐姐。

冷清，无比的冷清，褚宝成感到自己前所未有的孤独。没有人来关心他，姚美芹不关心他，甚至他的父母们都不关心他。天色越来越黑，褚宝成坐在黑暗里，心想：今天不做饭了。让褚娟到外面吃一碗面条吧，反正他是不吃了。至于姚美芹，他就不用管她了。别人不管他，他还有什么必要去管别人呢？

一切都恩断义绝了。

褚宝成甚至想到了死，不活了！活着有什么意思呢？可是，如果不是为了女儿，他就真的不必坚持活下去。

灰心和绝望完全把褚宝成给笼罩了。

十

然而，生活就是这样——有时候就在你感到四周一片灰暗的时候，却突然让你眼前一亮，就像乌云密布的阴天，突然有一束阳光撕开了云层，金色的阳光，亮得让你感到目眩。

那天褚宝成正在屋里感到悲伤的时候，姚美芹突然提早回家了。在她的手里，提了一只蛋糕。“屋里这么黑，你怎么不开灯?”她问，虽然用的是责备的口气，但却是她这么长时间以来第一次主动开口说话。

“没有事，我习惯了，省电。”他说，同时心里还泛起了一股强烈的暖意。

“晚饭也没做?”她问。

他结结巴巴地说，“还没有，我这就来。”姚美芹说：“我给你买了一只蛋糕。”褚宝成说：“还买什么蛋糕?”这让他感到十足的意外。“三十九的生日了，现在兴小生日大做，再说褚娟很早就想吃蛋糕了。”她说。

“好好，好。”他的笑声里居然有些巴结，这也是他这么长时间以来第一次发出笑声。

好久不曾出现的和睦景象，那个晚上又重新回到了餐桌上。女儿对他们这突然之中的和解，表现得有些摸不着头脑。但是，她内心里是多么喜悦啊。在晚餐桌上，她不停地说话，就像服用了兴奋剂一样。控制不住的兴奋。看来，父亲原谅了妈妈，而妈妈一定也愿意重新让家庭变得温馨。

褚宝成那个晚上，在征得姚美芹的同意后，重新回到了床上。一回到床上，他马上就感到了一种强烈的冲动，那种冲动简直是不可抑制的。事实上，他也想努力抑制住，毕竟，他们夫妻的和睦才刚刚开始，冷战后的和睦总是需要一定的缓和期，不能变得立即就灼热起来。可是，他真的没法控制，他感到自己在内心里真的爱她，非常非常地爱她。他不能没有她，如果没有她，他的生活会是什么样子呢？

他没法想象。

姚美芹没有拒绝他，温柔地承受着，甚至是有些默默地配合着。在她的无言中，褚宝成感觉她是那样的温柔，从没有过的温柔。熟悉的香味、熟悉的柔软和熟悉的肉感。这样的感觉久违了，很久也没有经历了，仿佛有十年那样长。想到这么长时间以来夫妻的争吵，想到自己的失业，想到自己所蒙受的屈辱，褚宝成忽然感觉悲从胸来，眼泪就夺眶而出。

滚热的泪水滴在姚美芹的胸乳中间，她开始的时候还以为是他额头上的汗，可是，他才刚刚开始工作呀？“怎么啦？”她问。褚宝成感到自己再也没法动作了，索性伏在她的乳房中间大哭起来。

姚美芹有些扫兴，把他推了下来。他也就势滚在一边，默默地，不响了。“你怎么了？”她说，“扫兴！”他叹了口气，说：“没什么。”她说：“没什么你哭什么？”他说：“恨自己没用呗。”

“我知道你心里想什么。”冷不丁，她在黑暗中突然这样说。

褚宝成知道她是能说中他的心思的，可是他嘴上还是说：“你不要瞎猜。”

“你要离婚就离，”她说，“我不拦你。”

他在黑暗里又叹了一口气，心想：她是知道他的难处的，知道他不能。她是捏着了他的软处，他现在是那样的无力。

“你听信别人的传言，非要把一个家搞得不像一个家。”她说。

他想：是我听信了别人的传言还是你本身不清白？无风不起浪。如果我有一点能力，我是一定要离婚的，可是，为了孩子，他现在离不起，他只能当一个缩头乌龟，这是没有办法的选择。对已经发生的一切，他就装作瞎子，装着聋子好了。不，他还要装成一个哑巴。

“你自己要注意一点，”他说，“俗话说，苍蝇不叮无缝的蛋。”

“要别人不说闲话，除非我不在那地方工作。在那地方工作，总是有人乱嚼舌头。”她说。

他说：“如果你要觉得不好，那就把那里的工作辞了。”

她从鼻孔里哼了一声，“辞了工作，谁养家？”

褚宝成感觉自己的整个身体像是躺在沙滩上，一点点地往下沉。

“放心，”她笑了一下，拍了拍他，说，“我会注意的，好好过日子。我是放心不下女儿，否则我才不会搭理你，就冲你前一阵子的表现，你不离婚我也要离婚。”

是啊，女儿是他们之间的纽带，没有女儿，他们这个家一定是散了。想到这里，褚宝成又觉得老婆是可亲的，不管怎么说，她还是意识到家庭对她的重要。要是她现在就撒手不管这个家了，他又能有什么办法？世界上最可恨的不是老婆偷人，最可恨的是不但偷人，还不顾念家庭。有这种女人哪，他想，女人越轨了，但他并没有亲见。既然没有亲见，就还是有些存疑的。即使他确凿无疑地戴了绿帽子，他也绝不是这个世界上的第一个，当然也不是最后一个。在那些众多的戴绿帽子的男同胞当中，有很多人无论地位、名望都比他高得多。他又算得了什么?

“你现在还行吗?”她抚摸着他的那个地方，问。

不行了，它需要恢复，他想。

那个晚上，他们虽然没有做成那件事，但是横亘在他们夫妻中间的巨大冰块融解了。为了家庭的利益，也为了自身的利益，他们决定和解。和则两利，伤则两败，他们懂。褚宝成不是向姚美芹妥协，而是向现实妥协。世界上有很多英雄豪杰还不都向现实妥协过?古话都说：人到廊檐下，不得不低头啊!

姚美芹很满意这样的结果。说真的，她真是不希望家庭破裂。她爱孩子，也还爱着自己的男人。与别的男人相比，褚宝成的确不够能干，可是，能干的男人也危险啊。也不说是什么危险吧，至少对其他女人是非常有吸引力的。当然，对自己的老婆而言，它就是一种危险。

王铭道就是一个非常危险的男人。

姚美芹感觉王铭道把她内心里的东西都看明白了。有一天徐金基到酒吧里来，这位王律师看见了，就问她，“他就是你的老板?”姚美芹心里虚虚的，应声说：“是。”老板有两重意思，一个自然是实指，领导、上司、主子；一个却是引申，单指女人的男人。她感觉王铭道是把两层意思都说了。他一定知道徐金基对她而言，两层意思都存在。

王铭道没有对徐金基有任何的评论，但他对姚美芹只是轻轻地笑了一下。可是，姚美芹感到，他那轻轻的一笑，把他所有的轻蔑全表现出来了，比说一万句话还要强烈。

知识分子总是清高的。

他们看不起有钱人，至少表面上是这样。在他们眼里，富人只是一群没有思想的动物。

事实上他们都是一样的，富人以金钱自傲，文人以知识自傲。姚美芹想：他们不同的只是方式不一。

但是，王铭道的魅力的确要比徐金基大。

在姚美芹和褚宝成和解的那个晚上，姚美芹在黑暗里久久不能入睡。她想到了王铭道的那个样子，文质彬彬的，非常礼貌。他是优雅的，文人总是优雅的，他笑的时候很含蓄，他不像徐金基那样粗俗，很多的有钱人都是粗俗的，他们人本身并不粗俗，是金钱使他们变得粗俗了。

在一个暧昧的场合，徐金基把她压在身下。他腆着大肚子，赤裸着，进入她的身体。她全身赤裸着，一丝不挂。在黑暗的某个地方，居然站着那个科长。她想爬起来，扯过一件衣服盖住自己，可是徐金基却不让，并把她死死地压在底下，动弹不得。突然间，他像一个孩子，把脑袋埋在她的两腿中间。她怕痒，笑了起来，她这一笑，在眼前就出现了王铭道，她在三个男人的目光之下，她居然一点也没有害臊。朦胧间，另外两个男人走了，身上压着的却是男人王铭道。

姚美芹立马就感觉到了律师先生的坚硬。一种强烈的喜悦涌上她的心头。他是那样的温柔，他的大手在她的每一寸皮肤上抚过，他赞美她的肌肤，赞美她的大腿，赞美她的乳房，赞美她的眼神，甚至赞美她的耳垂，说是润如珠玉。甜蜜的话就像泉水一样向外涌，而且他的动作却是那样的坚决。她很奇怪他过去为什么不是这样。“我早就看上你了，你让我心动。”他说，“可是我一直在犹豫要不要下手，我知道你是徐金基的女人。”她现在一点也不介意他说什么了，只在乎他的动作。她不由自主地紧紧搂住他，说：“你来吧，快来吧。”他在她身上就迅速地动作起来，那样的用力，那样的深入。她感觉到他无比的强壮、粗大。她看了一眼，果然得到了证实，她感觉自己要化了，就像融化后的雪膏，不住地往外流淌，糊在它那上面就像油脂一样在黑暗中发着光亮……

要死了，要死了，她在心里发出这样的呼喊。

兴奋的惊悸中，姚美芹醒了过来，原来不过是一场南柯之梦。摊开四肢，碰着了身边的人，原来身边还睡着一个褚宝成。褚宝成是她真正的男人，她的丈夫，法律的，也是现实的。黑暗中，她忽然觉得有些羞耻。身体某处的欲望居然是那样的强烈。她碰了碰褚宝成，发现他居然是坚强的，但是，他却是在熟睡中。

应该有所节制，她想。她不应该想到别的男人。和徐金基的关系，也应该慢慢消除，他并不认真地在喜欢她，他有他喜欢的那个小女人。既然如此，自己为什么要去迎合呢？在徐金基的眼里，自己一定是不值钱的。她只是某一个物件，他需要的时候，随手用过就可以丢掉，就像他用过的安全套一样。所以，她要慢慢地恢复成一个好女人，还原成过去的那个女人。

她要对自己的丈夫好，她想。

十一

时间过得慢。

时间走得快。

不知不觉中，好长时间过去了。姚美芹和褚宝成生活正常，家庭完全恢复了平静。姚美芹和徐金基当然还有那种事，不过是比较少了。事情过后，她心里多少也有些内疚，她是向褚宝成表白过的：她是没有那种事情的，她只能偷偷地发生。一般是徐金基提出来，她尽量找借口推掉。有时推不掉，她就只好应下了。她知道男女之事断得不能太绝，要是一下子断得太干脆，会有许多想不到的麻烦。再说，人家是老板，自己是雇员。有些东西她必须服从。

慢慢地，她也感觉到了，事实上徐总对和她发生这种事也是可有可无的，热情一天天地在减。他尝过了她的新鲜，欲念已经不强烈了。他现在对于她，更多的是要求把酒吧搞好。他已经从她的管理中，得到了甜头，酒吧一天比一天赚钱了，也许它会做得更大，他发现她的能干。

王律师有一阵子没来了，是有什么事了？谁知道呢？对于他，她是一无所知，或者更准确地说是所知甚少，自己为什么想了解他呢？她想听听他的高论，他总是有很多高论，也许，他能给她指点迷津，人生迷津。

她喜欢听他谈人生，谈社会。

在他那些高论之下，像她这样的生活算是什么？狼狈不堪。

她想到过去的那个梦，梦为心声，可是它能成为现实吗？如果是现实的，她会采取怎样的一种态度呢？如果做他的情人，也好，她想。那要比做谁的情人都强，她又想。他不会看上她的，她想。如果他有一点暗示，她就同意，为什么不呢？作为一个男人，他很优秀啊。做他的情人不可耻，你看现在，到处都是情人啊。那些在酒吧里的男男女女，全是卿卿我我的，只有褚宝成才大惊小怪的。

他是一个悲哀的男人，姚美芹想。

他所以悲哀，是因为他的平凡，只是一个工人，而且还下岗了。平凡的男人到了夜晚都在家里，而不平凡的男人夜晚的时候都聚到了酒吧里，男男女女的。王铭道有没有情人？恐怕是有的，她想。一定是有的，优秀的男人都会有。

她又想到了那个梦，那个该死的梦。

圣诞节的那天晚上，城市里下着大雪。酒吧里的人特别多。姚美芹忙坏了，简直忙得转不开身。夜里十一点多的时候，王铭道和两三个人来了，看那样子，都是他的同事。姚美芹和他们招呼了一下就走开了，她发现他比过去胖了些，也许是他穿了棉衣的缘故。

酒吧到处是一片喧嚣嘈杂声，洋溢着啤酒沫和热情。中国人现在过洋节的热情是越来越高了，年轻人，都讲求时尚，像王铭道这样的文化人有时也凑热闹。他们几个在高谈阔论，姚美芹听不清他们说些什么，只看到他们眉飞色舞，嘴巴在兴奋地一张一合。

凌晨两点多了，酒吧里的人差不多都走光了，王铭道他们也决定要走了，他走过来买单，姚美芹说："你要走了？"他笑了一下，说："走了。"她找给他余额，舍去了零头，他说："你不下班？"姚美芹说："马上。"他突然说："要不要我送你？我今天有车。"姚美芹说："好啊。真的？"他又笑了一下，说："当然是真的。"

王铭道一直等到三点一刻，姚美芹才结束了酒吧的工作。坐到车里的姚美芹忍不住地颤抖着，太冷了。车里的空调才刚刚启动。"是你自己的车子吗？"她问。"不，"他说，"一个朋友的。"

这时的城市真是静极了，寂静得简直不像过去所感受到的那个城市，大街小巷冷冷清清，道路上到处都是雪，一片洁白。天空是灰色的，大概是由于夜晚的城市灯火反射在很低的云层上，所以，这个黑夜并不黑暗，城市笼罩在一片橘红色的光亮中。

车子一路上开得很小心，可是还是很快就把姚美芹送到了家。姚美芹的家在山西路上，距离酒吧所处的红星西路有七八站路，要是坐公共汽车怎么也得三十分钟，可他们这一路上有三十分钟吗？好像只是一眨眼的工夫，躺到床上的姚美芹，感觉自己这一路上并没有同他说什么，说了什么？她好像是问了他的家庭情况。他有妻子，在深圳。有孩子吗？可能有吧。如果有，那一定是随了他的妻子。晚上的那些人是他的同事吗？不是，他说是他在外面的一些朋友，前一阵子他是出国去了，他说他原来是在大学里教书（教授?），后来下海了，开了一家律师事务所。他没对她说，事实上他开的这家律师事务所非常著名。当然，主要是他个人的名气，在司法圈子里，他可是一位大名鼎鼎的人物。

她说他胖了，他笑了一下，说："上年纪了，人就发福。"她说他看上去很年轻啊，他看了她一眼，说："我比你大。"她说："成熟的男人有魅力。"他沉默了，她看到他穿了一件驼色的针织毛衣，花式很漂亮，穿在他的身上很有男人味。"你的毛衣很漂亮。"她说。她以为他接下会回答说是他妻子或是女朋友织的，但是他说："新西兰的。"

他的眼神有过特别吗？他的动作有过特别吗？她想起在换挡的时候，他的手触碰过她的大腿。就那么一下，但给她的感觉很强烈，她希望他是有意的。可是，事实上那不是有意的，她知道。她甚至想：在她下车的时候，他应该会对她作些什么。如果他拉她一下手，她就一定倒在他的怀里；如果他拥抱了她，她就也拥抱他；如果他亲吻她，她就一定也回吻他。不顾一切，如果他提出（甚至只是暗示）要和她发生性关系，她就一定跟他到他住的地方去。

"你的老婆一定很漂亮。"她说。

她在启发他。

他笑了一下，说："没有你漂亮。"

"骗人。"她嗔笑说。

他又笑了一下。

他不会不知道这是她在主动发起暗示和进攻。

"你先生是做什么的？"他问。

这是他第一次问起她的丈夫。

"不干什么。"她说。她不想说他已经下岗了，怕他瞧不起。她不是怕他瞧不起褚宝成，而是怕他瞧不起自己。

"你太太（她忽然想到不应该用'老婆'这个词，应该用更文明一点的）也是律师？"她岔开话题。

"她是搞生物工程的。"他说。

生物工程是什么？她不好意思再问下去。他为什么不像别的男人那样，对她有所企图呢？他们已经认识了很久了呀，如果他对她动手，她是不会生气的，在这方面他要有那个科长一半主动就好了，她想，也许他是对这方面没有兴趣？

没有兴趣是可能的。可是，有怎样的可能呢？一、嫌她不够漂亮？但认识她的男人都说过她漂亮啊，包括他，刚认识的时候也这样说过她。二、是嫌她没有文化？男人对女人除了要求漂亮之外，还会有文化要求吗？那么，还会有什么原因呢？也许他是心理有一种什么障碍。什么障碍呢？是他知道自己和徐金基有一腿？也许，男人在这方面是比较介意的。

可是，现实已经如此，她能有什么办法？不去想它（他）了，她想，睡吧。

"我和徐总根本就没有什么关系。"她在黑暗里说。

他奇怪地看了她一眼，说："那跟我有什么关系？"

她感觉自己的脸红起来，接着他就凑了过来，一把揽住了她，同时把一只大手伸进了她的怀里。她简直就是又惊又喜，怎么他说动作就真的动作起来了？正当她又惊又喜的时候，他却又有些犹豫了，她看不得他这种犹豫，一把就抱住了他，并且把手伸进了他的衣服里……

姚美芹再次看到王铭道的时候，心里的感觉就有些怪怪的。这个在现实生活里很学究的男人，在梦里已经和自己发生过好多次亲密的肉体关系了。而且，是那样的张狂，一改文人的矜持。当然，这都是她梦到的，而他则是一无所知。现实中，有没有这样的可能呢？她不知道，但她想：只要她主动，或许是有可能的。问题是，自己怎么能主动呢？如果她主动，他一定是会瞧不起她的。她不想被他瞧不起，这样想想，是没有什么关系的，她想。谁在内心里还没个不可告人的秘密？每个人内心里都会有些不好的想法，只要不说出来，谁也不会说你什么的。

王铭道当然不知道她内心的那些想法。

姚美芹还像过去一样在酒吧里忙碌着。她有时候也在心里问自己：现在自己怎么变得这样的开放，把男女关系看得这样稀松平常？也许是在和那个科长发生关系之后？不！在和那个科长之后，她内心里后悔过，而且只和他发生了一次。更准确地说，是和徐总有了那层关系之后，她在婚外情上看得淡了。她变得有点破罐子破摔的意思了。

她想：以后真的要收敛一些，直到最后彻底和他不再发生肉体行为。不是为了自己的男人的那种所谓尊严，和家庭也没有太大的关系，而是为了她自己的内心，她发觉自己为徐总付出的这些有些不值。她对他倒是慢慢有了点感情，可是他却根本不当回事。作为一个男人，徐金基并不珍惜她，只是把她当成可有可无的补贴。他一点也不像个情人的样子，根本就不懂什么是感情。

或许他懂，只是他不愿意给她。回想起来，她和他发生关系后的这么多日子，他连一次花也没有送过她，连那个科长都不如。那个科长还知道送她一条项链呢，她并不在乎钱，在乎什么礼物，但她看重他可能付出的情意，他没有付出。

他不付出，她也没有办法，因为，他是老板，她是他的雇员。在性关系上，男人徐金基可能也还是用上下级的关系来看待的。他在上，她在下，她永远在他的下面。工作上她当然在他下面，但是，她是有权拒绝在那种情况下在他下面的，她想。

如果男人徐金基再让她陪他睡觉，她就要坚持地拒绝他一次（不是像过去那样婉拒，找出身体不适等等借口，这回就是两个字：不行。没有任何理由，就是不行），她想。他会有什么反应呢？勃然变色，还是悻悻然？

他肯定会生气的。他一定还不习惯她的拒绝，她想，生气就生气吧。她要的正是他的生气。如果他生气了，多少还能证明他心里有一点自己。最可气的就是他可能会那么一笑，无所谓地离去。

姚美芹想证实某一个结局。

但是，遗憾的是她没有得到这种证实的机会。

徐金基后来又来过几次酒吧，但都是匆匆的，向她交待了一些事情。她一直跟在他身边听着，而且有两次他们的身体靠得很近。她一直担心他会提出来他们某个时候去某地幽会，在他没有提出来之前，她自己的眼神先就已经不正常了。在这当中，他看了她一眼，但却没有动作也没有说，她甚至都用一种肢体语言在暗示了，他也没有反应。

她的心里一时真的有些空空的。

她说不出来自己当时那种特别的感觉。

心里的那口气就一直积郁着。

他是对她没有感觉了，她想，原来是他一方热情，她对他则多少有些冷，她虽然对他感恩，但并没有想到和他发生性关系。而等她慢慢地适应了他，习惯了他的性要求和性癖好，习惯了他的随意和平淡，对他也有了些热情的时候，他却失去了热情。他把她看成什么了？可有可无的垃圾？

这样也好，有时候她这样退一步想。难道现在的这种样子不正是自己过去希望的吗？无非是自己的矜持劲没有得到满足。说到矜持，一开始的时候自己就没有表现出来，现在早已经成了人家的盘中餐，而且都让人家给吃腻了，还表现个什么劲？这真是太荒唐了，简直要让人笑掉大牙。说到底，还是因为人家冷落了自己，自己心里突然有了失落感。

女人有时候就是这样贱，她想：人家表现得热烈些，自己要矜持；人家冷落了，自己又心怀怨恨。关键就是冷落的主动权掌握在别人手里，自己是被冷落者。如果自己是主动冷落别人的，大概虚荣心就得到满足了。可是，她能主动冷落人家总经理吗？

能。

当然能。

但还是人家的速度更快。

算了，让人家主动冷落就主动冷落了吧，姚美芹想。反复想了一通之后，她慢慢也就有些释然了。埋头工作吧，养活全家的人是最最重要的。褚宝成能把那口气给忍了，也不容易，就算是她对他的补偿吧。

当然，姚美芹后来想不到事情的发展会越来越离谱。大概又过去了一个多月，一天晚上，男人徐金基的那个小婊子居然再次来到酒吧里，走到她的面前就是一个耳光。姚美芹被打得有些莫名其妙，这一个多月里她和徐金基没有一点的肉体暧昧，那种关系简直就可以说是纯洁的。她哪里受得了这样的侮辱？因为，她现在完全是个干净女人了。

姚美芹当时气坏了，想一把薅住那个小婊子的头发，可是那个小婊子灵活得很，一下子反薅住了她的头发。两个女人立即扭成一团。“就你床上功夫好，就你床上功夫好。你一个××的女人，不要脸的女人。”那个小婊子嘴里充斥着污言秽语。姚美芹骂不了那么复杂，因为这是在她负责的酒吧里。

没有人来帮她，姚美芹那个晚上是她有生以来最为屈辱的一个晚上。她像在大庭广众之下被人剥去了衣服，没有一丝一毫的遮掩。酒吧里的人免费看了一场吃醋表演秀，两个女人打得很认真，姚美芹打了那个小婊子好多下，估计她的腰上和奶子上伤得不轻，脸上也划了一道，可是她自己的脸上也挨了那小婊子抓了两三道印子，最后她们还是被人拉开了。姚美芹很恨，恨自己居然没有占到明显的上风。心理上有障碍，她不敢恋战。

“××，×××，×××。”架打完了，可是姚美芹的耳朵里全是那个小婊子骂她的污言秽语。那些污言秽语，就像无数根针一样，刺在她的心上。那个小婊子真是一点廉耻都没有，说的全是男女间的性动作。可是，她和徐金基之间过去的那些性动作，她怎么会知道的呢？

一定是那个没有廉耻的徐金基告诉她的。

想到这一点，作为女人的姚美芹，心里就像是刀绞的一样。在外面，她坚持着没有流一滴眼泪。她要坚强，她不想输。回到家里的时候，已经很晚了，褚宝成没有睡，还在看电视，他现在真是迷上了电视了。无聊啊，他一脸的惊讶，问她脸上是怎么一回事，她还没开口，眼泪就下来了……

十二

很多事情是不可以有结果的。

褚宝成后来所表现出来的愤怒，远比女人姚美芹要强烈。他觉得她太便宜了那个男人，太便宜了!

姚美芹已经把在酒吧的工作辞了。在那个酒吧里，她感觉一天也不能呆下去了，她时时刻刻意识到周围看她的异样眼光。

辞去工作是她思考再三的结果，其实她内心里挺矛盾的，她很清楚辞掉工作对她意味着什么，对整个家庭又意味着什么。可是，最终她就有点不顾一切了。褚宝成是男人，他应该知道最后的结果。她想：她不辞不行啊。现在，还只是徐金基的“小蜜”来闹事，如果是他的太太呢？那就更不得了，关键是徐金基在这场丑剧中，扮演着一个非常不光彩的角色。想到他，她就感到气得浑身发抖。

尤其让她气愤的是当她在电话里向徐金基提出不干时，他先是沉默了一会，然后竟然只是叹了一口气，说声：“好吧。”好吧？是的，他就是这样说的，一点也没有挽留，一点也没有。他要是有点人性，他就应该挽留她，盛情挽留她，再三挽留她，她想。她毕竟是免费做了他这么长时间的情人，他应该讲点情意，而他没有。说不定，他甚至非常庆幸她这样主动提出来，否则他自己恐怕还不好主动开口呢。

便宜了他，委屈了自己，这是一件多么窝囊的事情啊，她想。开始辞职的时候，姚美芹觉得还挺解气的，可是她后来越想越觉得窝囊。

时间一点点地过去了，两口子在一股窝囊与委屈中度过。当他们无事可做的时候，这种窝囊与委屈的情绪就变得分外强烈。在这场事件中，别人毫发无损，受害的只是他们自己。没有人在乎你的死活，在乎的只是你自己，自己折磨着自己，那种折磨真是异常痛苦。

姚美芹决定再次出去找事做。

褚宝成也想找份事情做，可是他找了好久也没有落实。在这个世界上好像还真的没有什么事情让他可做。他不能随便找一份什么事情就做，总要有适合的才行，他想。他的运气不好，姚美芹的机会要比他多，可能性要比他大，但这回好像也不行了，她在电话里联系了好多个朋友（这里面有褚宝成认识的，更多的是连名字也不知道），都说事情不好找。

他们的情绪一时很沮丧。

一天他们为了一点小事再次争吵起来，褚宝成把电视机都砸了。姚美芹哭着跑回了娘家，她发誓说她再也不回来了，看着她离去的背影，褚宝成的心里特别不是滋味。

褚宝成想到姚美芹一定会再次提出离婚的，她是气坏了。反省自己，褚宝成觉得自己有过火的地方。如果说过去不怪他，那么这一次故意挑起事端的真的就是他了，不，他也不是故意的，只是他在那一刻不知怎么的就有些不能控制自己，他内心里就是想找点茬，他就是想闹点别扭，从别扭中发泄些什么。

他开始后悔，他后悔自己的举动，后悔不该对她那样。自己有什么权利对待她那样？他只是一个没有用的男人，过去的事情已经过去了，他是在追究过去的事情吗？如果是，当时他就应该坚强起来。但他当时没有坚强，他妥协了，他为什么会妥协？因为他感觉自己已经是个生儿育女的人了，经不起折腾了。一切以家庭为重。

一切以家庭为重，可现在，正是自己，在破坏着家庭。

褚宝成感觉这次姚美芹一定不会再迁就了。因为，这次的责任不在她，她是无辜的，她可能会从他的生活中消失掉。

失去了工作，还失去了老婆，这个世界也太不公道了。他想，得到便宜的呢？就是那个叫徐金基的男人。

褚宝成越想越气。

他是个男人，自己也是个男人。

男人要有男人的气概，他想。

他现在不但要面对这样的问题，而且，必须要有解决这个问题的能力。

褚宝成想应该要去找那个男人把道理讲讲清。自己不是一个任人捏弄的软柿子，一个窝囊无用的缩头乌龟，他身上的血也是热的！

主意既定，说干就干。

褚宝成用了一天的时间，搞清楚了那个男人的办公地点和电话。

“我找徐总徐金基。”

“你有什么事？”对方问。

“有事，你是谁？”

“我是徐金基。”

褚宝成咽了一口唾沫，说：“我是……姚美芹的丈夫。”

“什么事？”

“有些事情，我们找个地方谈谈。”

“我很忙，有什么事情你就这样说吧。”

“有什么事情你比我清楚！你忙？我知道你很忙。”

“你有什么要求你直说吧。”

要求？什么要求？褚宝成一时有点反应不过来。

“我没有要求。”褚宝成说，“你出来，我们讲话。”

“我没有时间。”对方不耐烦地说，“你别缠着我，有什么问题你让姚美芹来说。”说完，就放下了电话。

电话再次接通，“你他妈干什么？我不能说么？姚美芹离开了酒吧你不知道么？她被打你不知道么？你让她说什么？”

“你他妈的总是要个说法吧。”

对方沉吟了一下，说：“她离开了酒吧，是她自愿的。她是个挺能干的人，我想可以在经济上做一些补偿。”他闭口不谈他们之间的那种暧昧。

经济补偿？他能补多少？他用这种方法来解决他们之间的矛盾？

“你说多少？”褚宝成问。他开始的时候根本没有想到他会用这种方法来解决。可是，现在他主动提出来了，这倒也不失为一种办法，惩罚有钱人的办法最好就是让他“出血”。

“五千块钱。”对方说。

五千？褚宝成怔了一下，不少了，很多，可是……五千块钱对一个搞房地产开发的老总来说，算得了什么？这点钱对他而言，根本算不上“出血”。

“不。”褚宝成说，“首先它不是一个钱的问题。”

徐金基相信它一定是钱的问题，没有什么事情是钱不可以解决的，任何事情都可以用钱来解决，百试百爽，任何事情都可以用钱来加以量化，一切价值说到底就是钱的价值。他相信姚美芹的男人归根到底的要求还是钱，他相信他只是羞于说而已。在这个问题上，他不想烦，他不清楚这个叫褚宝成的男人到底是怎样的一种男人，一个工厂的工人，素质肯定不会高，素质不高的工人，往往什么事情都做得出来。在这点上，徐金基心里多少有些疙瘩，有些戒备。

所以，当褚宝成再次打电话来的时候，他主动提出补偿二万块钱，但条件是他以后再也不许打扰他，一切就此了断。

“不能再高了，”他说，“这都太过分了。”两万块钱是天价，因为，他完全可以置之不理。说他和姚美芹睡觉，那也是她自愿的。再说，褚宝成有什么证据么？没有！

徐金基现在有些后悔不该和姚美芹有那种关系。和某个女人睡觉的时候，一定要先搞清楚她的丈夫是干什么的。有些女人是可以睡的，有些却是不可以的，像姚美芹这样就属于不可以的。她的丈夫只是一个普通工人，什么事情做不出来？他并不是怕他，他只是觉得犯不上和他计较。

“过两天来拿钱，你不要再纠缠了。”这位房地产大老板用不容置疑的口气说。

果然，放下电话以后，褚宝成没有再缠着他。

钱就是好，就是能解决一切问题，他想。两万块钱对他来说真的算不了什么，而对褚宝成来说，就是很大的一个数字了。他想褚宝成和姚美芹应该是满足的。他想：这种事情一定是姚美芹在背地里指挥。如果真是这样，这个女人就非常可恨了。本来他对这个徐娘半老的女人就没有太多的真心，这下就愈发有些厌恶了。

面对这唾手可得的两万块钱，褚宝成心里一时乱得很。你说这钱，要想得到它，要多艰难就有多艰难（他过去辛苦辛苦地工作，一个月也不过就是七八百块钱）；现在，想要得到它，又是有多容易就多容易（他不过是打了两个电话）。可是，现在这得来如此容易的钱，却是来路不正啊，他想。

褚宝成现在不再为姚美芹回不回家担心，而在为如此她回来，他怎么向她开口解释而担心了。他这个男人也真是没有出息到家了，他怎么能靠妻子的隐私去拿钱呢？自己的尊严、妻子的尊严，全部没了，如果他真的去拿了这钱的话。

好几天过去了，他也没有勇气真去拿这样的钱。他想：也许等姚美芹回来再说。是的，不管怎么说，他要让她知道这件事。在对待她被人无端欺负这件事上，他并不是无所作为的。他做了。他只是不知道这样的事做得好不好。

姚美芹回来了。

突然就回来了。

事实上姚美芹那天回娘家的时候，主意就已经打定好了：她再也不回来了。她要和褚宝成离婚，不顾一切地离婚，不管出现怎样的后果。她坚信她一个人或者带着女儿生活怎么也会比现在好，她的过去，再也不能成为褚宝成发神经的借口了，可两天前的一个下午，她和她过去的一个女友一起上街时，就改变了过去的想法。

是那个女友让她改变了过去的想法。

那个女友比姚美芹要年轻几岁，可她离婚已经有四五年了，一直单身。事实上说她单身并不准确，因为她身边一直有男人。不消说，那个男人比她大，最主要的，那个男人也有妻室。

姚美芹的女友从一开始和这个男人好上，就指望有一天他能娶她。她也正是抱着这样的希望和他好上的，她相信自己要比他的老婆出色得多，他似乎是没有任何理由不离婚的。每一次，他也都是这样对她作出承诺的。可是，一年过去了，那个男人没有离婚；两年过去了，那个男人还是没有离婚。最后，离婚这个问题终于把那个男人搞得对她厌烦透了。

在姚美芹以及她其他众多女友的眼里，她的这个男人并不出色，她似乎根本没有理由为他去作那样的牺牲。但是，人有时候就是会犯一根筋的毛病，她为了那个男人简直什么都不顾了，她只要他娶她，只要他娶她，她什么样的牺牲都可以做。

但那个男人就是不娶她。

回头看看，那个男人真的一点也不优秀，他只是一个机关里的小科长而已，没有权，也没有钱。回想起来，她和他好过的那些日子，他连一件像样的礼物都没有送过。事后，她自己都想不通，怎么就鬼迷心窍和那个男人好上了，而且，一好就是好几年，最后，自己什么也没有得到。

“不要和有钱男人谈情说爱，”她这样对姚美芹说，“那些有钱男人没有一个好东西。他们只是想玩玩你，根本不会付出真心的。”

姚美芹被这个“玩”字弄得一惊。这个词是如此的粗俗，但它却非常接近于本质。女友这样说，虽然有一定程度的偏见，但细想也不无道理。徐金基对他的那个“小蜜”也许称不上“玩”，但对她，徐金基完全可以用得上一个“玩”字。她受骗了，上当了，她整个被他耍了！

姚美芹越想越气。

“男人没有一个是好东西。”她的女友说。

“不能便宜了他们。”她说。

她当时就便宜了那个男人，那个男人在机关里最危险的日子过去了，现在据说还提成了副处，老婆、孩子一切均好。

姚美芹一回家，褚宝成原有的担心也就不复存在，一块石头落了地。

“我打电话给他，他说给你两万块钱的补偿。”他说。

两万块钱？就两万块钱？他怎么说得那么轻巧？两万块钱能抵消掉她在酒吧里所受的那些污辱？姚美芹感到心里有一股火在烧。

“我不要钱，他要给一个说法。他必须要让那个小婊子向我道歉。”她说。是的，两万块钱算什么？两万块钱是买不来已经失去掉的尊严的。

徐金基乍听到这一要求的时候怔了一下，怎么可能？让他的“小蜜”去向姚美芹道歉？开玩笑！

“不可能的事情。”他说。当然，他清楚他们想要什么，他们是觉得两万钱太少了。但是，超过两万块钱，他愿意满足他们吗？

不！他想。

本来他已经相当宽宏大量，但是他们却贪得无厌。他们以为他是什么？可笑！真是可笑。

好人是不能做的，你要是做好人，他们还以为你是软弱的，他想，他要叫他们绝了这样的念头。

十三

姚美芹哭了，这次她是为褚宝成而哭。

褚宝成涉嫌敲诈被警察带走了。

姚美芹打电话给徐金基，徐金基叫屈说：“我对他已经非常客气了，一再地让步，可是他是得寸进尺，他这是犯法！他一次次地给我打电话，你知不知道这件事？”

她什么也没有再说，就放下了电话。她不知道，至少，她知道得不是很清楚。是的，她的确不知道他后来和徐金基到底说了什么。当然，他们说什么并不重要，重要的是褚宝成被警察带走了，这都是她害的。她在孩子面前，在父母面前，在邻居们面前，该怎样说？

在褚宝成被关的那几天里，姚美芹闷得都快疯过去了。又不好向任何人说，所有的重量全让她独自承受。她感觉自己都要垮掉了。

她不敢出门，简直就是以泪洗面。就在她特别郁闷的时候，想不到王铭道突然打电话给她，“听说你不在酒吧干了？”

“是的。”她说。

“我去了好几次都没有看到你。才听说你不干了。”他说。

“没有什么意思的。”她说。

“你嗓子怎么哑了？”他问。

她清了一下嗓子，却发现比原来更加的干涩。“我不太舒服。可能……是感冒了。”

“好久没有见着你了，能出来聊聊吗？”他问。

当然。她真是想见他了。好久没见了。她一肚子的委屈需要有人来倾听。也许，他还能对她说些宽心的话，她能够从他那里得到些安慰。

“不要去酒吧或者茶馆了，到我家里来吧。我家有上好的台湾乌龙，一个朋友刚带给我的。”他说。

这天的下午，他在46路车站如约接到了她。

他的家豪华得让她吃惊，宽敞而干净。

她感觉自己来得不是地方。

她坐在他家客厅的沙发上，看着他泡茶。

他泡茶的动作是熟练的。

她发现他好像比过去胖了些。看来他的生活相当有条理。他是一个懂得生活的男人。在他面前，她是什么？她在心里这样问。

“你现在干什么?”他问。

“什么也没干，在家。”她故作轻松地说。其实说完之后，心里特别的空。空得难受。

“你的脸色不太好。”他说。

她不好意思地笑了一下，心里有些紧张，她害怕他看穿她。可是，看他那眼神，他可能什么都知道了，她想。

也许是为了让她放松，他请她参观他的书房。她是第一次走进一个律师的书房，书房让她感到神秘，一排排高大的书架里面塞满了书，中文的、外文的。他拿出两本他自己写的书给她看，她翻看了一下，什么也不明白，大律师的书，一时当然是看不懂的，说真的，她也不感兴趣，书是他之外的另一种东西。

“你很漂亮。”他说。

她看了他一眼，发现他的眼里有一种特别的东西，她的心一下子慌得不得了。他把手放在了她的肩上，她的呼吸马上就不匀了，梦里熟悉的东西一下全涌到了面前，他抱住了她，在她耳边轻声说：“来吧。”

他拥着她往卧室走去，她知道“来吧”是怎样的一种意思，她梦想的一切就要发生了。他抱着她，把她推坐在床边上，她的脸红得厉害，她突然涌上了一种羞涩。他把手伸进了她的衣服，解开了她的乳罩，抚摸着她还很结实的乳房。“真好。”他说，姚美芹觉得一阵恍惚，过去的梦想马上就要成现实了。他吻她，他用舌头撬开了她的牙齿，他的口腔里有一种烟草味。她闭上了眼睛，一阵酥麻袭过她的全身，他是热情的，她不由自主地回应他，她也把舌尖伸进了他的口腔里，而他马上就吸住了，吸得她都靠透不过气来。

她一下就被他压翻到身下，他脱去了她的上衣，她的上身就完全地裸露了。她的上身是那样的白皙，他像一头狼一样，一下就叼住了她的乳头，她醉了，她感到自己是那样湿润，毫不掩饰地湿润，放肆地湿润……

他站起来，开始脱衣服。她躺在床上，侧脸看到他的面容因为激动有些异常。他急不可耐地，几乎是将领带扯了下来，然后长裤也滑到了膝下。他一边看着她，一边在脱着他的白衬衫，她扯过床上的那条薄毯，裹住了自己赤裸的上身。当他脱得只剩下一条短裤的时候，发现她仍然躺在那里一动不动，“你怎么还不脱？”他问。

她像是一下子惊醒了，从床上坐了起来，而且把衣服往身上套。他一把就抱住了她，阻止她进一步行动，“你这是怎么啦？”他问，“不。”她说。她有一种恶心的感觉。她想，可是她不能，她多想和他做爱啊，但她觉得这样的时机已经过了。

不合适的时机。

她不想再后悔。

他的动作变得粗暴起来，她努力抗拒着，央求说：“别、别，真的别这样好吗？我喜欢你，可是我们别这样，我们坐下说会话，好吗？”“不！”他说。因为他发现她的身体其实是愿意的。他想她的真实意思并不是这样，“求你求你……”她一边说，一边眼泪就下来了。

他怔住了。

他想不到她会这样。

她的眼神里充满了内疚。

他只好无奈地重新穿上了衣服。

十四

姚美芹后来一次次地回想起那一幕。

当时要发生也就发生了，可是她软软地拒绝了。应该说王铭道也是个君子，如果他再稍稍用点力气和心思，她就会就范的，事实上她内心里当时非常矛盾。她一点也排斥和他发生那种关系，但只是一想到现状，想到自己的男人褚宝成，就不想让自己长久的内心愿望得逞。

她似乎把这件事看成是对自己的一种惩罚。

一种赎罪的心态。

她没有把褚宝成出事的消息告诉他，没有必要，他不认识自己的男人，告诉他是多余的。而且，她觉得这件事说起来是可耻的，一件非常不光彩的事情。如果让王铭道知道了，只会让他看不起他们。

关于她在酒吧里受的那些委屈，她倒是对他说了不少，他用一种非常同情的眼神看着她。他后来又多次去过那个酒吧，酒吧的主人已经换成了一个年轻的女人，想来就是那个房地产公司老总的“小蜜”了。

很正常，他想，在这样的年头，这是一件非常正常的事情。相反，如果不这样，倒是不正常了。问题是，现在他不知道该怎样帮助这个女人。也许，这时候的姚美芹比任何时候都需要帮助。

那天姚美芹从他家里出来的时候，他送了她很远，一直看她上了车。

姚美芹回来后简直是度日如年，女儿放学回来也不跟她说话。她常常是坐在桌边看着女儿吃完，褚娟一吃完就回自己的小屋里，对她这个妈妈的提问爱理不理的。

她自己讪讪的。

如果是换成自己，也许也会这样，姚美芹想。

褚宝成的家人打电话来问他的情况，语气里都透着对她的不满。是的，一切皆因自己而起，可是，她内心里又觉得十二万分的委屈。

一个星期以后，褚宝成回来了。在派出所里，警察们很仔细地问了姚美芹的情况，姚美芹把一切都说了，她感觉自己像是被剥了一层皮。

警察们的目光像锥子一样，一直刺到了她的心里。

很长时间，她的头一直低着，抬不起来。

从派出所出来，夫妻俩一前一后地走着，谁也没有先说话。她看到褚宝成瘦了许多。也许，他在看守所里吃了不少的苦，吃苦是自然的，在那里面能有好果子吃？褚宝成大步在前面走，好像一心要摆脱她似的，是的，也许他有理由要摆脱她，她想。

阳光是炽白的，炽白得刺眼。

街景还是那个街景，可是在他们的眼里，好像一切都变得和过去有了明显的不同。是什么地方不同？谁也说不出来。

一种强烈的心理感受。

一切都是那样的陌生。

褚宝成也变得陌生了。

“你别走那么快。”她在后面喊。

他顿了一下，却没有回应。

十五

春暖花开。

城市的五月。

他们离婚了。

是褚宝成主动提出离婚的。

他感觉他解脱了。

姚美芹也爽快地同意了。

女儿跟着褚宝成。

离婚后的第一件事，就是打电话给王铭道。

家里没人接，打通了手机。

“喂，是我，姚美芹。”她说。

“啊，你好。”他说。

“我正往机场赶。”他说，他要赶到上海，然后飞往德国。他的妻子在那里等他，儿子也在那里。儿子在那里的一所中学上学，他的妻子希望他到德国去，否则他们的婚姻就要出现大问题了。

“有什么事吗？”他问。

“我离婚了。”她说。

表弟与巨型钟

我有一个远房的乡下表弟，是我母亲的表叔的儿子的孩子。因为这样的一层关系，又城乡两隔，相距了好几百里，所以来往并不多。甚至可以说，基本就没有来往。我们所能知道的，也就是一些隐约的消息。这些消息断断续续，似是而非，其中不乏荒唐和可疑，好在我们从不深究。它们听上去总是那样的遥远，仿佛是从古代流传下来的。然而，它又模糊得有些亲切，透着一种乡村的朴素与温暖。

母亲的表弟要比她小十多岁，很自然的这个表弟的儿子也就比我小十多岁。我从来也没有见过他，但是，我母亲说我见过，说是好多年前他被他的父亲领着，到城里来过一次。我认为母亲的记忆肯定是有误的，因为我对这事连半点印象都没有，哪怕是蛛丝马迹。我见过从乡下来的别的一些表哥表弟，表姐表妹，但肯定是没有他的。在他们的描述里，这个表弟是个憨子，这个“憨”当然是很客气的说法，因为是亲戚，不能说得太直白，但本质上就是说他脑子有些不灵光。他有聪明的地方，而且可以称得上是聪明过人（这点在后来得到了充分的证实），但就像是一台机器，肯定在某个地方“短路”了，平时看上去还好，可是一“受潮”了，就容易“短路”。一“短路”，就会干出傻乎乎的错事来，谁也不知道他的大脑什么时候受潮，就像你根本没法预测夏季里哪天会变天一样。也许他在本质上是个天才，我想，可是在乡村，一个天才也很容易被人当成疯子。

对我这样异想天开的想法，母亲并不认同，因为这样的想法，太过理想化了。

母亲说，她的表弟有五个孩子，两男三女，在心里，我们都惊叹他们这样勇敢的繁殖能力。“越穷越生，越生越穷。”我母亲当年这样评价说。但是在农村里是需要男孩子来干活的，所以庄户人家他们为了生存就完全不顾计划生育政策，勇敢地生产着。他们和政策间的斗争，简直就是不屈不挠，想尽了方法。

我的这个表弟叫聪，或者叫冲，和他一起玩的孩子们，恶作剧地会叫他“葱”。我母亲说，他的这个表侄，长得倒真像是一根葱，瘦瘦的。因为他后来的表现并不聪明，而且时不时地闯祸，所以，家里人都叫他“冲”。冲表弟排行老四，也就是倒数第二，这样的一个位置，显然有点尴尬，容易被忽视，又容易受指责，他扮演的是个受气包的角色。我母亲的姑姑对此是否认的，她说家里人从来就没有有意忽视过他。而正好相反，他打小就不是一个省心的孩子。他具有别人所无法想象的破坏力，经常捣乱，惹是生非。有一年除夕，他把村里的一个大草垛放火烧了。火光照亮了好几里地，把村里人都吓坏了。还有一次，他把自己藏在了家里的大柜钟里，家里人都以为他出事了，掉河里淹死了，发动全村的人找。结果，第三天他自己从大柜钟里冒了出来，把全家人吓了一跳。

没有人说得清那个大柜钟有多少年了，它是那样的漂亮，整个底座是紫红色的檀香木，外面还镶着漂亮的黄铜图案。锃亮的盘面上刻有罗马数字，很是神秘。长长的钟摆，晃来晃去，不知疲倦。在钟摆垂直位置的上端还有一扇小门，每到整点时，就会从里面突然跳出一对八哥（也有人说是布谷），出来嘹亮地叫几点，又迅速地消失。毫无疑问，这在当年是个稀罕物件，甚至是方圆百里都难得一见。我母亲说，那是当初她太外公家仅有的最值钱的东西，然后作为重要遗产传给了她的表叔，她的表叔自然是把它当成了传家宝。有人说它是外国货，还是古时代从西洋运过来的，也有人说是民国的东西，谁知道呢，但不管怎么说，它是值钱的。虽然时间对村民们其实一点也不重要，但是，并不意味着他们不要时间，每时每刻，人都是在时间里生活的，时间比太阳还重要，一天里有白天有黑夜，白天里还经常会有阴天，可是时间却从来就是存在的。村里人相信，这个大钟就决定着一天的时间，而不是时间来决定着这个大钟。这个大钟，就是那个村里的“魂”。有它的存在，村子就是安宁的，日复一日地鸡飞狗跳，炊烟袅袅。

这台大钟在冲表弟五岁的时候消失了，被我的表叔卖了，据说只卖了不到一百块钱。而表叔的父亲，也就是我母亲的表叔为此差点气疯了。我母亲后来说起来还一直叹气，说是可惜了。也有说不是卖了，是原本就坏了。自从表弟钻进去后，那只大钟就不怎么走了。最关键的是，那对布谷鸟不再准时出来了。有时它们会在半夜里出来，突然嘹亮地叫几下，又迅速地消失。时间长了，弄得全家人都快精神失常了。因此，家里人就用它换了一百来斤土豆。但不管是哪一种，我妈妈也表示了理解。她说她这个表弟家太穷了。好多年前她回去过一次，看到的到处是破旧的房子，和她当年离开那里去城里读书时几乎没有什么太大的区别。外面的世界多少总是在变化着，而那里却像是静止的。她说她在她的表弟家，只住了两个晚上，好几个人挤在一张床上。床上铺着稻草，到了晚上能听到老鼠在床底下吱吱作响。没有厕所，只有茅坑，洗脸洗脚，都是共用一个盆子。没有自来水，就是河里的水，淘米、洗菜、洗衣服。除了用野菜做的稀饭，让我母亲有了一种久违的受用后，别的她都已经不习惯了，相当的陌生。

大钟的消失让我母亲表弟家在村里的境况有了很大的改变。村里没有了这个大钟，也就显得有些人心涣散。原来连村支书都要时不时地到他家里去坐坐，后来几乎就不去了。我母亲的表叔为这事，据说还绝食了好多天。所以，我母亲后来特地买了一只闹钟送给了他们。虽然它们在体积上差异是那样的巨大，但是，同样是可以计算出时间的。而那只漂亮的闹钟，却像是更加受到村里人的欢迎。因为它更便捷，可以带到田间地头，到了时间它会自动响起来，通知村民们放工了。后来我母亲的这个表弟，也就是我的表叔，当上了生产队长，是不是与拥有这台闹钟有关呢？

我母亲相信有。

母亲认为她为亲人做了一件好事。而做好事的人，往往会把好事的作用放大。但不管如何，除了她的表叔仍然怀念那个大东西（乡下人的观念里，大的总是比小的好。这样的价值观，应该是和食物有关），其他人都是喜欢的，满意的。而我的那个表弟立即就被这个小东西迷上了，它是圆形的，有着金属外壳和玻璃罩面。罩面下是两根长短不一的时针和分针，而最忙碌的是红色的秒针，它不断地行走着，每转一圈，分针就向前移一小格。里面一直发着很有规律的滴答滴答声，非常的神秘。当时的表弟，也就是十几岁的少年。在他的心目中，这闹钟是他见过的最神秘的东西了。它指向七点，一定是早晨。指向十一点，肯定就是中午了。他突发奇想，认为是这个闹钟的时间在指挥着天气辰光，而不是辰光决定着闹钟。就像村里的一切，都是村支书、生产队长决定的一样。而时钟的刻度是一定的，摆动的幅度也是一定的。他对它产生的兴趣太大了，以至于晚上睡觉都要搂在怀里(他也只有晚上才能占有，白天要被他的父亲带走)。

它成了他的宝贝。

村里的小伙伴们，也都眼馋着那只闹钟，闹钟成了一种象征，而小伙伴们越是眼馋，就越是让表弟宝贝。一个孩子要是爱一个玩具爱到了极致，最后肯定是以破坏它为最大的满足。他不明白那个闹钟为什么会这样规律地运行着，是什么在指挥着它们呢？他相信那里面一定有着一种秘密，他想要看个究竟，所以，有一天当他的父亲去公社开会的时候，他悄悄地把它藏起来，然后飞奔着离开了家，躲到一块麦地里。

麦地非常的广阔，麦子也格外地茂密。当少年冲表弟一路小跑潜进麦田的时候，立即就消失得无影无踪了。他当时肯定紧张极了，心跳加快，甚至能听到自己的心跳声，满脸通红，汗也下来了。他太好奇了，而现在这所有的秘密终于是属于他个人拥有了。当他好不容易用简易的削笔刀把它的后壳打开时，一定被惊呆了。那里面有无数个大大小小的锃亮的圆形齿轮，它们以不同的速度在不停地旋转着，那些齿轮无比精致，它们结构复杂地排列着，让里面看上去完全像一个迷宫，而越是复杂，他的好奇心也就越强。他当时的想法肯定不是破坏它，而是想弄懂它的原理。如果他弄懂了，那该是多么值得自豪和骄傲的事啊！然而，当他把那些漂亮而精致的齿轮们从里面拆出来后，它们却像一群迷路的羊羔，找不着回去的圈栏了。

我母亲说，那一次这个小表弟被他的祖父暴打了一顿。因为这样的行为，在大人们眼里无疑是一种败家行为。而我母亲的这个表叔偏偏又是一个很节俭的人，珍视每一分钱。他的节俭，全村都是出名的。家里那么多人口，所以还能吃上饭，除了一家人辛苦劳作，很重要的一点也是他能节省。这只闹钟是家里为数不多的值钱的家当了，所以，对那一地的零件，他不能不火冒三丈。他用绳子绑住了他这个小孙子的双手，把他吊到了门前的那棵老槐树上，用扁担打了他十几下。要知道，母亲的这个表叔自那台大钟消失后，双目就突然失明了，一个瞎子，他能那样利索地处罚自己的小孙子，不能不说他一定是气极了。而远远地看上去，我的这个小表弟就像是风中的树上吊着的一只黑色的虫茧。据说那个晚上，狂风暴雨，电闪雷鸣，可是，没人敢去把表弟放下来。

表弟聪或冲第二天早晨就像一只淋湿了小鸡，在从树上放下来后浑身冰冷。半年以后，家里人才发现他失聪了，成了一个聋子，成了聋子后，他仿佛又成了一个哑巴，不爱怎么说话了。但他仍然着迷于那只已经成了一堆零碎的小闹钟。对于这一点，母亲对她的表叔是有意见的，“好好的一个孩子，就这样残废了。”母亲叹着气。在乡下，好好的青年都不容易娶到媳妇，现在他落下了残疾，以后如何说得到？

之后好多年，我们没有再得到老家乡下的消息。说到底，父亲的老家才算得上是真正的老家。母亲的娘家，对任何一个家庭的子女来说相比之下重量都要轻得多，这是现实，也是传统。我们有很多的堂伯堂叔，以及数也数不清的本家兄弟。父亲的堂兄弟中，不少在当地都是有头有脸的，当中有老师、乡干部、县里机关的工作人员，有两位是局长，还有一位是省级机关的处长。直到十多年前，母亲这边的亲戚来往突然多了起来，因为老家里的人都发了，做生意。他们仿佛是突然的，一夜之间就发财了。

我印象里母亲的娘家那个地方，一直是偏僻的。偏僻而且贫穷，多少年也没什么变化。到了改革开放以后，也就解决了温饱，怎么会富起来了呢？我的那些远远近近的表哥，前几年来过我们家，或是进城打工，或是贩点水产。我见过聪表弟的哥哥，他也来过城里两三次，经常扛着麻布袋，里面装着电线电缆一类的，还有各种小五金。据说，那能赚些小钱，而且，做得时间长了，赚得还相当不错。父亲对他们的到来，表面上还算客气，但母亲认为他在心里是瞧不起他们的。直到有一天表哥再来时，告诉我们，他已经办厂了，成为厂长了。厂子规模还算可以，有好几百工人。虽然这样的投资主要靠的是贷款，但是他觉得那点贷款根本不算什么，他有雄心要把这个厂做得无限大。母亲那天特别开心，好像当厂长是她自己，发财的也是她。父亲也笑了，悄悄告诉我，“你妈是在报复我。”

表哥的确也不一样了，越来越有厂长的派头了。毫无疑问，他发财了，除了衣着上，他越来越体面，说话举止也越来越像城里人。原来小厂是做小五金加工，后来做发动机，再后来又做PVC，总之，什么行业赚钱他们就做什么。工厂已经改成了公司，他成了总经理，再来城里，总是坐着自己的豪车，入住星级宾馆。发财的不止是他，他说他们村里的人大多发了财，他们从加工纽扣开始，纯手工，家庭作坊式的。其实导致这一切发生改变的因素很简单，他们那里因为修了一条国道，又调整了行政区划，一下成了原来并不属于一个市的市郊小村了，两下相隔只有几十里。没人具体说得清那股风是如何刮起来的，反正就像是打了鸡血一样，全村人都格外地兴奋。然后，有人家生产拉链，也有人家加工起了眼镜，还有人家做起了假冒伪劣，仿制的名牌小商品是应有尽有，从世界名牌到国内名品，什么也不缺。小村子变了，沸腾了，每天来来往往的都是生意人。

小村子变了，完全地变了。

母亲听了很激动，后来有个机会回去了一次，搭了顺风车。其实她一直很想专门回去看看。回来后感慨得不得了，说现在完全变了，变得她都认不出来了。村子不像村子，更像是一个繁华的小镇。原来的大片农田都消失了，代之而起的是各式各样的厂房。家家户户都盖起了新房，别墅小楼也并不稀奇。我的表哥家里，更是和过去不一样了，差不多成了全村的首富。大表哥很能干，让人刮目相干，比较起来，二表哥就弱很多。至于我的那个表弟，更是不好比的。

正像我母亲当时担忧的那样，我的这个表弟还单身着。在乡下，像他那样的年纪还没有成家的，基本就可以断定他是注定一辈子打光棍了。而事实上，这个表弟是个老实人，一直默默地种地。当弟兄们各自分家以后，他自己也独立了出去，有了一个三间的老屋子。除了种地，他更多的是关在自己的屋子里，摆弄着他喜欢的各种小物件。他不爱说话，不喜欢和人交流。有人去过他的小屋，发现他的屋里简直就像是一个钟表陈列馆，里面摆满了各式各样的钟表，有大到一人多高的台钟，也有圆盘一样的挂钟。有精致的普通手表，也有很古旧的闹钟。没人说得清他究竟收藏了多少，整个屋里完全是一个战场，躺满了钟表们的“尸体”。最让人佩服的是，他居然自己拼凑了一台大钟，而且真的走动了起来。所不同的是，这个大钟的速度奇快，分钟就像秒针一样在旋转，而秒针简直就是飞驰了，昼夜不停。也就从这天开始，大表哥摆脱了小作坊生产，在村里第一个盖起了工厂。

生意迅速地红火起来。

红火起来的大表哥，就不再让表弟干农活了。他养得起他。他原来的那片地，也已经被开发了。村子的规模在扩大，因为原来的面积已经不足以再扩大发展了。可事实上，这个村子却在迅速膨胀。而这样的膨胀，得到了当地政府的支持。于是，周围的村庄也就不断地被吞并进来。村子不再叫村子，而被命名为开发区。而在这一过程中，大表哥从厂长到总经理，再到兼任开发区的区长助理、副区长。他自己的厂子交给了我的那个二表弟，表面上不再是他的了，但实际上还是他当家。他从一个忙碌的商人，变成了一个严肃正经去从政的国家干部。不少人认为他是亏了，但我们都相信他是合算的。事实也证明他后来不但没亏，反而赚得更大了，他成了那个地方最有权势的人，因为区长是主管工业的副县长兼的，并不具体负责这里的琐碎事务。

大表哥忙得很，也红得很。

村里人看到，他作为一个哥哥真是做得相当的好，非常照顾自己的这个弟弟。父母们都老了，作为长兄他多照顾他一点也许也是应该的。他一度想把聪弄进自己的厂里，可是聪却并不愿意，也就作罢了。没人知道聪表弟心里是怎么想的，甚至当有姑娘想和他好时，他居然都拒绝了。相反，他和村里的一个年轻的寡妇倒有些不清不白的。那个寡妇长得倒也不算难看，而且比他要大三四岁。她的男人赵二是个混账，过去经常和她吵架，暴打她，后来出去打工了，又勾搭上了别的女人，不三不四的。而这一去，就再没回来。之后有一年传来消息，说他在外地出事了，遇到车祸，死了。

这对她倒也是一种解脱。

之后的日子，她也没有改嫁，一直带着两个孩子留在村里。她和村里人并没有什么太多的接触，倒是和聪有些走动。道理大家都能明白，他们都是处于弱势，没人知道他们是如何交流的，因为我的聪表弟什么都听不见。很多时间，也许他们是各说各话。聪表弟喜欢到她家里去坐坐，像一个听话的大男孩。他们是合适的，村人有人这样想。一年大冬天下着大雪，有人看到聪表弟半夜里从她的家里出来，赤着脚。没有人知道他们是不是真的有那层关系，如果说没有，他们又怎么能有那样的暧昧呢？然而，如果要说有，他平时就应该是表现出喜欢女色的。

没有了农活可干的聪表弟，越发认真地琢磨起他满屋子的钟表了。所有的钟表，全都转动了起来，每一只走的速度都不一样。没有人知道，他是如何做到这一点的，简直可以称之为神奇。即使是一个最高明的钟表修理师，也未必能做到。有人说，凭他的这种手艺，到城里去开一个钟表铺都没问题。对于这个，他完全是无师自通，真是不可思议。偏偏看上去，他是那样的愚钝。这些大大小小各式各样的钟表，走法不一，自然，也没人知道他的哪一只钟才是准确的当地时间。在这些钟里，可能有马尼拉时间、纽约时间、圣路易斯时间、内罗毕时间、金沙萨时间，也可能是波恩时间、摩尔曼斯克时间、里斯本时间、突尼斯时间，或者是魁北克时间、麦加时间、达卡时间……但是，就算你把全世界各地的时间全列数出来，也不一定有他这里的时间多。他有些钟表的时间甚至是火星上的，月亮上的，甚或是宇宙深处别的什么地方的。所有这些闹钟加起来，发出了各种各样的声音，和村子里那些工厂厂房里各种机器发出的声音，汇聚在了一起，就像是村边有一条巨大的河流。而到了深夜，却只有他屋里的这些钟表在“滴滴答答”地走着，有时还会发出一些奇怪的声音。这些声音，掩盖了村里孩子们的哭声和妇人们的梦呓。

也许是他造出的那台大钟，终于因为走得太快，有天突然就起火爆炸了。里面的各种齿轮滚落一地，通红的，就像刚在炉子里烧红了一样。邻居家的几只鸡正觅着食，吓了一跳。其中一只被烫了一下，立即就倒地而亡了。

他爷爷那个时候真的已经老得不行了，他已经完全忘记了当年把这个孙子吊在树上的情形了。他糊涂了，很多事都记不得了。有时，他也会去看看这个过去淘气的孙子，这祖孙俩也会一起坐在屋前，晒着太阳。他的祖父什么也看不见，但嘴里却不停地念叨着。没有人听懂他唠叨什么，也许并没有什么实际内容。聪表弟什么也听不见，但他有时却像在很努力地听。然而事实上他却在想着别的。他要再造一个大钟，像过去的那只一样。而且，他相信会造得更好。他要在一只大钟里，反映着不同的时间，他那时候，脑子里有太多的奇思妙想。那些想法就像是不断繁殖出来的小虫子，在他的脑海里翻滚，折磨着他，让他夜不能寐，坐卧不宁，以致整个人变得有些萎靡憔悴，形销骨立。而且要命的是，晚上有许多的想法，到了第二天天一亮，前一个晚上的许多奇妙想法看起来都不太精妙，甚至是变得相当的不妥当了。所有这些，都让他感到相当的沮丧。因此，他的那只钟总也完成不了，进度相当的缓慢。当然，没人会介意他进度的快慢。人们只是好奇，希望有一天能看到他真的把那个东西造出来。很多时候，他就像一个捡破烂的，在村里的各个工厂外转悠，挑捡着许多看上去毫无作用的废铜烂铁。在他的那个屋子前后，堆满了小山一样的这些东西，风吹雨淋的。时间久了，村里人甚至怀疑他还能不能造好一只钟了。就连本村那些工厂里从外面聘请来的工程师，都认为这样的可能性是很小的。以他们的常识来判断，这几乎是不可能的。

而事实多少会出人意料，据说我的这个聪表弟居然造出了一只很小的闹钟，完全是他个人的手工制作，走时相当的准确。奇妙的是，它是用一只玻璃圆瓶做成的，完全透明，你可以看到里面所有的齿轮在运动，忙碌而有序。在阳光下，它们闪耀着耀眼的银色。它是作为生日礼物，聪送给那个女人的。自然，也就是他专门为她制作的。很多人以为他们会结婚，但结果却根本没有影子。而这些年来，那个女人越发地憔悴了。守寡的女人，就是和正常的女人不一样。村里人在心里都是感慨的。大表哥后来都是赞同的，甚至还专门托人问过她。她回答得很含糊，似乎问题的症结不在她那里。大表哥没有再去问自己的弟弟，因为他知道他是聋的，别人和他说任何话都不作理会的。聪表弟的世界，是没有声音的，一片空白的寂静，就像是下雪后的天空。

谁也没有想到有一天那个女人"死"掉的男人回来了，把全村人都吓了一大跳。他说，死的人并不是他，只是因为面目全非了，以为是他。他到过许多地方，去过越南和老挝，还去过别的什么地方。他变了，又黑又瘦，变得不再像原来的那样人了。他满嘴胡说，海天阔地，像周游列国，把这个世界上的角角落落都跑遍了。他一点也不像一个失意者，倒像是个英雄。他说做过合法生意，也干过非法的走私；享受过世界上最美妙的乐趣，花天酒地，吃喝嫖赌，也吃过这个人世间的辛苦，所有所有的辛苦。如此的经历沧桑，换在十年前，人们对他肯定是尊重的。但现在不一样了，整个村子都变了，大家都在忙着发家致富。他现在醒悟了，回来了，多少显得有点不合时宜。

更让人惊讶的是，这个女人仿佛是突然间变得年轻了。是的，她突然变得年轻了，漂亮了，完全不像她的实际年龄。看上去，她比实际年龄要小十多岁。要命的是，没有人知道这是如何才发生的。她的男人简直有点不敢相信自己的眼睛，而她也变得有些严厉起来，拒绝和他再修旧好。男人气疯了，满村地寻找着可供发泄的目标。最后，他就把目光落到了聪表弟的身上。可是，对手是那样的弱，他都不知道怎么办才好。任他怎么火冒三丈，可是聪却是完全失聪的。当他看到他屋里的那些钟表时，在心里笑了，一下子气全消了，如释重负。

除了那些钟表，眼前的这个傻瓜并不怎么热爱女人，他想。他对女人的兴趣，都不及这些钟表的十分之一，百分之一。他相信他的这个判断是准确的，因为在这方面他有过人的眼力。也许，自己的女人对这个傻瓜一样的男人有好感，倒是可能的。当他在家里发现了那只闹钟时，差点笑翻过去。毫无疑问，那只闹钟做得极其精巧，甚至可以说是天衣无缝。看得出来，他是精于车工的。可看着看着他就发现了问题，因为它的时间是反的。乍一看，它正常得很，可是，不同的是，它的秒针是正着走的，而时针是反着走的，关于这一点，可能连他的女人也没有注意到。

“笨蛋!”他乐不可支，“十足的笨蛋!”

他觉得自己的女人真的很愚蠢。看中一个傻子的人，肯定是比傻子更傻的，他很容易就得出了这样的一个结论。

全村人都知道他这样的评价。

乡下很遥远，但有时也很近。

母亲的表叔终于在八十七岁的高龄时，离开了人世。这个年龄在当地，已经算是长寿了。他后半辈子一直都是生活在黑暗里，所以对声音就格外地敏感。一直到临去世的那年，据说他的听力都非常的好。他能听得清很细小的声音，甚至能听到田野里虫子的鸣叫。后来大表叔告诉我母亲，说他父亲最想听到大钟的声音。于是，他就萌生了一个想法，要为开发区立一个标志建筑。他要造一个大钟，建一座钟塔。所有的经费，由他（弟弟）的企业来承担，不花公家一分钱。这个大钟，还有一个很有时代意义的说法，叫“与时俱进”。他们要把这个钟楼建得很高，像一个摩天塔，很远的地方就能看见这里。它是一桩标志，一个符号，一种象征。

“他没能看到，”大表哥语气有些伤感地对我母亲说，“真是遗憾的。”他所说的“看”，其实也就是“听”。他的父亲去世早。他因为卖掉了那口大钟，后来竟有些抑郁。他爱上喝酒，成天弄得像个醉鬼，最后得了肝硬化死了。大表哥这样做，也是为了安慰自己的父亲，同时又是替他的父亲向他的祖父还债。

母亲悼念她的表叔时，正赶上村里在建造那座钟塔。钟塔坐落在村子的入口处，也就是开发区的大门口。那个时候已经开工一两个月了，从规模看，是相当的庞大。夜里都是灯火通明的，全村人差不多都上阵了。大表哥家出钱，村里人出力。那阵势，就像当年大跃进时“大炼钢铁”。家家户户，干劲十足。而这个大钟的设计者，正是我的表弟聪。用我大表哥的话说，这座钟塔，要完全体现本村人的智慧，从一砖一瓦开始，直到设计完全，全是自己人在干。

“聪其实完全正常的，”母亲回来后对我说，“他只是耳朵聋而已。在心里，他精明得很。”在他那个黑暗的屋子里，妈妈看到了聪表弟画的图纸有半人那样高。他哪里是个农民呢，完全就是一个机械师。

“我要做一只最好的钟。”他浅笑着，这样对我的母亲说。

“你太聪明了。”母亲说。

“村里变样了。”他说。

“你可以当个工程师。”母亲说。

“姑你以后要常来。”他说。

其实，安葬完了聪表弟的祖父后，母亲就知道她和那里的联系基本算是断了。血脉被稀释了，她与那里，有隔膜感。毕竟是几十年了，很多东西都生疏了。回来后她说，那里的农村根本就不再是农村了，农民也不再是原来的农民。村子里没有宁静，相反是相当的喧闹。一户姓刘的人家发了财，得了好几百万。得了钱后，二儿子和二媳妇就离婚了，留下了一个五岁大的男孩；一个叫陈二槐的，和隔壁的邻居媳妇通奸，因为被她的丈夫发现了，赔了三万块钱；服装厂的厂长郑二，出国去俄罗斯，被人抢劫了。周五家的姑娘跟人私奔了，两年后居然又带着孩子回来了……

“你大表哥也变了。”母亲对我说，表情有些复杂，欲言又止的样子，叹着气。然而，她想说什么，我在心里早已经能猜到的。“那有什么？现在还有什么稀奇的呢。”我说，“有钱有权了，怎么还和过去一样呢。”

“你大表嫂是个老实人。”母亲叹着气。

“她不老实又怎么样呢？”我说。在钱权面前，所有的东西都是苍白的。再说，大表嫂到底是个农村妇女。她知道什么东西才是最重要的。男人就是天，她没有力量也不敢去把天捅个窟窿。她宁愿是个阴天，也不想天上捅个窟窿后暴雨成灾。

“聪表弟和那个女人的男人后来怎么样了？”我问。

“那个男人进了你大表哥的工厂，不闹了。”母亲说。

“为什么？”

“他把你表弟造的那只闹钟砸了，聪知道了，就疯了。一天下午，他从家里拿了一把刀就冲出去了，像要把赵二给砍了。那天真是巧，赵二不在。但过了几天，他们还是碰见了。赵二根本不相信聪敢打他，还有意挑逗他。村里人也不太相信聪可以成为他的对手，因为大家都说赵二是很厉害的。他在外面走江湖那么多年，肯定是有些功夫的。结果你表弟吼叫就扑上去了，一下就把他摁倒了，一顿拳打脚踢，把赵二的一根肋骨都踢断了。”

这倒让我很是意外。

母亲说：“你大表哥息事宁人，做了许多工作，先给赵二看伤，治好了，就安排到了厂里，让他干了一个很能挣钱的活。”

那他应该满意了，我想。

“人这一辈子难说呢。就说这赵二，命够硬的了。全村人都以为他死了，可他却毫发无伤。经历了那么多的事情，最后好端端地回来了。可是，一个人的命是注定的。他能逃过一次，却逃不过第二次。”母亲说，“有一次他在厂里走得好好的，从房顶上砸下一根钢梁，一下就砸死了，当时就没气了，连抢救的机会都没有。”

“那他的妻子呢？”

母亲叹气说，“夫妻就是夫妻。不管他们过去怎么吵，甚至打架，这个男人打起女人真是狠，是往死里打。但是，他真死了，她还是很受打击的。短短几天里，她就老去了十岁。”

我一直在想着那个钟塔，不知道它到底建成了没有。而建成后，它又是什么样子呢？在我的感觉，它多少有些滑稽。当然，也可能是我的偏见在作怪。我也想象不出，全村人如何一起去建造钟塔。反正据说聪表弟很忙碌，整个人都投入进去了。当然，他那样投入也是可以理解的，这是他的任务。他对这个东西这样痴迷，再怎么投入也不为过的，就像报纸上曾经宣传的有位只有小学文化的农民，用了一生的积蓄和半辈子的时间，去建造一架简陋的飞机。就算飞得再低，行程再短（只能飞行几十里地），他也仍然是成功的，是快乐的。对的，聪表弟所以能这样打着光棍在乡村里生活，最主要是他内心里是快乐的。

许多个日子后，乡下传来消息：钟塔终于是建好了。这钟塔，前前后后经历了有一年多的时间。这当中当然经历了一个漫长的过程，时而紧张，时而松懈。但它终于成了远近百十里地的一个标志性建筑，非常的巍峨。它不像是一座钟塔，更像是一座摩天大厦。整座大钟是青铜的，所有的部件都是按照他的要求定制的，精美中又相当有气势，让人震撼。它发出的声音，能传一百多里地。四乡八村的人，都赶来参观。他们惊叹，称颂这样的一个建筑伟业。当他们登上钟楼的时候，走进大钟的内部，看到了大钟的结构更是惊叹。那不是一个大钟，而是一整个工厂忙碌的车间。所不同的，只是这个忙碌的车间里看不到一个人影。而在他们周围旋转的却是各种大大小小不同的齿轮和圆盘，环环相扣，互相啮咬。那些齿轮大的有过去农村里的石碾那样大，小的也像是脸盆那样大。它们以不同的姿势和方向排列组合，以不同的方向和速度运转，看上去这台巨钟的心脏就成了一个复杂的迷宫。人们在里面只要走半圈，很快就迷糊了。有人在里面呆了半小时，居然晕倒了。还有一个小孩子躲到了里面，失踪了三四天，就像当年的聪表弟一样。

表弟聪自然就把管着这台巨钟的维护和看守。有人说，事实上这个巨钟，承造的厂方并没有按照聪的设计要求制造。工厂的制造有工厂的规矩，一切都必须是符合科学。他们制造的是钟，不是废铁。所以，他们制造得相当认真，中规中矩。而运来时，所有的零件都是用集装箱运来的，一般情况下，必须要有工程师来指导安装。因此，当聪表弟居然在没有人指导的情况下安装成功了，不能不能让他们大吃一惊。

大钟走得相当的准。每当钟声响起，村里人都要忍不住地会抬头看看。的确，它相当的高大，漂亮，端正在塔顶上。表弟没什么事，就会到村委会的老年人活动中心去，看老人们在院子里晒着太阳，扯着闲。村里的老人没事情做，他们所能做的就是晒着太阳，追忆过去的时光。他们越老，越是恋旧。现在的一切，他们有些看不懂。他们不太喜欢前三十年，或者更远。但是，他们喜欢前二十年。和老年人不同的是，这里的青年人却是欢天喜地的。村子的变化大了，变得和外面的世界没有什么两样。城里有的所有娱乐，这里也都有。而且，比城里的娱乐更加的随意和开放。外面来这里打工的青年越多，本村的青年也就越有优越感。这个地方已经名扬天下了，报纸、电视、电台，差不多不断地新闻在宣传。聪表弟听不见声音，但他却认得字。换句话说，村里发生的，他也都明白。

日子过得漫不经心的，村里人也都习惯了这样的状况。偶尔有个鸡飞狗跳的，也是正常的。生活里，总会有一些事情发生。这些事，并不会对全村的生活造成太大的影响。到了夜晚，老人们睡得相当的安稳，第二天早晨起来，感觉浑身轻松，像是年轻了不少。而年轻人在白天则精力旺盛，干劲十足。看上去，这再正常不过了，可聪表弟没有想到，夜晚的年轻人则变得相当的狂躁，甚至在狂躁中变得有些颓废，白天里的老年人则意气消沉。当然，他看到了，也没法改变。最根本的，是这里的人生活里相当有规律。大钟敲 6 下，他们就下班了，回到家里各自生活。大钟再敲 6 下，人们起床，做早饭，准备上班。因为大钟的存在，他们有了相当的依赖。他们生活中的一切安排，都是来自于钟声。大钟，再次成了整个村子的中心，更准确地说，它是村子的灵魂。没有这座钟塔，人们相信生活一定会混乱成一团。

聪表弟还是老样子，独自生活着。人们看到，他对钟塔的守护是认真的，经常能看到他在塔上爬上爬下的，进出机房去维修。因为有他，大钟才得以正常运转。而且，运转得是那样的准确。因为有这个钟塔的存在，人们完全忽视了手表，忽视了电视上的时间。甚至，忽视了太阳，忽视了白天和黑夜的转换。

当那年的夏天，钟厂来了一个年轻的技术员进行例行的检查时，他突然发现这里的时间和外面的完全不一致，这让他吃惊不小。走进了机房，他才发现里面的结构变了，而且变得那样的奇妙。他搞不懂它们的动作原理，不清楚它们是如何工作的。它们仿佛是有自己的生命，按照自己既定的方式进行着时间的转换。白天的时间走得比外面的快，夜晚的比正常的要缓慢。可是，它们又让人浑然不觉。而这样的一种奇特的走时，改变了这里的生活。当他把这一错误说出来时，村里人却并不相信他。

我也不信，是连同这件事本身，有悖于常识，太荒谬了。但是，我的一个在当地小学里当老师的另一个远房表弟，却说这是真的，千真万确。他说，技术员说，也许最后的结果是，时间会回到过去。结果有一个晚上，几个外地打工仔喝醉了酒，爬上了钟塔，把里面砸了个稀巴烂，一把火，差点把整个钟塔给烧了。

大概是半年以后，我在我所居住的城市的第一人民医院，见到了聪表弟。在病房里，他穿着一身蓝白相间条纹的病号服。中等身材，有点胖，有着一颗圆圆看上去很是硕大的脑袋。他比实际年龄要年轻。他和别的病人，并没有什么不同。

“他们说你改造了大钟，那是真的吗?”我忍不住好奇地问。

他笑了一下，什么也没说。

我才再次想起，他是一个失聪者。

旦　角

其实在认识冒号前，肖燕的生活中已经有了一个忽隐忽现的男人。那个男人在追求她，这在团里已经不是什么秘密了。一来那个人有相当的知名度，是个很有钱的商界精英，算得上是个了不起的大人物；二来是一段时间他的频繁表现，经常亲自或是派他的司机来接肖燕去应酬。别人不认为那是应酬，更像是一场约会，男追女。一个男人这样频繁的邀约一个女人，不是追求是什么呢？当然，这个追求不是那种“正常”的追求，因为他有家庭，还有两个孩子。而肖燕却是一个未婚姑娘。成不成功，当然是两说。好在这年头人们对这种事也见惯了，有钱人风流实在算不上什么。而对肖燕来说，她觉得这事主动权在自己。她没做下亏心事，自然不必有愧。再说，她是个年轻姑娘，难免虚荣，爱赶个饭局也不算什么。同时，那样的饭局是很热闹的，也很体面，她喜欢被人注目和称颂。

肖燕也知道谢总是有意思的，许多举动隐藏着他的暧昧。是的，是他的暧昧，而不是她的暧昧，更不是他和她两人间共同的暧昧。对于他的暧昧，她并不介意，反正她知道界限，她想。她是个内心相当聪明的女孩子，知道早晚有一天会有某种结果的。这就像是两颗挨得很近的一起向前滚动的钢珠，或是碰到了一起，或是分开。分开也是结果。这个结果不是说她的个人归宿，而是指她生命当中的一次遭遇。她很清楚，他这样的男人，是不会为了一个女人去做某种牺牲的。他看重的是“事业”。他的“事业”就是生意，是金钱。她所以和他有交往，是因为她佩服他，他是一个成功者，她知道一个人要想成功是多么的不易。她在这样的交往中，可以得到什么呢？她从来也没有想过，只是很自然地和他交往了。

她也需要一个演戏之外的圈子。

当然，对于他们的“交往”肖燕是否认的。她不是否认交往这事本身，而是否认“交往”被别人所赋予的那种暧昧。暧昧是必然存在的，但却不能承认，尤其是对她这样的一个年轻演员来说，尽管这种事在团里并不少见。社会上那些有头有脸的人，饭局里总是少不得有美女相伴，而像她们这样从事“艺术”的，更是“追捧”的对象。不要说像她这样的，就算是有点名气的半老徐娘，也还是有人请场子。当然，这已经无关吃饭了，还可能无关暧昧。就算是有那种不名誉的流言蜚语，又能怎样？毕竟他们是个文艺单位啊，演的就是风花雪月。

开始从戏校毕业的肖燕并没有想到这些，可是后来她见得多了，心里就慢慢明白了。这样的事情早晚有一天都要发生的，或者说那是一种必然。只要成名了，很多事情就跟着来了，就像皮和毛的关系。再光洁的皮肤，早晚都会生出一些毛发来。再说，她需要一些“毛”，她知道“毛”的重要性。她年轻，扮相好，唱功好，心眼儿聪明。可是，光有这些还不够，要出名，就必须有人相帮，包括像他谢总那样的商界人士。人出名，需要一个气场。这就像传说中的气功功法，气功师的功力越大，带给你的气场就越大。

在剧团里，肖燕从某种意义上还算是个新人。但是，她已经有红的迹象了，她知道有人妒忌她了，妒忌的开始，其实就是她红的开始。当然，她不在乎那些妒忌，因为她在戏里只是一个花旦，演的都是丫环。应该被妒忌的，是主角。主角自然是全剧团的红人，也是背地里最招人妒忌的。但是，别人的妒忌有什么用呢。从领导到观众，永远是喜欢当家的红角。肖燕在心里自然也有点犯嘀咕，但她知道自己希望做到的，正是要成为别人妒忌的对象。她很努力，尽管她演的只是小角色。但她慢慢地知道了，再小的角色也有出彩的时候。再说，所有唱红的人，都是从小角色开始的。所以，她戏里戏外都会很用心地琢磨着自己演的那个小角色。琢磨多了，她就有了自己的特点，加上她天生的性格中的一些因素，使得她越来越受人看好。她的精灵古怪临时发挥和俊俏的扮相，给观众留下了非常强烈的印象，有时甚至超过了大家对青衣的喜爱。

肖燕年轻漂亮，业务也精。她的念白和做功，是得到大家一致好评的。毫无疑问，早晚有一天她会大红大紫的。结果是明确的，过程是必须的。当青衣去演老旦的时候，就是她从花旦蜕变为青衣的时候。当然，她的出现会加速前面的青衣向老旦的过渡。现在的青衣，正是如日中天，红得发紫。报纸、电视上不断地出现她的消息，或是演出，或是获奖。所有的鲜花和掌声，都是她一个人的。肖燕在心里肯定是有想法的。一个人这辈子得多得少，总有一个定数的，她想。但是，最后总会结束的。每个人在这个舞台上都会谢幕的，只是有早有迟。她红过头了，只会加速谢幕。将来她一定会取代她的，她想。就算不是她取代，也是别人取代她。这个过程听上去有点残酷，但实际上却再正常不过了。

对于肖燕的成名，大家早已经感觉出了苗头。一个人只有要狠心，出名就是早晚的事了。表面上，她嘻嘻呵呵的，好像全无心肝，可是，她内心里一点也不弱。算起来，她的年龄也不算小了，可是她却一点也没有成家的打算。作为一个年轻漂亮的女演员，真的是不乏追求者。除了本团的，更有社会上的。很自然，她是不可能看中团里的小伙子的，而外面的追求者中有军人，也有政府机关干部，银行职员，大学老师，报社记者等等。可是，肖燕一概回绝了。谁也不知道她是怎么想的，眼看着她年龄一天天大了，她半点也不在乎的样子。这个时候，大家只能在心里叹服她的心高气傲了，至于她的未来，也就不可限量了。

很多人是无法预测的，尤其是像她这样的。

当时她一点也没有想到自己会和冒号在以后的日子里有那么深的瓜葛。冒号，也就是我们俗称的领导。这个称谓，大概是一般的汇报发言稿在“各位领导”后面，都会加一个“：”。所以，冒号也就成了“领导”的代名词。而这个领导，却不是一般意义上的领导，是真正的大领导。当时他来视察的时候坐在台上，面前的席卡上就只有“首长”这样的两个字，连名字都没有的，这个大概是出于为了尊者讳。“首长”是打印出来的魏体，非常的醒目。台上那么多的领导，就只有他的面前有这张席卡，“首长”，亲切而又让人敬畏。有一些面孔是她所熟悉的，也都是位高权重的人物。

剧团要改制了，领导们是来座谈的，听取“艺术家们”对改制的意见。一句话，全市的艺术团体都要变成“企业”。即使是“企业”，你还不能忘却你身为“艺术家”所承担的使命和责任。艺术是有属性的，首先是“人民的”，然后才是你自己的。作为“人民的”艺术家，当然就要有一定的境界。把艺术单位改成“企业”，是为了更好的贴近群众。“艺术”必然要有市场，没有市场的艺术只能是“死的艺术”。而为了让艺术发扬光大，只有把所有的从事艺术生产的文化单位推向市场。靠吃财政饭的日子结束了，大家必须自己去找生路。自然，大家在心里是极不希望这样的，但是却又无力反对。其实你反对或者赞成，都不改变上面既定的决策。而且，领导们表面上非常通情达理，采用新老办法结合进行处理：老人老办法，新人新措施。五十岁左右的可以提前办理退休，仍旧以事业单位性质享受晚年生活。年轻的，自然就是变成普通的职工了。而这一来，就有效地分化了这支队伍。

肖燕自然是属于新人。

她同样不能改变被推向市场的命运，自己也有许多的怨恨，更多的却是无奈。大家在心里很失落，却又不得不接受这样的安排。有些人已经离职了，去了外地的什么公司里。总之，有门道的肯定不会再在这里干了。肖燕也想过离开，但她不知道自己出去以后能干什么。再说，她总觉得在这个团里还没有实现自己的理想呢。这就像一个勇敢的士兵，怀着十足的信心在冲锋号声里杀向敌人的阵地，眼看胜利在望却又听到了回撤的命令。她只有消极的等待，随波逐流。

第二次再见到冒号的时候，是在汇报演出的现场。这个时候的肖燕，已经和过去有着明显的不同了，虽然她还没有担当女主角，但已经红了。有人专门写了文章，发表在某个大报的重要版面上，阐述她作为一个花旦的艺术天赋和出色的表演才能。相比之下，青衣的风头都被她盖过了。乔瑛瑛作为一个青衣，已经大红大紫过了，媒体似乎已经对她失去了兴趣，没有新鲜感了。而肖燕才是真正的新人，可挖掘的料很多。尤其是作为一个花旦，能在戏里这样出彩，非常的不容易。聚光灯真的已经不在青衣身上，而到了她这个花旦身上，是她从没想过的。

演出结束了，领导们上台和演员们合影。陪同冒号上台的有副书记、宣传部长、文化局长、艺术处的处长（他们其实也都是冒号，只是相比较起来，头衔比他小得多），个个脸上洋溢着笑意。剧目获奖了，领导们自然是面上有光。关于剧团改制，还在进行当中。已经有几个人离开了，或是调走，或是自己辞职。包括乔瑛瑛在内，也萌生了离开的想法。肖燕知道，自己是不能和她比的，她背后没有真正的靠山，那个人不是她的靠山。他是一个成功的商人，习惯于金钱交易。他和她的交往，还没有到很深入的程度。就算很深入了，他也不是她的靠山，他不可能成为她的靠山。

“你怎么会看中我?”后来她这样问冒号（冒号，是她对他的一种谑称，他也不反对她这样叫）。话一说出口，她就知道自己的浅薄了。在他这样的人的眼里，她注定就是无知和可笑的。他看中她的，也可能正是她的天真和无知。当然，年轻漂亮是个决定性的因素。也许他平时太严肃了，所以，他喜欢她在戏里精灵古怪的俏皮模样，另一个原因，就是冒号本身是个戏迷。他从骨子里，就痴迷这样的剧目。他打小就听这样的戏曲长大，平时自己也爱哼几句。这个曲种就像是他的血液和灵魂一样，已经成为他的基因的一部分。

开始时，肖燕怎么也没有想到这样大的领导会对她有意思。他们不是一个层面上的人。然而时过不久，他就让他的秘书给她送花，约谈，询问她对改制的一些想法，或者是对个人前途的思考。对于剧团改制这样的事，她哪里说得清楚呢。她在他的办公室里局促得不行，可是他在宽大的办公桌后面却乐呵呵的，非常亲善。她感觉到了，表面上好像是公事公办，但骨子里却是有一种藏不住的春情荡漾。她知道了他的想法，却又有点不敢相信，仿佛像他这样尊敬的大领导是不会有一般人的七情六欲的，至少，他不应该在正统的婚姻之外有别样的念头。很多日子后，他笑眯眯地给她上了一课，为她答疑说，再大的人物也有普通人的情怀。而且，越是伟大的人物，情欲就越是旺盛。他列举了许多历史上的大人物，还特地提到人们认为非常厉害的斯大林，说他还有很多的情人，其中就有一个年轻的著名女歌唱家，薇拉·亚历山德罗芙娜·达维多娃。当年 54 岁的克林姆林宫主人斯大林，把 28 岁的达维多娃强行地推倒在床上。相比之下，他就和蔼多了。

冒号用他的身体证明了他是普通人的说法。他长得不难看，甚至可以说是器宇轩昂。裸体后，就是一副腆着的大肚皮看上去非常的明显，作为男人，也许他的身体太过白皙了。她有点不敢看他，他的皮肤有些松弛，双腿间的小东西当时并不显得十分兴奋。也许，正是这一点让她消除了一定的紧张情绪。他在她的面前，完全地彻底地裸露了，毫无遮拦掩饰。他的大手很温暖，态度非常的亲切。他喜欢她，宝贝她。他让她叫他“爸爸”。她听上去感觉有些别扭，当时甚至笑了起来，太古怪了！但后来就习惯了。他们的约会非常隐蔽。他是一个非常小心的人，就算是他的秘书，也并不清楚他的安排。他总是在某个宾馆住下来，再通知她过去。肖燕开始有点怕，然而很快她就意识到自己是多么的幼稚。她以为自己是见过世面的，可是与他比起来她真的只是一条小青虫。至于他，当然就是自然界里的王者，老虎或者雄狮。

肖燕记不得自己当时是怎么就上了床的。她承认她有些晕，但并不是那点红酒的关系。也许是当时房间里的空调太热了，或者是诸多因素集合到了一起。或许，根本就是她天生的对权力的一种晕眩，因为他的权力实在是太大了，高山仰止的那种。他完全把她覆盖了。她后来哭了。他有点奇怪。“为什么哭？”他问。他觉得她没有理由流泪，虽然他不能肯定她一定不是处女，但也没必要哭嘛。他没有逼迫她，整个过程是水到渠成的。她有些羞愧，是的，他没做错什么。“你以后有什么想法，只管对我说。”他说。她有些糊涂，内心里真的并不清楚自己要得到什么。也许真的什么都不需要。如果是那个男人，也许她可以收下他的礼物，反正他有的是钱。而在这个大人物面前，她能要什么呢？

有了这样的一层关系，肖燕感觉还是有一些异样的。她分明感受到了一种力量，在推着她前进。没有人知道她和他的交往，因为这在别人的眼里几乎是不可能的，他们相距太远了，一切就是这样奇妙，如果按照正常的官场秩序，她永远也不可能靠近他。然后，就因为他们是男人和女人，一下子就可以变得如此的接近，接近到别人根本不敢想象的程度。肖燕在团里地位明显在上升，领导们很关心她。她知道那是来自上面的力量，而上面的力量又来自更上面的力量。团里的领导也不清楚那股力量最终是来自哪里。当然，他们只要执行上一层的指示就可以了。再说，重视和关怀肖燕也是应该的。她年轻，演戏又好，正是又红又专的人才，她得到的荣誉，开始变得越来越多。

她红了。

她红得比前面的青衣还要风光。

很快，她就成了真正的红人。

一年里，秋天来得是最无声息的。尤其是城市里的秋天，更是让人不知不觉。这个秋天里，肖燕一下子感觉自己成熟了不少。这个成熟不是别的，而是指她的心理。如果说，她过去在剧团里只是一个配角，那么她现在则是一个主角了。这个主角不是指戏里的角色，而是指她在实际生活里的角色。后一种角色，要比戏里的厉害得多。

这个时候的肖燕真的是自在的，在团里一身的轻松。单位改制了，该走的都走了，没能力走的也都留下了。最初的怨恨和不适，开始慢慢淡下去了。肖燕心里有失落感，但后来她并没有感觉到与过去有太大的区别，其实是麻木了。那是大势，谁能改变得了呢？甚至，她感觉她比过去更好了。因为，她的心境改变了。

她不再避讳她和谢总的交往了，这是一个很奇怪却又很自然的演变。她突然发现她一下子变得很坦然了，不再对他的暧昧有太多的顾虑了。而且，事实上，后来她发现他过去对她的暧昧没有了。这样说来，也许她过去感受到的那种暧昧只是自己的内心在作怪。不，关于这一点她在心里是不能承认的。她是个经历过事的姑娘，自己认为多少是懂得一点男人的。他过去追她是非常明确的，但是不知道现在怎么像是突然的失去了针对性。是的，他其实还像过去一样，送她礼物，请她吃饭，只是不像过去一样勤了，而且语言和行为上也失去了许多的暗示，就像一台高速运转的发动机，突然怠速了。

她有点不习惯。

肖燕不敢细想，尤其是不敢想未来。她只能想想自己的过去。其实，她过去的经历还是挺单纯的。她有过几次感情经历，但真正的“爱情”只有一次。而那一次，她真的是付出的。可是，最后却又分手了。当时她挺伤心的，可现在她连惋惜的感觉都没有了。多年后再见他，他还是那副青涩的样子。

她不喜欢。

她变了。她知道自己变了。她现在喜欢成熟稳重的男人。成熟的男人才会宠着她。太年轻的男人，往往是不负责的，她想。

朱同学肯定是错误地估计了她。在这一点上，他的确一点长进也没有。相反，他还越来越迂腐了，至少她是这样认为的，虽然他在情事上还相当的自鸣得意。但他是不成熟的，这样的判断，看来以后也不会改变了。有些人，他的性格一辈子也变不掉，她想。他在谈话里，闪烁其词，好像是暗示他在国外的一些经历，但她相信多少有些吹嘘的成分。他在掩饰他的失败。她相信他在国外这么长时间，混得并不好，而她却是成功的，这是眼前的事实。

几个月前，他从荷兰回来了，再次约了她。本来她不想和他见面，电话里都回绝了，可当他再一次电话请求时她还是和他见了面。他和过去变化不大，他也说她变化不大，而且说她比过去更漂亮了。事实上他们已经好些年不见了，差不多有六七年了。他说他在荷兰还是单身。说这话的时候，她注意到他的眼神是飘忽的，嘴角挂着浅浅的笑意。“如果我相信你这样的话，就是傻子。”她在心里说。可是，她表面上却也是笑吟吟地看着他，像在看电视里的人物在表演。在桌上，他试图想拉一下她的手，被她拒绝了。他们重归于好是不可能的，太不现实了。她不可能到荷兰去，而他也不可能回到中国来。再说，他在荷兰也还在努力读书，将来的前途问题也不好说。

直到朱同学在国内呆了二十多天后走了，肖燕的心里才感到有些失落，一切真的就是过眼云烟，他们过去是那样相爱，最后却分手了。过去他在她的生命中是那样的重要，她把自己最初的青涩全给了他，她有些恨他，过去的日子里她一直努力地忘掉他，她几乎成功了。也许，她在骨子里更喜欢成熟的男人，她想。

谢总和冒号又有区别。一个是商人，一个是领导，区别是自然的。谢总其实是个很帅气的男人，甚至可以说得上是风流倜傥。肖燕无法透视他的生活，只知道他是个大忙人。但是，有时又闲得出奇。有两次，他居然请肖燕到一个风景很好的度假村住了两天，连手机也不开。当然，一起去的还有他的别的朋友，男男女女的，共有十多个人。那个度假村实在是太漂亮了，依山傍水，别墅一式的粉墙红瓦，里面的设施都是最时尚和高档的，每个人都是独立的套间。最初的那个晚上，肖燕总以为他会来敲她的房间门，比如说借故来她的房间坐坐，然后试探着下手。他是商人，投资什么总得有回报，她想。再说，他是个男人，精力旺盛。精力旺盛的男人，情欲也一定是旺盛的，就像让她叫他“爸爸”的那个老男人，他也是精力旺盛的。按说像他那样的年龄，不应该那样旺盛了。她怀疑他吃了药。他却笑了，说了一句不太清楚的英文，“Power is the ultimate aphrodisiac”。看着她没听懂的眼神，他又笑了，说：“权力是一种最好的催情剂。”他说那是许多年前的美国国务卿基辛格的一句名言。她当时没有迅速地想到那话的意思，怔了几秒钟，才明白过来。他是一个博学的人，口才极好。听他的讲话，有时候是一种享受。他的讲话和别的领导讲话有明显的不同。在熟悉和不熟悉的人群中，他有着相当不错的威望。如果他是只很绅士的公猫，她就是他爪下的美丽的小白鼠。这是一种必然，不是她，就是别人，她想。

肖燕想不到他在床上是那样的贪婪。最初的几次约会，他还表现得很稳重，后来就变得很放荡了，完全不像他平时的为人了。他咬她，舔她，那样的劲头让她吃惊。他舔她的敏感部位，舔她的耳钉，甚至舔过她的脚趾头。她不能理解他这样的嗜好，感觉多少有些变态。台上的庄严和床上的赤裸，对比太过强烈。也许，她身上的男人才是他最真实的样子，她想。他在台上，可能和她在台上一样，只是一种职业表演。他有些霸道，有次用玩笑的口吻对她说，他不希望她“过早的”恋爱。她过早吗？事实上她已经快成了一个老姑娘了。表面上，他说为了她的演艺事业，实际上肯定是为了更好地占有她，她明白。他不是爱她，只是爱她的肉体。他们的年龄太悬殊了，他的地位，也不允许他爱她。虽然他很有精力在床上运动，但他的心脏却不太好，需要定时服药，有时，半夜里他会起来吃药。她有时真的担心他会吃不消，更准确的说，她不是担心他，而是怕出事。万一出事了，她一定是没有好果子吃的。

“你有几个情人？”有一次她好奇地问他。

“还能有谁？我只有你，宝贝。”他说。

她不太相信，但又无从怀疑。当然，这不重要，她想。她并没有想过要和他发展成现在这样的关系，然而，等她意识到了这样的现实已经迟了。她当时是昏了头。他说话的口气是命令式的，不容置疑。她像被施了魔法一样，顺从地让他剥去了她的衣服。

有时，她想想感觉自己挺可耻的。这是不是一种堕落？答案当然是的，只是她不肯承认。或者说，她是不敢承认。她一向认为自己是个很清高的人，不容易被一些蝇头小利所动。内心里，她很矜持。如果她是轻浮的，也许她早就不是现在的样子了。对于这件事，她心里有些悔，但却又感觉无力自拔。她不知道如何向他说“不”，她知道自己其实不应该那样做。她内心里其实是虚的。有一次在休息室里，乔瑛瑛看了她一眼，说：“你最近变化不小。”肖燕的脸一下就红了，她那阵子比较时髦，衣着鲜亮，还开了一辆刚买了不久的红色甲壳虫。但她相信她说的并不是这件事，而是另有所指。“你比过去更出彩了。”她说。肖燕这才回过神，明白她说的真实意思根本和自己内心的隐秘毫不相干。

她心中有鬼。

因为有鬼，所以她总以为谢总一定会来找她，她了解男人。第二天晚上正好下雨了，她相信他一定会来找她，哪怕仅仅只是聊天。直到一夜过后的早餐时间，她才知道他已经在前一个晚上冒雨回城了。她还没有向他表示感谢呢，他让人给她安排了一次广告拍摄，获得了在她看来相当可观的收入。乔瑛瑛过去那样红，她也没有拍过广告。作为一个戏曲演员拍广告的，肖燕差不多算是剧团的第一人。如果他对她没有特别的想法，他为什么要这样帮助她呢？当然，也有一种可能，他并不把她当回事。他不缺美女资源。再说，她也算不上是美女，她是个单眼皮，但她的皮肤很白，简直就像是牛奶一样。她的腰肢也细，胸部不算很大，却有着一个很圆润紧绷而上翘的屁股，穿上牛仔裤时，特点就格外的明显。冒号就喜欢她的白皙皮肤，说她的肤色好。喜欢她的细腰和性感的屁股，经常咬她，亲她蕾丝花边短裤在屁股上勒出来的粉红色的印痕。最关键的，还是她身上的那种灵动劲儿，仿佛她身上的每一个细胞都散发着一股青春的骚动。是的，她不是一个漂亮女人，只是一个长得还算是漂亮的演员罢了。

仅此而已，她想。

那段日子里，肖燕一路上顺风顺水。

除了她业务上越来越出色，也是因为有人在“关照”她。作为演戏的，必须有人捧场，这是现实。

肖燕自己并不知道自己变化有多大。但在别人眼里她真的和过去不同了，比如说虽然她和过去一样的嬉笑，表现得有些淘气，一副全无心肝的样子。但是，和别人在一起的时候，她喜欢抢话，而且语气越来越肯定。她不再对同事太过小心了，因为她知道现在没人可以“伤害”她。她抢话，除了因为她的自信之外，也是因为她不满意于别人说话时忽略掉她。就算是剧团领导的讲话，她也敢插话，甚至是持不同的意见。领导们自然是笑着，努力不往心里去。尤其是团长，他愿意把她当成“小孩子”。她和乔瑛瑛一样，是红花。剧院里需要的就是红花。而真正的红花，总是非常的稀少。剧团的团长，所做的工作主要就是把花蕾培养成花朵，越红越好，越大越好。有这些名角，剧团向上要钱要方便些，尤其是在体改后，经费问题更成了大问题。

冒号后来还专门来过剧团（正常的观看演出不算），看他们的彩排。那是一出新戏，准备参加全国的一个汇演。看完演出，他还特地对陪同来的文化局的领导说，一定要好好地培养乔瑛瑛和肖燕。乔瑛瑛其实是不用说的，人家已经是名演员了。至少，在这个行当里她是第一号。接着，他话锋一转，“尤其是年轻演员，一定要创造条件，让她脱颖而出。”他指示说，“我们就是要出精品，出人才。人才是根本，没有人才，精品就无从谈起。好多传统的剧目，大家都是一样的排。而排出来的效果，却是取决于是否有大家。而任何一个大家，必须是从新人入手，一定要加强年轻演员的培养。”这个“年轻演员”，可以是很笼统的泛指，也可以具体指某一个人。在这里，其实就是不言自明的。

“你可真会装。”肖燕后来这样取笑着他。在公众场合，他居然装得一本正经，好像根本不太熟悉她的样子。他是一个高手，很会演戏。当然，这样的本领对他来说是必须的。可是，她还是觉得好笑。他可笑的地方不止一处，有一次，她还发现他穿了一条鲜红的三角裤。对他这个肥胖的屁股而言，那条三角裤就显得可怜了。难道他迷信？“今年你们领导是不是本命年？”她问他的秘书。秘书一时有些发蒙，“你怎么知道？”他问。她笑了，什么也没回答，她不能回答。她猜到了，就是他的本命年。她没想到像他这样大的领导，还会有这样的讲究。

“不是装，”他说，“这是需要。再说，有时候，装也是一种需要。”

她听了，觉得他说的还是“装”，一样的意思。她自己是装在戏里，而有些人则是在生活里也装。剧团里这样的女演员，“装”还是相当普遍的。她自己装吗？肯定也是有的。但女人装，是天性中的一部分啊，也可以说是一种本能。而男人们装起来，却一点也不比女人差，她想。

肖燕怎么也没有想到，有一天谢总会和她的“爸爸”碰在一起。“爸爸”当然是一种隐秘的称谓，虽然有些别扭，但她已经习惯了。他在床上的时候，总是逼迫她叫“爸爸”。这个“爸爸”和她在老家县城里的“爸爸”是不一样的。她有好些日子没回去了，有时心里还是挺想念的。她的老家小县城不大，但是回忆起来还是相当的温馨。她的童年和少女时候，都是在那里度过的。如今，她的爸爸早已经退休了，提前退了，因为企业生产不景气。她的母亲退得更早，是下岗了。她是她父母的骄傲，肖燕还是挺孝顺的，经常给她的父母寄钱。她父母最担心的，就是她的婚姻问题的。同时，他们也都知道她的眼光高，肖燕怕回去，也是怕他们唠叨。其实内心里她还是喜欢回去的，宣传部长、文化局长，甚至是县委书记和县长都会出来，接待她一下。他们也都是她的戏迷，说话的时候，她还有意无意地暗示她和“爸爸”的熟悉。她在心里还是感谢他们的，因为她弟弟的工作问题在县里得到了很好的解决。

她的弟弟有点残疾，跛腿。好多年了，一直也没找到合适的工作，后来居然被安排到了县里的计划生育办公室，成了一位干部。这是相当不容易的。她没有出面。当然，她出面也解决不了这个问题。她过去和冒号“爸爸”说过。她内心里对她的弟弟一直怀有一种愧疚，觉得自己对他帮助不够。他曾经打算去一家福利工厂，她都没帮上忙。她当时和领导说的时候，并没有想到有什么大作用。或者说，他能把她的弟弟安排进福利工厂就不错了。她知道像他这样位高权重的领导，是不方便处理这个事情的。他当时听了，并没有表态。也就是一个月后，她突然接到弟弟兴奋的电话，说他进了县政府机关了。她当时有点不能相信，但这就是真的。她不知道他是怎么运作的，反正后来的一切都显示弟弟被安排得非常踏实，没有任何瑕疵。当她向他表示感谢的时候，他只是在嘴角微笑了一下。

仅凭这一点，她当时就觉得委身于他是值得的。弟弟的工作解决了，将来的婚姻问题一定也就能得到解决了。弟弟的问题解决了，她父母的心愿就了结了。满足了她的父母，她个人的付出就不算什么。要知道，当初她并没有想到冒号能帮她解决这样的问题。现在解决了，她内心就感到特别的欣慰与满足。

谢总的高调出现，是来给剧团捐钱的。捐，当然不太好听。好听点说，是支持文化事业，繁荣戏曲艺术。其实，肖燕知道，如果不是她，恐怕这件事也没这样顺利。至少，她是促成这事顺利落实的因素之一。虽然上面经常性地给剧团拨款，但是总体方向却是要求“断奶”。而事实上，戏曲的市场却是日渐萎缩，而各种费用在增加。有一段时间，甚至人员工资的发放都成了问题。谢总一下就承诺支援一千万。这对他们这个不算大的剧团来说，简直就是天大的福音，这足足顶得上好几年的财政拨款。也是因为某种原因，财政上还没有立即“断奶”。但“断奶”，只是一个时间问题，迟早都会发生的。因为这一笔巨大款项的支持，大领导也出场了。一来可以显示领导对此事的重视，二来也是希望由此号召更多的企业向鸿海集团学习，积极地支持文化事业的发展。而对谢总而言，他也希望有重要的领导出席，造点声势。虽然是一种捐赠，但也要有一定的回报啊。钱扔到水里，也要听点响声。

晚宴很热闹，所有的人都是开心的。团长是个不会喝酒的人，结果那天他一连喝了好几大杯，满脸通红，眼泪都辣出来了，说话也有些失态了。谢总也很开心，连喝了不少。他是一个很有酒量的人。肖燕看得出来，他和大领导很熟悉，在席间还不时地耳语。这就不同寻常了，说明他们之间还有一些很私密的话题。当他们三人碰到一起时，他居然装成不太熟悉她的样子。他们握手，寒暄，非常的客气。当她和领导握手的时候，她感觉到他在有意识地捏了两下。她的脸有些红，好在没人会注意，她想。

她明白他的意思。

“你很快就可以演青衣了。”那晚上，他搂着她说。

“真的?”她有点不能相信。

“真的。”他说。

肖燕忽然又有些紧张，一是这消息来得很突然，二来也是怕自己不能担当。虽然对于一个演员来说，时时刻刻都梦想着成为主角，可是真要挑大梁了，内心少不得有些惶恐。这个晚上，她做梦了。她在梦里哭了。他是半夜里起来吃药，推醒了她。

“你怎么了?”他问。

她却想不起来，为什么要哭。

这事她后来一直记得很深。

肖燕正式出演了青衣，第一出大戏就是在《牡丹亭》里扮演杜丽娘。

这些时把少年人如花貌，
不多时憔悴了。
不因他福分难销，
可甚的红颜易老？
论人间绝色偏不少，
等把风光丢抹早。

她唱得也是烂熟于胸。

轻绡，
把镜儿擘掠，
笔花尖淡扫轻描。
影儿呵，
和你细评度，
你腮斗儿恁喜谑，
则待注樱桃、染柳条，
渲云鬟烟霭飘萧，
眉梢青未了，
个中人全在秋波妙，
可可的淡春山钿翠小……

这是另一样的风格，给人的感觉倒也是耳目一新的。自然，报纸、电视等各路媒体少不得是一番热闹的宣传。风光一时。可是，习惯她的人，却还总是记得她过去的样子。

这一年的春节联欢晚会上，她听到一个消息，说冒号要调走了。她当时还有点不相信。“你真的要调走?”在会面的时候，她小声地问他。他笑了，点了点头。看来，关于他要调走的消息传出来已经不止一天了。“我舍不得你啊。”他在她的耳边小声说，“这一走，再见面就不像过去那样方便了。”那个晚上，肖燕失眠了。她不知道这件事对她意味着什么。也许，她会有一些损失。比如说，荣誉上的?但是，她又有些庆幸，觉得她终于可以干净了。是的，从身体，到精神。

她需要自己变得清清爽爽的。

这个时候，她才知道，自己的内心是知道自己的污秽的。不管她表面上多风光，多么的神采飞扬。可是，身体的某个地方一直是有一块病灶的，就像是吸烟瘾君子们肺上的阴影。而她要把这块阴影消除掉，恐怕是件很不容易的事。

最后一次他们见面的时候，肖燕真的哭得很伤心。“我会对你好的，我会对你好的。”他在她的身上一边运动着一边这样说，他根本就不知道她的心思。本来她是不想赴约的，但又怕他认为自己是势利的。她从他那里获得过好处吗?也许，她从一些荣誉上获得过便利，但正常情况下，她也应该有能力获得的。她并没有获得真正的实质性的好处，也就是世俗上的好处。他曾经表示过要给她一些好处，但她婉拒了。她不是为了某种利益，才委身于他的。她说不清自己为什么要委身于他。他几乎没费吹灰之力。相比较而言，谢总过去对她才是殷勤的。不止他，好多男人都向她献过殷勤。但他们的目的，一眼就让她看穿了。所以，她从没让他们成功过。

“放心吧，以后你有什么问题，还可以找我。打我电话，或者有机会去找我，都可以。”他说。

肖燕还是忍不住地哭。梨花带雨，楚楚可怜。

“你有什么要求，只管提。”他有点像是发誓的样子。

她的眼神是散的。

那个晚上她始终没再说一句话。

第二天早晨，她早早就起来了，穿衣，向他悄悄挥了挥手，勉强笑了一下，说：“再见!”他抱了她一下，说：“记住，有事找我。”

肖燕当了主角，并不觉得自己有多么的成功。

也许，是她习惯了，或者麻木了?

但是，事实上她真的就不如过去的乔瑛瑛。现在回想起来，乔瑛瑛就是有一种大牌的风范。乔瑛瑛和上面的领导也熟（包括一些商界的人物），交往热络，非常地自如。她放弃主角，却并不影响她的走红。她有她固定的“粉丝”。她“退”得很自然，当时都有点让肖燕很是惊讶。她的“境界”和“修养”非常不一般，现在才看出，其实“境界”和“修养”在她的退出中并不重要，而是她的一种策略。她懂得自己的分量，这就是大腕。

输的还是自己，她想。

不知道从什么时候，她听到一种传言，说过去的领导对她如何如何。她并不知道，事实这种传言已经流传很久了。最近突然又传起来，只是别人觉得她失去了依靠。明显有人在看她的笑话。她不知道别人是怎么知道他们过去的暧昧关系的，因为他们从来没有在外公开过。也许，世界上真的有另外的“第三只眼”。

忽然间，肖燕意识到，她和谢总其实有许久没什么联系了。是的，客观上他受到了冷落。有一次她无意提起他，“爸爸”的脸色就有些不悦。“他一个商人罢了，”他说，“他们暴富起来，过去是钻了政策的空子。我知道他是怎么发起来的，我们只是不想动他罢了，真要清算他，他马上就得倒霉。”他口气的冷漠，让她吃惊。她记得他们曾经坐在一起，交头接耳地很亲热地私语过。她想到一个词：政治。也许，政治就是冰冷的，和人情无关。

她约他一起吃饭，他很痛快地就答应了。原来以为他会很私密的，结果到场了才发现程秘书也在。程秘书已经不再是秘书了，而是提拔成一个副厅级的领导了。看上去他整个人精神多了，春风得意。

“老弟将来是前途无量啊。”谢总这样对他说。

“哪里啊，谢总是过奖了！”嘴上这样谦虚，但脸上却是掩不住的喜悦。

不可避免的，他们席间谈到了前领导，而肖燕低着头，听他们说。

“其实他对你挺关心的。”程秘书突然这样说。

“没有啊，”肖燕有些慌张，随即又笑了一下，“还好吧。他对我们团一直很关心。以后就不一样了，还要请您多关照。”

谢总在一边笑了，说：“肖燕是我们领导的红颜知己呢。”

肖燕的脸色有些白，她在心里下定了决心，从此以后，再也不会搭理这个男人了，必须的。然而，她并不自信。

欲望在风中

一

1

飞机在跑道上转了一圈之后，突然就加速了，并迅速地就挣脱了跑道，升浮于半空。

“飞起来了。”他说。他从舷窗看到机身下的水泥跑道和自己的距离越拉越大，越来越远，终于它成了一块，接着就又看见了周边的农田。她也靠近他，胸脯紧挨着他的肩膀，向下看。他的鼻息里弥漫着一股香水的味道。那是她的，很香。农田像绿色的棋盘，一格一格的。他们还看到了浅黑色的公路弯弯曲曲和黄色的河道，一切都变得陌生起来，这些过去并不陌生的东西。

陌生里透着一种新鲜感。

距离带来了刺激。

现在，他们将离开自己所熟悉的这个城市，到南方一个非常遥远而且充满了浪漫色彩（传说中更多的是色情与暧昧）的城市去。远方有一种快乐的东西在等待着他们。他们相信在那地方一定会有一些事情发生，而且这样的事情，是他们内心一直就感觉着的，甚至说是期待的，必然的，就发生在他们俩中间。

2

一切就像是进行一场密谋已久的私奔。刘绪源禁不住内心的那种激动。这个正好35岁的男人看上去相当成熟，而且很有魅力。毫无疑问，他有一个现代男人必须具备的优点。有学历，有修养，而且工作条件很好。他曾经是很多女孩子追求的目标，当然，像所有的男人一样，在经过了各种比较和权衡后，他选择了一个貌不惊人的女子作为自己的妻子。应该说，当时在追求他的女孩子或者说有意和他接触发展关系的姑娘当中，有很多都比现在的这个妻子漂亮，但他知道，作为一个成熟的男性他不会做出那样的选择。这些年来，他的成熟表现得到了机关里全体同事（更准确地说，是领导）的好评。同时，他也得到了回报，已经是一个部门的负责人之一了，尽管是个副职。但是另一方面，他却已经具有副高职称。如果不是他英俊的外表和倜傥的风度，而招致不少嫉妒，他会升迁得更快。当然，对此刘绪源也自足了，他并不抱怨什么。

他根本没有想到他们会做出这样的选择。这一切当然太大胆了，充满了刺激和想象。她和他是一个处室的，很容易招人注意。其实在他们身上，有着很多不为人知的联系，也许只有他们自己心里才会想到这些。刘绪源和她是同一年到现在这个单位的，且同一处室。刘绪源是那年春天从外单位调进来的，结果不久她也从学校毕业，分来了。从某种意义来说，他们是一对新人。也正是这种新人意识，时时触动他们。那时候他们在机关人的眼里，也许是很好的一对。她相当漂亮，而且看上去非常清纯。她的美是不用言说的，刚来的那一阵，她的身影走到哪，都能牵动一大批男人的目光。大学里面能够出来这样的女孩子，真是一种奇迹。很难想象，像她那样漂亮姑娘会去那么认真地刻苦读书。据说，她考进那所大学的分数还相当高。一般而言，漂亮女孩子是不屑读书的，或者说是不能够专心读书。自身的漂亮会引起她们自我意识的膨胀，对漂亮的过分关注，往往要远远超过对读书的兴趣。而小薛无疑是个例外。

像所有刚进机关的年轻人一样，他们有着共同的利益，而且谈话也比较投机。事实上刘绪源比她要年长四岁，工作经验比她丰富，但她并没有把他看成是一个先行者。她更愿意把他视作同一起跑线上的人，他当然也是乐意的，他希望他们之间的距离越近越好。他们当时在心里都清楚，彼此对对方都抱有相当的好感，但刘绪源在头脑里意识更清醒一些：适当地保持距离。

刘绪源想过追求她，因为谁都可以看得出来她对他的那份不加掩饰的好感。在办公室里，他们互相说话要比与别人说话更多些。在某种程度上，他们的兴趣和爱好比较一致，比如他们都关心潮流、西方后现代、工业革命、信息网络、价值标准与评判、男女情爱等等。应该说，他们的观念也非常接近，他们在一起总感觉会有很多话要说。有时，当办公室里没有其他人的情况下，他们甚至还会论及个人的一些私生活，公开和半公开的，直到完全隐秘的。当然触及完全隐秘的时候他们总是像蜻蜓点水一样，飞快地再跳过去，而这样的感觉只会更加激发进一步要增强了解的欲望。作为一个男性，刘绪源当然想更深入地探到她内心里的真正的生活里去，而她好像也并不反对他进一步深入并干涉她的生活，历来，男人总是要有主动的姿态。

她平时表现出对他相当的信赖，当她工作上遇到什么问题时，总会向他说。而他也是非常乐于帮助她，尤其是她感觉苦恼的时候，他就尽量去安慰她。事实上她这种信赖是没有理由的，因为机关处室里的每个人对她都是友好的，刘绪源对她并没有表现出特别的关怀。刘绪源对她没有表现出特别的关怀并不是因为他不想去加以特别的关怀，而是他拿不准他有多大的把握可以追求到她。一般而言，恋爱中的男女在同一个单位，关系其实是很危险的，他们太容易引起人们的关注。对刘绪源这样的人来说，私生活越是隐蔽，对他越安全，受到伤害的程度越小。人们很容易把在同一个单位的青年男女的恋爱问题与道德品质联系在一起，刘绪源害怕人们这样的联系。所以，他就有了很多的顾虑。这样的顾虑就有力的阻碍了他的行动。至少看上去，他的行动总是有点犹豫，似追非追，很有点暧昧。

刘绪源能记得他们所有的亲昵的交往。他们一起跳过舞，虽然一起跳舞的有很多人，但他们却是跳得最好的一对。这里所说的最好当然并不是指舞姿。刘绪源在跳舞的技术上是比较一般的，但他们配合得却是非常的好，反正只要有舞会，他们总是喜欢配成一对。在她的带动下，他总能很好的发挥。毫无疑问，她在舞蹈上，有相当好的天分。即使一个完全不懂跳舞的人，哪怕是个乡下来的农民，只要她愿意，在她的带领下，一定也能翩翩起舞。她舞艺高超，和她跳舞，外人一点也感觉不到事实上是她在进行很微妙的启发着男士，感觉到的只是她很温顺，完全听从男士的带领。和她跳舞，一点也不累，不像个别女士，很难和她配合，而且为了带着她旋转，一曲下来，要累出一身的汗。

结成固定舞伴的一个表面上非常重要的客观原因，是他们处室里的其他男女在年龄、身高上都不成比例，而他们像是天生的一对，黄金搭档。只有他们自己心里最清楚，原因远不仅仅如此，重要的是他们的配合，能够使自己的心情产生很愉快的感觉，而这种感觉类似于一种恋爱中甜蜜的情感，而他们当时又偏偏不是那种明确的恋爱关系，这就显得非常难得。他们不习惯与别人配对。他们甚至还获得过共青团组织的交际舞大赛的奖项，虽然不高，但对他们而言，却是意外的收获和喜悦。这样的跳舞是公开的，大都是单位里组织的（前些年，这样的活动是一个单位的工会的主要工作与成绩），他们才参加。事实上，他们在私下里也跳过舞，那都是刘绪源表面装着是无意识的主动邀请。

但刘绪源自己知道，自己这样的邀请实际上带有那种非常明显的想建立恋爱关系的一种暗示或者说表白。他们一共跳过八九次。那些舞厅都是市里条件最好的，而且场所文明，灯光很亮，在舞厅的一角挂有省社会主义精神文明建设办公室颁发的“文明单位”的铜牌子，花费也不低。去那种地方的一般都是关系不深的青年男女，都还处于恋爱中的“初级阶段”。但他们公开的身份是情人，这是明确的。刘绪源和小薛也像所有处于初级阶段中恋爱的男女一样（只是外人看来如此而已），彬彬有礼地跳舞，只是跳舞，间或也说些单位里的看似无关的闲事，以及个人生活里的一些烦恼与想法。

他们后来有一次例外，那还是小薛主动提出来的。他们在晚饭后到一个位于新街口附近杨将军巷子里面的舞厅去跳舞。就某方面而言，那个舞厅非常有名。它之所以有名并不是它的条件多么的好，而是它的灯光比别处黑。刘绪源是很早就听说过这么一个地方了，但他却从来也没有去过。据说那里面是乌七八糟乌烟瘴气乌合之众等等等等，那里面聚集的都是情深胆大的男女们。他们把它叫作“老萨”，因为那黑暗的舞厅里面从头到尾只放萨克斯管吹奏的音乐，缠绵而热烈，伤感而浪漫。刘绪源一进去，就感到精神亢奋。在那很大的舞厅里面，似乎看不到什么灯光。

有的只是闪光灯，看上去里面男女乱舞，很不真切。音乐的声音很响，他们说话的时候不得不靠近耳朵大声说才能听见。小薛拉着刘绪源的手，从人缝里插进去，然后在一个靠边的长椅上坐了下来。

萨克斯管吹得很热烈而绵长悠扬。小薛说："这里的人真多。"刘绪源完全赞同，他从来也没有见过一个舞厅有这么多的人，并且这么混乱，就像好莱坞电影里表现的样子。他问："你常来这里吗?"小薛笑一笑，靠近他的耳边说："我也是第一次来，听他们说，这里很热闹。"他也笑了起来，看起来这里的确非常热闹。在影影绰绰的灯光里，他们看到一对对青年男女抱在一起，轻轻地移动着脚步，有些干脆就站在原地，身体紧紧地贴在一起，只是相顶的前腹部随着音乐在轻轻地扭动，摩擦着对方。这里没有国标交际舞，只有这种贴面，它像是专门为了情人而准备的。刘绪源想要是有一支三四步舞曲，他就准备请小薛跳，然而，他们坐了好一会，也不见它响起，倒是小薛主动对他大方地说："我们去跳吧。"

于是他们就下了舞池，他们很礼貌地跳着慢四，完全是按照平时的规章。刘绪源环顾四周，只有他们这样跳。他们在那舞池里就像是一对怪物，相信小薛也感觉到了。但他们仍旧那样跳着。在暗暗的灯光里，刘绪源看到她面容非常的动人，她的眼睛里闪着一种不定的神情，而鼻翼轻轻地一张一翕。他闻到了她身上散发出来的香味，有时，他的下巴不自觉地会触到她的头发。他不由感到一种强烈的冲动。事实上，他是多么地想得到她呀。但就因为他们是同事，所以，他没法肆无忌惮地去勇敢追求她。成功了当然很好，如果不成功呢？就会有很多的副作用，他怕就怕在这方面。

后来他们发现在他们的周围形成了一个小小的真空。场子里只有他们头顶上方有一盏暗暗的灯光，而四周都黑了下去。很多对青年男女都挤到舞池的四周去了，在黑暗里拥抱亲吻。只有他们孤零零的在场子的正中。而萨克斯音乐吹得正是缠绵的时候。刘绪源鼓足了勇气，足足有半天的工夫才大胆说："我能抱住你的腰吗?"她看着他的眼睛，笑一笑，点点头。他就抱住了她的腰。她的腰柔软得要命，在他的感觉里就像根本不存在一样，但它同时却是丰腴的，充盈的，温热而性感的。他们开始小心地跳着类似贴面的慢舞。刘绪源心里想放肆，但又不敢做得太出格，于是那个晚上，他的内心一直是处于狂放热烈而矛盾徘徊的状态里面，痛苦幸福相交织而无力自拔。刘绪源的精神一度处于非常紧张的情境。他看到四周的男女都在热烈的相爱，他们拥抱和亲吻无不对他产生巨大的影响，并从而对他形成了一定的压力。在内心，他对她涌起了强烈的欲望，甚至有一种强烈的性要求。在那种强大的压力下，他只能试探着去做。他小心翼翼地搂着她，并逐步在手上用力，对她作一些微妙的身体暗示。他一点点地贴近她，终于她的胸部也抵达他的胸膛。他能感觉到她的乳房对他的身体的影响。乳房的柔软对他大脑的意识简直是致命的。情欲指数急剧上升，就像是突然受热的水银温度计。那股强烈的冲动，使他的脸色在紧张中显得与平时有了很大的不同，不再轻松，而两腮肌肉紧缩，表情呆板。他甚至想能把她固定在他的胸前，长久地感觉她乳房的柔软贴近而产生的快感。

她的可爱的鼻尖上沁出一些细小的汗珠。他相信她知道他这样用力完全是有意的，但她并不反感。周围环境的诱导是如此符合他们长久以来内心的需要。这次是一个难得的机会。她的乳房后来几乎是完全贴着他，让他真实而模糊地感受到了它的形状与硬度。他们拥抱着，偶尔彼此的脸会贴在一起，但他们很快就会分开。他们内心里都有点不好意思完全地贴在一起，但同时他们又渴望这样的耳鬓厮磨。于是刘绪源就喜欢不停地有意地去贴她，而她一点也不反对他这样的主动。刘绪源喜欢偶尔触碰她脸颊的皮肤，给他带来的感觉。光滑而细腻，就像一个婴儿的皮肤，那种感觉真是无比奇妙……

3

她是第一次乘坐飞机，但她却并没有表现出特别的新鲜感。他想她之所以没有这样表现是由于他的缘故。她不想在他面前表现出一副没有经历过世面的样子。她在尽量表现得自己成熟稳重。飞机迅速爬高，然后与白云同行，机翼划过一些云朵时，她看见它们在机翼的表面像一丝丝冷气，白白的，如烟般，缕缕流过。通过舷窗还可以看到底下的田野与河流，再后来白云也在机身下面了。他们的身外完全是蓝天，蓝得一片纯洁干净。那种蓝是完全把你包围了，像是虚假的布景，而你就是布景当中的一个小人物。而此时的阳光格外灿烂，照射在机身下的白云上面，明亮得耀眼，那景象真是无比的辉煌。白云在机身下就像是洁白的棉絮，轻盈而丰满，阳光是铺洒在上面的，尤其是直对阳光的那一部分，就像是燃烧了起来一样，金色的，很是刺眼，它是壮观的。这种景象只有在天上才能得以一见。

正是她的这种成熟，有着良好的沉着和冷静的素质，才使得他们这次大胆的行动得以实现。一段时期，他们的那种较为亲近的关系在机关里是有目共睹的，但很快他们就视为平常了。尤其是最近几年，人们差不多已经淡忘了他们曾经有过的友谊。在大多数人的眼里，他们的关系恐怕和所有的男女同事关系一样，既不亲近，也不很疏远，一点特殊也没有。但只有他们自己知道，事实上他们在骨子里还是更亲一些。

他们内心的火花还在，只要机会合适，一点就着。而这次他们共同旅行，就是一个最好的证明。

关于这次旅行，事先他们并不是有意识的筹划。缘起只是由于小薛要休假（除正常的公休假，她还有探亲假，她的丈夫是个军人），但她说今年她不想再去探亲，她更想借这个机会到一个什么地方去旅游。而他也有公休假没有用（他差不多有四五年的公休假都没有用过），一直觉得是一种浪费。那天办公室里只有他和她两个人，其他三位正好出去办事了。这给他们提供了说真话的机会。说起旅游，一下子他们都有了这样的一种要求。他过去对于旅游并没有太大的兴趣，因为他出差开会的机会比较多，很多地方的风景名胜都去过了，有时他甚至有种厌倦感。但如果是他们两人一块出去那就完全不一样了。小薛说，现在出去很便宜，据说到新、马、泰及香港也就是几千块钱。当时的整个社会大背景是社会消费低迷，各家旅游公司为了生存都在想方设法地竞争，有时为了压倒对手，甚至不惜赔本。刘绪源想起来听谁说过，到海南一趟只要两千块钱就足够了，而且是飞机来往，吃住均由旅行社承包。小薛惊讶地说："不会这么便宜吧？"刘绪源说："怎么不会呢？现在海南呈现泡沫经济，物价很便宜的。"小薛说："如果是真的倒是可以去玩一趟，我听说南海的珍珠很好，上次我一个同学去海南，买回一串珠子，漂亮得要命。"刘绪源笑一笑，说："海南的水晶据说也很好。你是不是有兴趣？我可以问一问市里的旅行社，如果是这么便宜，我们一起去，你敢不敢？"小薛笑起来，说："怎么不敢，这有什么？"

刘绪源并不很相信她真的有这样大的勇气，但他那天下班的时候还是特地到回家必经的路上的两家旅行社去问了一下。其中有一家挂的是某青年旅行社的牌子，接待他的小姐很热情，向他介绍说，现在正是去海南的好季节，一是最炎热的时候还没有到来（那里太热，内地人去往往一时受不了），二是的确价格已经跌到了最低。那位小姐说，他们差不多已经一分钱也不赚了，但由于和海南的旅行社有固定的业务关系，只能照常开展下去（这样的话，他当然不会相信。怎么可能一分钱都不赚呢？赚得少是有可能的，而且看样子几乎是肯定的）。那位小姐很年轻，也很漂亮（她有一双涂得很红的嘴唇，非常鲜艳），尤其是她的热情，让刘绪源对她多了好几分好感，即使小薛不去，他一个人也可以去，当时他在心里就是这样想的。

那个小姐给了他一份旅游路线指示和价目表，那里面一共列了三类，但她重点向他推荐了A类（也是档次最高的，行程为四天）：

第1天　五公祠、万泉河、红色娘子军塑像、东山岭、兴隆温泉、兴隆植物园

第2天　珍珠养殖场、猴岛、牙龙湾、天涯海角、亚运点火台

第3天　鹿回头、大东海、苗寨、黎村

第4天　民族博物馆、大东山瀑布、远眺五指山、枫木鹿场、屯昌水晶矿

等级是豪华团标准，接待标准为三星级酒店、进口豪华空调车、八菜一汤及饭后水果等等，包括机票在内，一共是二千三百元。

他问小姐能不能优惠，那个小姐就灿烂地笑起来，说：“先

生啊，我们已经一分钱不赚了，再优惠，我们就没法做了。”刘绪源也笑起来，他想这样的价格也的确是很公道了，之所以这样问，只是想显示自己在算计上也是很精明的，并不是那种甘于受宰的书呆子。他这一笑，也显示了他的大方，说明自己在精明的同时并不是一个不通情理的人，他可以接受这个价格。

那天晚上回到家里后，他对妻子说，他可能要出一趟差，到海南去。妻子对他出差已经习惯了。她说：“听说海南的珍珠不错，你给我买一些吧。”他说：“你过去不是有过一串吗？”她说：“我要的是南海的珍珠。”他说：“好吧。”她叮嘱说：“你要请当地的熟人买，不要买假货回来。”他答应了。他知道对付老婆最好的办法，就是满足她的一切简单的愿望。她想了一会，又说：“我也不知道海南有什么，你看有什么好的就带点回来。你带点珍珠粉回来吧，那是养颜的，非常好，没有什么东西就算了，你也不要瞎买，无所谓的。”

第二天刘绪源上班就在心里一直想着这件事，小薛看上去和前一天一样，他都有点担心她是不是已经忘了她说过的话。后来他趁没人注意的时候，把那份旅行社的价目表给了她。他看着她低头在看，一声也不吭，后来抬起头来，朝他这里一笑。她这一笑，就让刘绪源知道她可能已经同意了。

中午到食堂里去吃饭的时候，刘绪源悄悄地问她，“有兴趣没有？”小薛表现出一点犹豫的样子，冲他一笑，说：“倒是真想去。”他心想她还是胆小，她需要鼓舞。他对她说：“那你还犹豫什么？去吧，是不是怕了？”她说：“怕什么？就是别人知道了我们是一起去也没有什么了不起的。”他笑起来。当然，别人怎么可能会知道呢？他们绝对是不会让第三个人知道的。这是他们两人的秘密。

表面上看起来，一切都非常自然。小薛休假了，她休了之后的第四天，刘绪源也休了假（这是对单位说的，而对家里说是出差）。在这期间，刘绪源去旅行社办好了一切必要的手续，他还特意看了一下旅行团的人员名单，他们是作为散客的身份去的（当然这里面全是散客），里面一个熟悉的名字也没有。全团加上他们一共三十五位，有年轻的，更多的却是老年人。本市的除他们之外有十七位，其他都是外地的。相信在这个团里，谁也不认识谁。这真是非常好的事情，充分保证了旅行中个人隐私的绝对安全。

4

航班时间是下午两点一刻，他们一点在旅行社的门前集中。刘绪源背着一只旅行包赶到的时候，看到小薛已经先来了，混在一帮老头老太中间。她穿了一身有着黄底小花的汗衫，下身是一条雪白的紧身裤子，腰身被衬得非常鲜艳性感。相比之下，刘绪源还真像是过去出差开会的样子。她说："你怎么才来？"刘绪源说："我找一件衬衫，却怎么也找不到。"她笑起来，轻声问："你带游泳裤没有？"刘绪源说："没有。"是啊，他怎么没有想到带一条游泳裤呢？看来，还是她准备得更充分一些。她责怪说："你这人怎么想不起带游泳裤游泳呢？"他真有点懊恼自己这样的疏忽，这真是太不应该了。不过话说回来，他要是带了，让妻子知道，总会让她有点放心不下。出发之前的晚上，妻子问："你们几个人去？"他说："我们处里就我一个，还有其他处室的人，一共有五位。"他知道，他妻子在他出差的问题上绝对相信他，不会去核实，因为这些年来他从来也没有在这方面说过假话。妻子好像放了点心，说：“据说那里很乱，你要注意卫生啊，宾馆里也不是很干净的，不要泡浴缸，染一身病回来。”他知道，其实妻子的话里完全是另外的意思。他笑着说：“怎么会呢？”的确，他想，他是不会去做那种事情的，比如嫖妓。但妻子不知道，他这次“出差”，的确跟某种艳事有关。

阳光好极了，非常灿烂。小薛还戴了一副墨镜，头发也像是新烫的。她的打扮很时髦，比她在单位里更前卫。她真完全是一副放松了的打扮。“你的孩子呢？”他问。“给我妈妈了。”她说。

导游来了，是个年轻的小姐，说话和作派真是导游的样子，风风火火，但态度里又尽量想表现得特别和蔼。让人感觉到她从事的职业的不易。她把大家都安排坐上了车，然后自我介绍说她姓王，让大家叫她王小姐，并说这一路上大家就是一个整体，她会竭尽全力做好服务工作。刘绪源和小薛坐在一起。导游王小姐看了他们一眼。接着，她给每人散发了一顶帽子。那帽子是蓝黄色相间的，看上去非常可笑，帽檐上印有“××青年旅行社”字样。刘绪源不想要，但小薛却劝说他接收下来，乖乖地戴上。

豪华大巴开了四十分钟，到达了机场。穿过大厅，过海关安检，进入候机室，刘绪源终于安下了心，没有一个熟悉的人看到他，至少是他没有看见一个熟悉的人，换言之，这次旅行神不知鬼不觉，他们的行动是安全的。

安全是最重要的。

有什么比安全更重要呢？现在，他们都是已婚者。他们在心里都很清楚，其实他们的这种关系是非常危险的。也正是因为它的危险，让他们感到一种清晰而又模糊的冲动。毫无疑问，还是因为他们在心里一直有着对方，所以才不顾这样的危险，至少对于刘绪源来说，是这样的。

即使在过去，他们两人的关系也是小心的，刘绪源记得那次他们在“老萨”舞厅跳舞，他们差一点就过线了。当然，从某种意义上来说，他们已经过线了，他们已经有了部分的肌肤相亲。他已经感觉到了她身体的一部分。

刘绪源事实上已经爱上了她，他心里的愿望在跳舞过程中不时地往外涌。他的唇碰到她光洁的额头，她的鼻子，她的唇。她那一刻有点迷醉，所以她几乎是听任他大胆去做的。舞场上谁也不认识他们，不是吗？所以他们出格一点有什么关系呢？刘绪源在暗暗的灯光里，胆子在情欲的驱使下越来越大，越来越狂放。他看见有一对青年男女就固定在一个地方不动，男青年的一只手很可疑地消失在女青年的胸前的衣服里，这确实是个好地方，刘绪源在心里感激小薛挑选了这样的舞厅，他过去从来也不知道这样一个可以纵情享乐的好所在。

舞曲换了一支又一支，但中间却没有什么停顿，同时也没有人退场。只要愿意，你就可以一直不歇地跳下去（事实上根本没有跳，只是搂在一起而已）。在公园里搂抱还会有联防治安队员盘查你，但在这里你却可以公开地搂下去。

就在刘绪源还有新想法的时候，小薛对他说：“我们回吧。”刘绪源在感到意外的同时顺着她的目光看到一个四十左右的妇女正和一个二十来岁的小青年搂在一起亲吻，显然，那个妇女在努力迫使小伙子吻得更用力一些，刘绪源心里不由生出一种异样来，而这种特别的感觉让人反胃。

那天晚上，他要求送她回家，她没有同意。她倒是建议他们再走一走，于是他们就在路上散了一会步。事后刘绪源知道自己是多么的傻，那时候他是单身宿舍，他完全可以把她邀到宿舍里去。也许，她当时心里也正是那样想的，但他却没有敢那样做。

而第二天，他们上班了，两人见了绝口也不提跳舞的事。在机关里，他们要绝对保密，所以至今也没有人知道他们曾经有过的那一幕。

5

飞机经过两小时四十分钟的飞行，降落在海口国际机场。

刘绪源在飞机经过琼州海峡的时候，看见了下面的大海，一片碧蓝。而海南，是在大陆之外的一个岛，在这个岛上，他们将进行浪漫的旅行。接着，他看见了黄黄的陆地。“到了。”他对小薛说。小薛有点激动，从座位上站了起来，向他一笑，说：“啊，到了，真好。”

二

1

到了机场，刘绪源及一帮游客才发现他们被整体交给了对方的一家旅行社。王小姐对发现这一点的旅客们解释说，这一点丝毫也不妨碍他们的旅游，相反，事实上交给对方旅行社，行程更安全，服务也更周到。她所在的旅行社和当地的这一家是生意上的合作伙伴关系，而且，她从头到尾将陪着他们。

对方的导游是个年轻小伙子，个头不高，黑黑的脸，梳着一种一边倒的发式，看上去很有点滑稽奇怪，他有一双大眼睛，看上去非常精明。他用听上去很标准的普通话说：“欢迎大家到海南来，现在脚下的这片土地，是海口市。到这里，你们就是到家啦，希望大家能有这种感觉。在这四天的行程里，我将竭诚地向大家提供最好的服务，让大家玩得开心，玩得尽兴。我姓祁，祁连山的祁，大家可以叫我小祁。有什么困难和问题，希望大家及时提出来，我将尽量满足你们的要求。如果有什么不周的地方，更希望大家能够理解体谅。”

但尽管他说得如此动听，却并没有能够消除旅客们心中的不快。他们上了一辆看上去很旧的中巴。小祁解释说今天不巧，公司里的车都出去了，但明天出去游玩的车一定是好的。车子很快就进入了市区。刘绪源想：海南到底还是小。那些街道看上去也乱，更多的建筑看起来毫无章法。小祁指着窗外的建筑对大家说，过去都是盲目投资，现在一些工程没钱了，只好停下来。并告诉大家，晚上将要下榻的饭店叫星兰国际饭店，三星的标准。

只有二十分钟的光景，车子就停在了那家饭店的门前。他们提着行李进入大厅，看上去大厅的生意很清冷，游客们大多是成双结对的。刘绪源和小薛站在一起，等待着“发落”，那个小王对这安排好像很生疏，完全是那个小伙子在忙碌着安排。后来居然就剩下刘绪源和小薛没安排，那个小王就对着小祁窃窃私语，彼此商量了一番。这时祁导游就走过来对刘绪源说：“刘先生你是一个人吧。”他这样说的时候好像还看了一眼小薛。刘绪源心里有点不乐意，他说：“是。”小祁就说：“那你跟我在一个房间好不好?”刘绪源说：“好的。”而小薛，自然就和那个女导游小王住在了一道。

回到房间洗漱了一番，刘绪源就躺在床上休息。小薛和他在一层楼，而且相隔不远。他想：既然出来了，他们一定是可以有单独在一起的机会的。有整整四天的时间，而今天不过是旅行的开始。

小薛本来是完全有可能属于他的，问题还是出在自己的身上。他行动的迟缓延宕铸成了错误，有很长一段时间，他没有明显地向她表示什么，后来小薛有一次就把一个男青年带到处里来坐了一会，并向他作了介绍，说是她的朋友，当时刘绪源并没有很放在心上，以为是一种广义的朋友（因为她有很多同学和朋友，都来过她的办公室。其中有不少是很不错的男青年，明显地在追求她，但都没有成为她的恋人），但很快就知道其实那就是她的男友。

那是个瘦瘦高高的青年，戴着一副近视眼镜，据说是位青年军官，在外地的一家海军部队研究所工作，从事军用计算机软件的开发。刘绪源并不相信她会嫁给那样一个人，首先两人不在同一城市，第二，从现实考虑，嫁给一个军人并不是最好的选择：他将来面临转业等等问题，同时经济收入也较社会上低。

然而，刘绪源估计错了，他们就那样谈了，而且谈得很平稳。刘绪源在得知她决定和那个青年军官谈的时候，彻底地就放弃了追求她的打算，听任她发展，他急流勇退了，他当时以为自己很绅士，其实这是多么可笑啊。在爱情问题上，是不必讲什么风度的。最主要的，那时他心里有一种感觉：她对自己是没有太深的意思，如果存在着那样的意识，她一定是会积极主动地和他建立关系。他并不知道，小薛的男友是她过去的同学，还在她读大学时就开始追求她了，但她内心是有一点小矛盾的，于是很长时间处于一种若即若离的状态。换句话说，她并不完全甘心成为他的女友，她像大多数女性一样，总是在一种被动的状态下生活。

这些矛盾的隐情，刘绪源当然并不知道。

刘绪源是个那种看得开的人，他也很快在别人的介绍下，找到了自己的对象。那个对象后来也就是他的妻子。她与小薛相比，当然有着明显的差距，但刘绪源自己对这样的选择还是有着比较清醒的认识：他找的只是一个妻子，重要的并不在于她是否漂亮，而在于她是否对他将来的事业和生活有帮助。他妻子能给他什么样的帮助呢？妻子家庭出身在这个城市里非常普通，父亲是一个副科级干部，母亲是位小学教师。她本人具有本科学历，毕业后分配在另一个机关工作。也正是这种普通，使她性格里有一种向上的渴望，既要求平等，又希望能享受一点特权。她性格平和，对他百般依从。正是这样的依从，使刘绪源以为她是最适合自己的。她并不要求他去做什么，或者不去做什么，她对他已经很满足。

她让他有一种可靠的感觉。

刘绪源就是怀有这样的感觉，很快和她确立了关系。

看上去刘绪源和小薛对自己的选择都是满意的，至少别人眼里是这样。他们后来在相距不长的时间都结了婚，他们一结婚，机关里也就没人再想到他们之间的关系曾经很是亲密过。

他们自己，差不多也有点忘记了，只是到了最近两三年，他们才又想起，他们过去在心里曾经是那样的有过一些想法。在心灵的深处，彼此占有过那么一席位置。不，事实上他们从来也没有忘记过，那种感觉一直在心里，只是因为面对着实际的婚姻，而沉入到心底。但只要一有机会，它还会呈现，它就像那些生长在河底的青苔，当天气有所变化时，就会自动从河底浮上来。

那么是什么使它现在有了浮上来的感觉呢？

刘绪源想，可能是出于婚姻生活的平淡。

小薛对婚姻生活有过明显的不满和厌倦，她甚至有点痛恨自己是个女人。有次在办公室里，她就对他诉苦，说作一个女人真不易，为了老公，为了孩子，受很多的累，最后回过头来看一看，身后其实是一片空白。

对她这些话，或者说是感受，他完全能够理解。婚姻生活其实就是一口陷阱，随着时光的流逝，一点点陷进去，最后完全被湮没……

正是出于这种对婚姻生活平淡的厌倦，使他们现在有机会偷偷地出来，就像一对情人在私奔。旅游仅仅是一个借口，刘绪源相信，她的心中肯定也不是这样单纯，她一定像他一样，希望通过这次机会，发生一点什么。这次出来，他们完全是服从于一种内心的需要，“情”的需要。

这是一个非常难得的机会，也可能是他们一生中最最重要的机会，错过这样的机会，它也许就再也不会来了。所以，他这一次，一定要把握好，得到她，既然她对他也是如此有意，他不去得到她，那岂不是过错？

刘绪源想到这一点，就不由再次激动起来。

2

晚餐时刘绪源和小薛坐在一起。晚餐看上去很不错，都是些海鲜。一桌子坐了十二个人，显得很挤。刘绪源就照顾着小薛。两个导游好像没有和他们在一起，过了一会，男小祁过来，拍了拍巴掌，引起大家注意，说：“晚餐之后大家可以自由活动，看看海口的夜景。”刘绪源感觉他的目光向他这里瞄了一下，只见他笑嘻嘻地补充说，“海口街头有好多美女，都是从全国各地来到这里淘金的。这里是美女云集的地方，是男人的天堂。”有句话是怎么说的？“到了北京知道官小，到了广州知道钱少，而到了海南才知道身体不好。现在就是考验各位先生身体素质的时候了。有的先生如果需要，可以和她们聊一聊，喝喝茶什么的，至于想干点别的也可以，各人视情况而定。现在的价格很便宜，这也是献爱心啊!”他的话音刚落就在男游客当中激起一阵骚动。女小王有点不高兴地打断他的话，用一种忧伤而气恼的语气说："你这人胡说些什么呀？大家出去一定要注意安全，最好十一点前回来，因为我们明天还要起早出发。大家最好结伴而行，如果出了什么事，我可担待不起。”

小薛看了刘绪源一眼，诡秘地笑一下，小声说："我在这里不会妨碍你吧。”刘绪源笑一下，说："你是什么意思啊?”小薛说："你可要充分自由，不要因为有我的存在，而影响你的兴致。”刘绪源又笑一笑，心想：事情还没有开始，她已经吃醋了。她这样说，明显是希望他能更多关注她，而不是街上的那些美女。到了海口，她对自己已经感到不那么自信了。男人喜欢的不仅是个漂亮女人，而且还必须是性感风骚的女人，男人不喜欢那些矜持的女人。

刘绪源回到房间不久，导游小祁也回来了。这是一个看上去浑身充满了活力的小伙子。他问："刘先生是第一次到海口吧?”刘绪源说："嗯。”小祁快活地眨着他的眼睛，说："一看就知道你第一次来。一般到海南的人最好是几个朋友结伴来，或者是单位的几个同事一起。最差劲的就是带着夫人来，那只会扫兴，什么事情也干不成。成天有眼睛盯着你，就像防贼一样，你说难不难受?”刘绪源觉得有理，说："那是。”小祁说："到海南来干什么？风光是一部分，可这里的美人更是一大风光。到这里就是寻自由寻开心来了，所以最好连情人也不必带。和情人出来什么地方都可以去么。”刘绪源听了笑一笑，心想：这小子批评我哩。

导游小祁带着那种神秘兮兮的表情，问："那个薛小姐不错，挺正点的。"刘绪源又是笑一笑，他不想说什么。小祁说："晚上要不要给你让房间?"刘绪源正色板了一张脸，严肃地说："哧！我们出来时根本没有想到会碰在一起，只是到旅行社报了名才知道，她哥哥是我同学。"他为自己被小祁看破而有点恼怒，他不想让任何人知道他的秘密。这次出游是他的隐私，是他个人生活里的一次非常重大的秘密，但它却被这个长着一副黑黑圆脸的年轻导游看破了。看破得是这样的轻易，简直是一眼就看穿的，这有悖于刘绪源最初的想法。这样一眼就看穿，就像他在大庭广众之下受到了羞辱。他是个堂堂正正的干部，他有他自己严肃的面孔，他有他的风度和尊严，但现在转眼之间就失去了。不，他是一个正人君子，他才不会去做什么男盗女娼的事情呢（公开的）。这个年轻导游太精明了，是啊，他在这里什么样的人没看过呢?而他却不得不在他面前撒谎，而且撒得非常的不高明。以他这样身份和智商的人，在一个小小的导游面前撒了这样一个没水平的话，实在是太糟糕了。一意识到这个糟糕无比的谎，刘绪源就红了脸。脸上发烫的刘绪源在心里生起了气。生了气的刘绪源就决定不再和这个讨厌的年轻导游说话。

女小王进来了，她换了一身新衣服，上身是一件洁白的T恤（刘绪源一下子发现这个女小王其实上身很性感，T恤里的乳房很丰满、结实)，下身是一条黑色的丝裤，眼上架了一只墨镜（这时的海口市已经天黑了)。她看上去很职业。至于为什么他会有这么一种印象，他自己也说不清。她把长长的头发在脑后扎起来，发梢还不时地往下滴着水珠，背后的衣服就湿了一小块，看来她是刚洗过澡，她的嘴唇涂得很红，女小王对男小祁说："你陪我出去转转吧，我第一次来，很不熟悉。”男小祁笑嘻嘻地说：“我把你拐跑了可别怪我。”女小王睁圆了眼睛，说：“周正刚（这个名字是谁？是女小王的经理，还是男小祁的头头？刘绪源不明就里）把你皮扒了！”男小祁说：“我要带着你出去，别人一准以为我是带着什么鸡。”刘绪源以为女小王听了男小祁这样的话一定会勃然大怒，谁想女小王只是用手里的包打了男小祁一下，骂道：“你他妈的神经！”

刘绪源坐在床边上两眼盯着电视机，但这两个年轻人调情举止却全在眼里，头脑里一片茫然，感觉自己处境有些尴尬。女小王感觉到了他的存在，对他说：“刘处长晚上出去转转吧。”刘绪源知道她一定是从小薛的嘴里知道了他的身份，就笑一笑，说：“你们先走吧，我想先休息一会。”于是那两人也就不再说什么，双双出了门。

等他们走了，刘绪源就躺到了床上，抽了一支烟，有点百无聊赖。小薛这时在干什么？他想不出来。男小祁和女小王都走了，给了他们一个非常好的机会，这时候他们可以发生点什么，否则他们来海口干什么？仅仅是充当一个旅游者？

刘绪源坐起来，操起了电话，要了她的房间号。嘟——一声，嘟——两声，嘟——三声……她在干什么，这么长时间不接电话？电话铃振到第五声，那边传来了声音，“喂？”刘绪源听出是她的声音，说：“你在干什么？”对方说：“在洗澡呢。”刘绪源问：“过来聊聊吧。”她说：“过一会我过去。”刘绪源说：“我等你。”对方说：“好。”

放下电话，刘绪源也赶紧进了洗澡间沐浴。他的情绪很好。水流很好，冲在身上的感觉非常舒适。他在头发上洒了很多洗发精，足足洗了四遍（当然速度非常快，他怕小薛马上会来）。小小的洗澡间里充溢着香气。他尽情地让充足的水量把自己里里外外浇了个遍，感觉全身都被洗透了，干净无比（连肛门处都打了三遍肥皂，细心洗了）。他擦干身上的水，梳好头发，换上了一套全新的衣服，擦干了眼镜片上的水，再细心地戴上，在玻璃镜子前端详了自己一番，感觉很好。

她还没有来，他就躺在床上等待，她过一会就会来的，他想。想到这一点，他就跳起来，打开门锁，这样她就能在敲门后自己进来，而不必他去开。他躺在床上等她，这就有了很色情的意味。女人和男人不一样，她们总是不紧不慢的，而男人却是磨刀霍霍，立马子弹上膛。刘绪源知道自己骨子里很喜欢女人，但他又不是那种急切的角色，他对待女人的态度往往取决于女人对他的态度。然而这一次他们都已经准备好了，小薛虽然没有向他说什么，但他知道她一定也是有想法的，她和他瞒着单位悄悄地单独出来，本身已经说明了问题。这种带着明显“私奔”色彩的旅游，是双方心知肚明的。

闭路电视里正在放一部香港的言情录像片，刘绪源看到一个肥胖的女人正在打电话，他感到心里的欲望在一点一点地往上涨。他又点了一支烟。他在焦急地等待着她的到来。他想：她一进门，他就抱住她。于是一切也就会水到渠成。想到了这一点，他又赶紧跳起来，锁上了门。这样他就可以在开门的时候，一下子把她抵在门后，等啊等，他躺在床上想：他抱住她，她会怎么样呢？她也许并不愿意他这样唐突，尽管她是有意于他的，但也太急了。所以，还要有个过程，一切，见机行事吧。总之，他必须在今天晚上把她“办”了。不“办”，他这趟海南之行就算白来了，她也会有看法的。

烟抽了一半，他听到了敲门声。他几乎是三步并着两步跳着去开门的。他看到小薛一张鲜艳的脸冲他一笑，说："你好。"很奇怪的一种情境。他也一笑，对那张鲜嫩而清艳的脸说："你好。"礼貌地让进屋。原有的设想不复存在。她在沙发上坐了下来。刘绪源给她泡茶。她说："我不喝。"刘绪源说："我自己带的新茶，很好的。"小薛笑着说："腐败来的吧？"刘绪源淡淡一笑，说："我有什么好腐败的？朋友送的。"小薛接过他的茶，放在茶几上。他看到她的头发湿漉漉的，穿着一件月白色的真丝短袖（看不出她的胸乳，他知道她的胸乳是很好的，是由于衣服的原因），下身则是一条长裤，一副很保守的衣着。她的脸很干净。她说："这边的天气要高好几度。"刘绪源说："那是，这边完全是夏天。"

她朝屋里四下望了一遍，问："你是和那个导游住的吧？"

刘绪源说："是。"

"他人呢。"她问。

刘绪源说："和小王出去了。"

他说得很简约，话里就像被省略掉了很多成分，而这省略掉的里面就显露了一些暗示，大家都是成年人，有着自己的自由的空间，一切的拘泥都可以抛开。她没有话再说，两眼盯着电视，而电视的声音被他调到了最小。他们两人都觉得找不到什么合适的话好说，眼睛都盯着电视画面，而电视却并没有什么好看的。刘绪源想起一年多前那次她随他一起去下面的县里出差，那个晚上他送走了来他房间找他谈工作的一位县里的领导，小薛过来了，说她的房间里淋浴器坏了，想在他房里洗澡。她洗完澡了，也是现在这个样子，两人面对面聊了一会天。应该说他们那天聊得非常好，聊了家里的一些事，也聊了单位里的一些事，聊得比较深入，尤其是对单位里的一些人事，他们坦诚地交换了看法

（在同一个单位里，而且他的职务还比她高，如果不是彼此信任，一般而言，是不可能说这些的。单位里的人每个人都习惯于戴一副面具，那天他们则是完全放开了）。他们聊得很投机，也很知心，换了别人，都不可能有那样的效果，他们一直聊到很晚。那一次她面容非常动人，被热气蒸得脸上红红的，显得相当娇嫩。而且浑身上下一副懒洋洋的娇弱无力的样子，眼睛看着他甚至很朦胧。他那次动心了，但他却没敢有什么动作，他打开门送她走的时候，闻到她的身上散发着一股洗发水的香味，那种香味非常好闻，香得也是非常的特别，毫无疑问，那种香味对于性欲是有强烈的刺激和暗示作用的。当她侧身而过的时候，他的胆子忽然大了一大，有意挤了挤，于是她的胸乳就擦过了他的肩膀，那种感觉真好。在她走后，他也洗了澡，洗澡的时候满脑子都是小薛的形象，她的嫩脸，她的黑亮的眼神，她的湿漉漉的披在肩上的长头，她的柔绵的乳房给他的感觉……

灯光下的小薛“像个淑女”，刘绪源一时不知道该拿她怎么办。也许，这个事情的确需要一个前奏，他想，他不能贸然行事。他忽然感觉到设想中的那点色胆非常可耻，非常暧昧，它就像飘悬在风中的一团鬼火，离他忽远忽近，忽高忽低，忽大忽小……看似在眼前，但你要想捉住它，它却又躲得很远。他不知道自己为什么突然间胆怯了。也许，他需要一个理由，一个“无意识”中可以接近的动作。他怕自己突然靠近她，会给她一个不好的印象，他毕竟长时间以来在她心目中是个“绅士”。

他们坐在那里面对着面，就像平时在办公室里的样子。是的，现在的情境就是那个样子，虽然现在是在千里之外的异地，在一个开放的南方城市，在一个只有他们两人的宾馆里，但他们的心里都不再坦诚，至少刘绪源觉得他很难熄灭那样的想法。毕竟是第一个晚上，刘绪源想，不必那样着急，重要是他们两人达成一种默契，默契是非常重要的，如果他们不能做到彼此的默契，那么他们以后在同一单位就很难共事。刘绪源想到社会上流传的关于男人掌握的三条原则：一、兔子不吃窝边草；二、天涯何处无芳草；三、马无夜草不肥。而他如果“动”了小薛，明显就是违反了第一条原则。但刘绪源相信这条道理并不是绝对的原则，关键取决于两人的理解与默契。小薛其实也是个很有理性的人，她心里想的肯定也只是和他发展一下婚外的感情（作为对已经存在的现有婚姻不满的一种补偿），作一对很好的情人，而不会把事情搞糟，那样对谁都没有好处。

一时，他们都有点找不到话说了。

后来，还是小薛主动提议说，“我们出去走走吧。”

这是一个好主意。

出了宾馆的门就是一个繁华的街道，他们有点漫无目的地走。海口之夜景与他们所在地的城市明显不同，有一种鲜明的南国情调。天是黑的，看不到一点星星，但大街上却是灯火通明，车辆如流，人来人往。街两边都是林立的摊点和商场。他们走了一会就感到身上已经全是汗了。人很多，他们有点分不清那些大多数是否是本地人抑或是和他们一样，只是游客。在他们散步的过程中，不时有一些人向他们的手里塞一些传单之类的东西，接到手里，才发现是一些旅行社的导游宣传广告，看来这样的生意在这里竞争的确是非常的激烈。刘绪源后来拒绝接过这些纸张，而小薛却几乎来者不居。他笑她这样的做法，她也笑一笑，说：“收下吧，他给了我就不能不要啊。”

他们在街上看到一个奇怪的景象，发现有很多年轻的女郎坐在路边的一只小马扎上，在她们的脚边摆放着一只工具箱，她们在帮路人擦皮鞋。她们一个个年龄都在三十岁上下，浓妆艳抹，而且领口开得很低，非常妖艳性感。而内地，大多只是患有残疾或是老人才干这营生。街上行走着的更多的是年轻姑娘，三三两两，结伴而行。刘绪源看见她们不时地缠住一些行走着的男士，说着什么，她们时而大笑，时而和那些路过的男士拉拉扯扯，腻歪个没完。看来都是些不正经的女人。可她们一个个都是很鲜艳的啊！倒是没有人来缠他，缠他倒也有趣，他当时在心里这么想。

街上的水果摊很多，他们在一个椰子果摊前站住了。她对椰子很好奇，刘绪源就请她喝了一只椰子水，感觉却非常平常。但喝了之后，感觉止了不少渴。小薛好像对这样走路已经有点厌烦，对他说："回去吧。"刘绪源感觉走得也有些累了，而且一身都是汗，回去还得洗澡，于是就一起往回走。

他们几乎是并着肩走的，在并肩行走时，他们的身体不时触碰在一起。刘绪源知道这些都是他有意的。在那小小触碰中，他感受到一种小小的快乐，一种微微的兴奋，虽然这种乐趣非常有限，但它毕竟刺激着他的神经。而她对他这样有意的触碰并不回避。正是带着这种兴奋，他们走到了一个黑暗的地方去了。

3

刘绪源后来总是想到那样的一个细节，并且相信事情的转折就是从那里开始的，这一转折使他失去了很多东西。

他们一起带着那种兴奋走着，小薛忽然叫起来，对他说："我们是不是走错了啊？"刘绪源这才看见他们的确走到一个黑暗的小路上去了。那条道路远离他们刚才走过的灯火通明的大道，人迹稀少。刘绪源说："真的错啦。"小薛却一点也没有懊丧的感觉，甚至有点高兴，说："我们就这样走，看能不能回到原路上去。"毫无疑问，刘绪源这样一个长时间在机关里得到了磨炼的人，思维已经有了某种定式，怎么能相信这样会走到原路上去呢？但他同时到底还是一个很解风情的人，他隐约知道她的意思，就陪着她走了相当长的一段路，而前面却是越来越黑。

在那段黑暗的路上，他们的身体碰得更加厉害，但这一回却并不是刘绪源主动，而是小薛。她说她穿着高跟鞋，走得很不稳，而刘绪源知道这条虽然黑，也不宽，可它却是平整的。于是他大着胆说："让我扶着你吧。"她没有说同意，当然也没有表示反对，嘴里只是一个劲地说："怎么这么黑呀我真的要摔倒了我的鞋跟肯定已经不行了这是一个什么鬼地方啊这么不好走……"刘绪源在心里就有些暗笑，心想：女人总是会为自己的行为做出种种解释，其实有什么必要呢？

他一只手扶着她的腰，感觉她的腰真是性感极了，非常绵柔。结婚后的她，腰比原来更丰腴了些。他们贴得已经很近了，他的下巴甚至触到了她的头发。一度他们的身体简直就是贴在一起的，双方的体温都很烫。刘绪源想：我可以在这里把她推倒，拥抱她，亲吻她，抚摸她，他可以大胆地得到她的爱！

刘绪源闻到了她身上散发出来的女人的香味，她的香味激起了他的性欲。在这样的一个地方，她的内心早已在做出了一种等待，他想，于是他对她说："我们现在像什么？"她装成很傻的样子，问："像什么呀？"刘绪源说："不是很像一对情人么。"她笑一笑，说："你感觉是么？"刘绪源感觉内心激烈的兴奋，他说：

“生活当中还是需要有情人的，”她说：“是你需要。”他说：“你好像还很传统？”她甩了一下头发，说：“跟传统没有关系。”他说：“我现在有一种冲动。”她笑了一笑，没有再说什么。

心理的暗示已经越来越强烈。刘绪源看见前面有点光亮，好像是个道口，心想：就在拐角的地方，我一定要搂住她，亲吻一下，长长地亲吻，吻得她透不过气来，让她沉醉在那种无比的快意当中，让她瘫在他的怀抱当中。

像一场戏剧场景的切换，灯光忽然大亮。刘绪源发现自己的判断发生了重大的失误：他们来到的道口已经是大街的路口。

方向感突然又回来了，他们知道应该怎么回了，他们仍然是肩并肩走着，但刘绪源却不得不松开他原来扶着腰的手。他们后来突然听到后面有笑声，奇怪地一回头，却发现是那对导游，男小祁和女小王。

男小祁和女小王好像亲密得很，他们像他们一样很近地走在一起，看得出来，他们玩得很开心，也很尽性。女小王主动打了招呼，问：“你们去了什么地方。”刘绪源说：“哪也没去。就是这一路走过来的。”女小王（对着小薛）说：“我们刚才去了几个商场，看了那里的珍珠项链，价格便宜得很，很漂亮的，我一下买了六根。”说着她就从包里取出来给小薛看，小薛就迷上了。男小祁和刘绪源走到一起，说：“海南的夜生活是非常丰富的呀，这里一切都可以买。这一路上有没有小姐拉你呀？你今晚身边有小姐，你要是一个人走，她们就会簇拥着你，一个个很漂亮的，都是从四川、湖南一些地方来的。”刘绪源说：“也看到一些。”男小祁说：“你两年前来，那不得了呀。现在经济萧条，很多都回广州、深圳那边去了。”刘绪源感觉他说的仿佛是很遥远的事情，但好像它又的确近在眼前。亦真亦幻。男小祁低声对他说：

“到这里就要放开来，一切都不要有所顾忌。像你这样坐机关的，难得这么自由啊！我看过内地来的很多人，有的还是相当级别的干部，到这里一切官架子就都放下了，你老兄不要白白浪费时光啊，该搞的，一定要抓紧搞。”刘绪源知道他这里所指的一定是小薛，这个导游，倒像个拉皮条的。

刘绪源后来和小薛继续往回走，而男小祁和女小王却说他们还要到一个什么很有名的大排档去吃夜宵。邀他们同去，但小薛却不愿意，说她急着回去要洗澡。刘绪源感觉这晚上多少有点扫兴，他觉得自己的心思全被那个饶舌的小祁看明白的，要是他不说明白，他的胆子还可能大一些，而现在一切都被这个同屋看穿了，胆子反倒隐藏了起来。一切再看发展吧，总之，他不想过急，过于明了。

回到宾馆大厅，服务台上竟然一个人也没有。小薛忽然跑起来，把手里抓着的那些旅行社的宣传材料塞到大厅一角的垃圾桶里，刘绪源不由笑起来。她在弯腰的刹那，腰身的曲线非常漂亮，尤其是臀部，圆圆的把裤子绷得很紧。出了电梯，在楼道上，小薛对他说：“你不洗澡吗?”他说：“洗。”她看了他一眼，问：“几点啦?”刘绪源看了一下表，说：“十一点。”她说：“小王他们还不回来。”他说：“也许他们还要玩一会吧。”她就没有再吱声。

经过小薛的房间，他有点言不由衷地说：“睡个好觉吧。”她面对着房门开锁，头也不回地说：“好吧，也祝你睡一个好觉。”说着就进去了。刘绪源也就回了自己的房间，沉重地关上了门……

4

第二天早晨九点半，大家才在导游男小祁和女小王的招呼下上了车，刘绪源和小薛坐在一起。小薛看起来睡得很好，精神饱满，脸色特别的好。刘绪源感觉精神不太好，他昨天晚上睡得并不踏实。男小祁回来的时候，声音并不大，他也被吵醒了。两人居然还聊了一会，男小祁很有点兴奋，他好像是得到女小王的不少便宜，看来女小王骨子里也是很开放的一个。现代青年女性，的确不一样。刘绪源觉得小祁这小子色胆挺大，也挺能耐，是个情场老手了。在这样的一个环境里，他什么事没经历过呀？他的生活原则可能就是追求金钱和快乐，除此，他没有任何想法。

外面阳光灿烂，而车里开着冷气，感觉很好。小祁说他们今天的行程终点是兴隆镇，沿途参观游览五公祠、万泉河、东山岭。沿路一带看到的都是热带风光，非常漂亮，男小祁站在车上，一路不停地向大家介绍将要游览的景点的情况，而女小王则坐在他的边上，一言不发，像一个游客，应该说，男小祁的口才很好。

在去万泉河的路上，小祁还讲起了黄色笑话。这些属于海南特产的笑话，不时博得内地游客一阵阵哄笑。男小祁的身上确实是五毒俱全，刘绪源想：这小子真够坏的。男小祁还不时地拿女小王打趣，刘绪源离他们比较远，听不见他说什么，只看到女小王不时用拳头打男小祁的后背，每打一下，他就在脸上做出一种乖张的表情，嘴里发出一种快乐的变调的尖叫。

小薛在这过程中，不怎么说话。她戴了一副墨镜，显得脸很白净。听了小祁的笑话，她也忍不住笑了，但笑得却不敢很放肆。的确，这些黄色笑话都非常精彩，属于经典的那种，想必这些笑话都是经过了无数人口口相传，又经过了很多加工后才变得这样圆熟的，包袱的抖落简直不可想象，如神来之笔。小薛努力控制自己的笑声，想让它很有分寸，但刘绪源知道这些笑话对她内心产生的巨大影响，他全身的细胞也都活动起来了。这个行程将会是个非常快乐的行程，这些笑话真是太滑稽了。在这样的快乐行程中，刘绪源相信他一定会和小薛的关系越来越近，越来越亲密，他一定会得到他想要得到的，这样的机会和可能是越来越大了。

在这几十个游客中，刘绪源感觉他和小薛是一对另类。他们的关系是暧昧的，身份不明，是朋友？情人？他和小薛坐在一起，靠得很近，但他有时却不得不有所顾忌地注意周围人的反应。他与小祁不同，小祁可以玩笑般地把女小王搂一搂，遭到小王的斥骂后，他厚着脸皮笑一笑，车里的游客也笑一笑。在那一笑里，大家仿佛都理解他快乐的举动，甚至有点喜欢他这样的调情。他这种明目张胆的调情给大家带来了快乐，而刘绪源就不能这么做，他是位机关干部，他要注意影响，注意分寸，注意身份，注意效果。小祁只是个导游，事情过后谁也不会追究他。

到了万泉河，才发觉它并不像想象中的那样美，或者说万泉河本身并不是不美的，只是电影戏剧之类的艺术作品过分地渲染了它的美，反让游客失望。但他们还是在那条河边留了影，刘绪源给小薛从不同角度拍了好几张，小薛也给他拍了两张。镜头里的小薛很会摆姿势，神情很动人。导游小祁在给女小王拍照，热心得很，看见他们，就对刘绪源说："给我们来一个合影。"说着他就搂住了女小王的腰，挺直了腰杆，还做出一种特别兴奋的表情。女小王则大大方方地让他搂着，脸上也做出一脸灿烂的微笑。照完了，小祁对刘绪源和小薛说：“我给你们合个影。”小薛要他用她自己的照相机，一边拉着刘绪源的手，说：“来吧。”刘绪源感觉她的手很绵，很软，湿湿的全是汗，他就和她站在一起，小祁说：“你们靠近一些，刘处长你的手放在她的腰上，要亲密一些。”刘绪源笑一笑，却依然那样站着，他感觉身边的小薛有一个肢体语言，主动往他身边贴了一贴。小祁在交还她相机的时候，对她说：“没劲，你们太不开化，拘谨得很。”

参观完红色娘子军的塑像，他们就集中到一家路边的餐馆吃饭。那个小餐馆看上去很不卫生。等上了菜，果然质量也很差，上来的都是些莫名其妙的蔬菜，米饭居然是陈米做的（说不清是几年陈），粗糙得难以下咽，游客们一片抗议声。刘绪源和小薛因着和两个导游同居过一夜，所以也就不好说什么，只简单地吃了个半饱，然后就走出来，到了一家小店，买了很多矿泉水喝，他们实在太渴了。

下午他们又游览了东山岭、兴隆温泉和兴隆植物园。东山岭很漂亮，他们在那里照了很多照片。有一阵，他们还离开了大部队，两人跑到了一片幽静的树林里，歇了好一会。阳光毒辣得很，他们在一个摊前每人买了一顶草帽戴上，仍然感到炎热难当。天是蓝的，蓝得一无遮拦，晴空万里，万里无云，风是静的，一点也不流动，从岭上往下看，到处是一片绿色，裸露的石块在树丛里显露出阳光里的颜色，四周一点声音也没有，难得的一个非常好的栖息的环境。他们坐在树荫里，感觉这仿佛就是一个世外桃源。小薛的脸红红的，是热的缘故，刘绪源感觉有汗流进了眼里，通过500度的眼镜片看这个世界，有点模糊。他抓起一瓶还没有开启的矿泉水在脸上淋了一下，感觉特别凉爽。这一举止引起了小薛的惊讶，他说：“你也来一下？”小薛笑起来，说："我才不呢，干脆煮熟了算。"刘绪源笑起来，说："那可是一顿美餐。"小薛不觉红了脸，脸上的神情有点羞，正是她的这一羞色，再次打动了刘绪源。刘绪源看见她的墨镜已经摘下斜插在圆圆的领口里，草帽也被她歪戴在脑袋上，样子很可爱。她坐在一块光滑的石头上，支着双腿，双腿非常修长而匀称，而且白皙。当刘绪源走到一块低地去俯拍山谷景色，转身回来重新坐下时还看到了她的内裤，白白的，窄窄的，而又是鼓鼓的一条，后来内心又觉得有点下作和不洁，才把目光移向别处。

刘绪源在东山岭的那片树荫当中，面对着年轻漂亮的小薛，无疑他的内心的那份冲动发展到一个非常极端的地步。四周静得很，没有任何人，他们共同来到这样一个地方内心是有一致性的，都有一种心灵上的需要，刘绪源说："昨天晚上没有睡好。"小薛问："怎么啦?"刘绪源说："你说怎么啦? 一个男人到这样一个地方，肯定会有很多想法。"小薛笑一笑，说："犯错误的想法!"刘绪源得意地笑起来，说："时髦的错误，现在流行啊。能犯一次也是福分啊!"小薛说："看不出来，你有这样的胆子。"刘绪源就觉得心要跳了出来，偷眼去看她的裙底，已经严实得很，裙摆下只有两条动人的长腿，刘绪源说："有什么不敢的? 只是要看什么对象，还要看环境。"小薛没有接这话，把草帽拿在手里扇风。有风肯定也是热风，刘绪源这样想。现在就可以和她亲密一下，和她坐到一起去，问题是怎么移过去呢? 这一想法短时间里就变得焦灼无比，令他非常的痛苦。"这边有太阳了，"他好像只是这样嘟哝了一句，然后就和她并排坐到了一起，她一点表示也没有，这其实真是很容易啊！他在心里想。"我们就坐在这里不走了吧。"他说。小薛还是看着远方，什么话也不说，他知道她心里已经有点活泛了，女人是经不住挑逗的，她的身上散发着一个成熟的年轻女人气味，这种气味当然比他的夫人的气味要让他着迷得多。这种气味让他感到新鲜而刺激，熟悉而陌生，让他产生了进一步探究的欲望。他看见了她浑圆的肩头，看见了她领口里露出的被胸罩裹着的乳房，看见了她穿着丝袜的光滑的洁白的小腿（与她相比，自己夫人的小腿是粗糙的）。这些东西都让他想入非非，让他感受不能得到的一种痛苦和想要得到的冲动。内心的情欲啊，就像一头凶猛的野兽在他的胸膛里撞击。他感觉自己就要炸掉了，就要疯狂。

他大着胆子把手伸出去，在她的小腿上按了一下，迅速地又缩了回来，嘴里含混不清地说："你的腿很漂亮。"他这样说和这样做的时候，头脑都清醒地意识到他的头脑被情欲烧得严重地发昏了。但出他意料之外的是小薛并没有反应，她像是没有感觉到一样，他这才发现自己的胆怯是多么的严重，他就是不抽回手又会怎么样呢？他完全可以那么干，勇敢地抱住她，亲她，吻她，抚摸她。她会接受的，她完全会接受，并且配合他。她内心里完全接受他对她的爱，这次她能够勇敢地和他一起偷偷地旅游，就足以说明一切问题了，她差不多已经把一切都抛在脑后了，无所顾忌了，有所顾忌的倒是他。

一切都可以证明，他能够很轻易地得到她，这一想法让他内心充满了鼓舞，也使他感觉到了自己的力量，她已是他的囊中之物了。

既然是囊中之物，那么就只是时间上迟早的问题，而早一点得到和迟一点得到，从本质上讲并没有什么不同。

空气和时间都是凝固的，像是胶冻住了，四周安静得要命，这时的刘绪源突然就害怕在他们亲热的时候有人闯到这里来，发现他们的行为（虽然他们现在还没有发生什么，但外人闯进来却是有可能的)。刘绪源在这种异常的安静中，有点恍惚，现在这是在一个什么地方？他们又为什么会这样单独地坐在一起？如此的陌生，如此的安静，在他们的记忆深处毫无经验与印象。他长出一口气，说："走吧，可能他们已经下山了。"小薛还是没有说什么，在她站起来的刹那，他扶了她一下柔软的腰。

接下去又参观了兴隆温泉和兴隆植物园，刘绪源一直尽力地表现着自己作为一个男士在女士面前应有的殷勤，他想以此表示自己对她的意念。而体内的那股欲望一直就伴随着他，直到太阳落山，他们住进了一家宾馆才告一段落。

而这一住，让刘绪源的情感受到了极大的打击。

5

刘绪源丝毫没有想到半路上会杀出这样的一个人来，事先他在精神上一点准备也没有，完全是突如其来的。就餐前他看到小薛在宾馆大厅里打磁卡电话，他猜想那可能是给她的家人。这是可以理解的，他想，女人嘛，比较注意这方面的细节。婚外的情感并不影响家庭的安全与完整，她是个好女人，这也是他所希望的。

晚餐与前一天相比，迟了一些，他依然和小薛坐在一起，才吃到一半的时候，一个男人突然就闯了进来，找小薛。那是个身材很魁梧的年轻男人，说话的嗓门很粗。他的话音好像也是内地人，不过掺进了不少海南口音，可能是从内地来的，在这里生活和工作了一段时间。那种举手投足的作派，俨然是这里的地主了。他声音很大地对她说："哎呀走吧走吧，来到这里怎么能不到我们那里去呢？一定要去的，饭不要吃了，我请你。”刘绪源看见小薛站起来的时候好像有点紧张的样子，脸也红了，导游男小祁就走了过来，对那个男人说：“先生，我们这是个旅行团，是单位组织出来的，有一定的纪律，希望你能理解配合。”

但那个男人根本不吃这一套，他冲着小祁说：“我知道，我现在用车把她接走，明天一早就再送她回来，保证安全。到这里来，根本就不用住什么旅馆，完全应该住到我家里去嘛！”小薛红着脸说：“我……见到你就可以了……我只是打个电话给你……说一下，不用去……去了。”那个男人就用更大的声音说：“一定要去的，你怎么能这样呢？你到这里来，不到我那里去，那还像话么？不行，一定要跟我走的。”那个小祁就再次看了一眼刘绪源，对那个男人说：“你不要这样强迫这个女士么。她愿不愿去，让她说了算，你不能……”可那个男人可能觉得这样费口舌是多余的，他不需要进行什么商量，所以他一把就拉住了小薛往外走。

刘绪源是看着这一切发生的，他什么也没有说。他忽然感到自己蒙受了一种耻辱，这是一个什么样的男人？在众目睽睽之下，把小薛拉走了。而这些游客差不多都能看出小薛和他刘绪源其实是有一种关系的，一种内心默契的。小薛在这过程里眼光是看着他的，希望他出面干预，但他却没有那样做。他在刹那间知道小薛在大厅里打电话联系的可能正是这个人，这说明她的心里在想着他，而不是自己。既然如此，他出面阻拦什么？让她去好了，他是一个堂堂正正的男人，他需要自尊，需要的是一个女人主动的降伏，而不是自己死皮赖脸地去求得。

小薛是尴尬的，她在刹那间为难死了，也非常难堪。她肯定后悔自己打那个电话。也许她觉得到了这里，打个电话是必须的。这个男人和她是什么样的关系？一定是过去的情人，除了情人关系，谁还能以这种态度对待她？刘绪源所感觉不能想象的是，他一直对小薛的印象很好，他不能相信她除了丈夫之外还有什么情人，她一直是个良家妇女啊！她怎么能够还有这样的事情呢？她对他是好的，那另当别论。他不能想象她在过去的生活里还有一个情人，而这个情人现在正在海南这个小镇上淘金，变得非常的粗俗，所作所为简直让人恶心！他强拉小薛的姿态举止，强烈地显现出他多么迫切地希望得到她，急不可耐地想马上得到她，说话的语气里充满了那种霸道的欲望。

真是不可想象，这简直成了一桩笑话，刘绪源在心里想。自己费了那么大的心思，到头来她却很轻易地就被那个男人俘虏走了。

刘绪源的晚餐吃得一点滋味也没有。

导游小祁对大家说，镇上有家夜总会，据说里面有泰国人妖表演，如果有人愿意去观看，他可以领着去，票价可以优惠。报名的人还真不少。小祁对刘绪源说："你有兴趣吗？可以看看的。"刘绪源说："不，我有点累，想早点睡。"小祁就理解地看了他一眼，说："宾馆里有温泉浴，你可以泡一泡，也可以到街上走一走，但不要轻易地到那些酒吧去，他们会把你宰得血淋淋的。"

刘绪源一个人回到房间里（他还是和小祁同住，而小薛也还是同那个女小王）看了一会电视，觉得很没滋味。外面的天已经完全黑透了，他住在三楼，从楼上往下看，可以看到楼的西侧果然有一个温泉，灯光下的池子里泡着几个年轻的女人。看不出她们是游客还是妓女，房间里的空调开着，很舒适，而外面却是晚热难当，刘绪源没有去温泉那里泡澡，而是在卫生间里冲了一个淋浴，感觉很凉爽。

灯光下温泉池里的那几个女人很色情（事实上她们并没有做出任何色情动作，只是泡在温泉池里，偶尔游一会，是她们泳衣的颜色刺激了他的想象），刘绪源站在窗口看着，感觉内心的欲望一点一点往上涨，他有些后悔没有随大部分游客去那个夜总会看人妖表演。难得到这里来一次，不看白不看，既然这里是公开的，他看了也算不得犯错误，都是因为晚上的那件事，搞得他一点情绪也没有，小薛现在早已到了那个男人那里了，而且这个晚上，她肯定要被那个男人搞平了，他想，那简直是不可抗拒的。

外面热得很，但他还是决定出去走一走，看一看这个小镇的风景，他现在是孤独的，而也是自由的，出了宾馆，却是一条碎石路，连路灯也没有，黑黑的。一些开着机动三轮的车主，见到他就要停下来，问，师傅要不要看脱衣舞，我领你去，价格很便宜，那里有新来的小姐。刘绪源就摇头。到了这样一个生疏的地方，他不能冲动。走了很长时间，他才来到一条街上。那条街两边都是店铺，卖什么的都有。一些妇女主动招呼他，问他要不要黄色光碟。一些茶吧和舞厅的门前聚集了很多年轻的姑娘，她们看到他就围上来，问他要不要看脱衣舞，或者缠着他，要他请她们喝茶。

这里真是美女如云，到处都是年轻的姑娘。刘绪源感觉很好，仿佛行进在鲜花丛里。这样观光真是难得啊，感受新鲜，不到这里来，简直不知道祖国之大；不到这里来，简直不知道封闭与开放的异同；不到这里来，简直不知道世界上还有这样一个美女如此集中的地方……不到这里来，简直就是见识的一个短缺，人生的一大遗憾。要说性骚扰，他走在这条步行街上，简直平均每一分钟就会受到一次骚扰，然而这样的骚扰的确非常有趣。她们每一个身材长相都不一样，每一个说话举止和方式也都不一样。他相信一辈子也不会像这个晚上一样在短时间里见识这么多的美女。她们中有些姑娘美丽得简直让你难以置信，在一家小杂货店的门前，两个年轻的婊子一边一个挟住了他，要求他请她们去跳舞，两个小姐都非常年轻，长得也非常漂亮，一个胖一些，很性感，一个则像个模特，身材很好。应该说，她们各有千秋。她们在他的耳边简直是吹气如兰，刘绪源感到这是一种从来也没有体验过的享受，她们簇拥着他千方百计地哄他上钩。胖的那一个还不时用乳房挤他，希望他动心。

刘绪源在那时候的确是有点为难，内心里他非常想做，但他又害怕这样会出事，小祁已经警告过他了，这两个小姐是他所看到的最为中意的两个，她们的美丽不是小薛所能比的，也更不是自己的老婆可以比的，她们是他所见过的最好的年轻姑娘，和她们在一起当然是一种享受。可惜她们是婊子，她们都太看重钱，她们缠了他有一百米，看他态度的确很坚决（其实是很暧昧的），就放弃了。刘绪源继续往前走，又遇到了一些姑娘，但她们都不像刚才那两个有特色。

有趣的散步让刘绪源暂时忘掉了由于小薛的离开而带来的不快。

刘绪源在这条路上（没有往别处去，他不想走得离宾馆太远。天太热，他身上的衣服，后背那一块已经湿透了）逛了一圈，回来的时候再次看到了那两个姑娘。她们也看见了他，再次缠上了他（看来生意并不好做）。刘绪源就像个嫖客（差点就是）一样，和她们谈开了，他希望她们陪他散步，比如散到去他宾馆的那条黑暗的小路上去，那样他就可以放胆拥她们，吻她们。他可以适当付钱，而不愿跟随她们到舞厅或是咖啡馆去。他甚至问她们是否愿意跟随他去宾馆，比如睡一觉多少钱，但奇怪的是她们都不愿意。

后来刘绪源一个人往回走的时候，心里一直想着那个用乳房挤他的姑娘，那种特别的感觉停留在他的脑海里长久不散。

这个晚上，他是如此的落寞。

回到房间，他又冲了一个淋浴，感觉心里稍稍平定了些。夜，已经很深了，但他却毫无睡意，他想，他差一点就当了一回嫖客。如果不是出于一种惧怕，这样的错误他是免不了要犯的。面对那么多漂亮的小姐，谁能阻拦得住内心的欲念呢？他第一次发现，他并不讨厌她们。她们一个个很漂亮，甚至可以说是很喜欢她们，他在那种极度的懊丧与无聊里，突然想起来应该给家里的夫人打一个电话。

夫人接了电话，声音仿佛近在隔壁。

她问他怎么样，他说，这里就是热，别的都还好。妻子让他注意身体，他说不要紧。他妻子的声音绵绵的，让他有了一种回家的欲望，她告诉他家里没有事，让他放心。他就温柔地对她说，他爱她。

从某种程度上说，妻子还是很重要的，他想。

床单是新的，在灯光下很洁白，他只穿了一条红色的裤衩，四仰八叉地躺在上面，感觉很好。他又想起了小薛，心想她这时肯定已经同那人做完了，也这样躺在床上，不过她却是蜷着身子，弯曲成半个月牙状……不值钱了，她这样不值钱了，他想，他在心里开始厌恶她了，他把她带出来，她却让别人操了，这真是他的大耻辱，而他，还是她处室里的头头，明天，她将如何面对他呢？

这是一次让人讨厌的旅游，刘绪源忽然想，要早点结束这个行程。一切都因此而无趣，早点结束可以让他感到心安。

三

1

多少年后，刘绪源想起来那次行程还是很有意思的，四天的旅行一下子就过去了，非常的匆忙。这一行程在人生过程里也是一个光点，灿烂的光点。正是因为有了它，人生才感觉丰富，人生里多一件事与少一件事是不同的，至少是量的不同，多一件就是多一件，道理就是这样简单。

2

那件事给他留下的感觉很深。

据导游女小王后来说，第二天早晨小薛很早就回来了。刘绪源是在吃早餐的时候才看见她的，但他却装作没有看见她的样子，是她自觉地坐在了他的身边。她当然知道他生气了，所以吃得很小心，他一直低着头，他要表现自己的态度，他要让别人看到他对她的态度，这是一个男人的原则。“你昨晚去看人妖了吗?”她侧过脸来问他，他稍稍放松了一下，冷冷地说：“没有兴趣。”她小声说：“我希望没有影响你……我、我想你可以放开一些。”他头也不抬地说：“你放松就可以了，希望你轻松愉快。”

之后的两天里，刘绪源的态度慢慢改变了一些，他想他这样其实很不值，他要表现一下男人的风度，他是对她有好感，可随着她那晚上出去后就烟消云散了，算他空恋了一场吧。

有收获的是那个小祁，他对那个女小王已经得手了。现代男女青年，事情就是这样简单。女小王以后会常跑这条线，在经过他的这次陪游后，她已经熟悉了基本的旅游线路和行程。但刘绪源想他们的联系却不会断，男女间一旦有了这件事，要断是不可能的。他想到小薛，那天的那个男人肯定也已经不合适她的胃口，但因为他们过去曾经有过，所以她试图去再追寻一次。这一追寻，让她在他面前失去了体面，刘绪源想他再也不会对小薛有好感觉了，真怪，一下子就没有了。

小祁得手是他自己亲口向刘绪源说的，刘绪源相信这一点。据说就是在小薛走的那个晚上，他带女小王去看人妖，回来后就住在了她的那个房间。刘绪源的确是一个人独眠的，与他那种处心积虑的方法相比，小祁来得非常简单，也非常容易。的确，直接的方法往往可能是最有效的方法，刘绪源想。

事后的刘绪源还是有点可怜小薛，她努力地想在他的面前表现自己，尽力想改变她在他眼里的形象，但这是徒劳的。小薛脸上想保持平静，做出一副没事的样子，但刘绪源却在心里说，一定有事，而且事情已经发生过了。那个男人给他一个非常不好的印象，她到了他的手里，能够完完整整地回来？不，绝对不可能！

他不再想理她了。

谁都可以看得出来，小薛那两天的游玩里，内心一直很紧张。

就在那两天里，刘绪源还有一次极好的机会，但他却没有用上。在三亚的凤凰宾馆，那天下午刘绪源因为吃了海鲜腹泻，没有出去。而他没有想到小薛竟然也没有去，她来到了他的房间看望他，他问她为什么不去，她说是放心不下他，但这样说，并没有改变他对她的看法。

一整个下午，她都呆在他的房间里，而他也装成没事的样子，和她说话，内心一直有一种欲望，想问问那天的那个男人同她什么关系，但他却努力地克制住了，他很高兴自己能这样，他想，她之所以陪他，当然是想挽回他们的那点关系，可这是不可能的，永远也不可能的。那天下午，他如果提出同她发生点什么，他相信不会有一点困难，也许她正是这样希望的。可他偏不，想到她的内心受到的那种因为惩罚而带来的煎熬，他内心里就感到一种快慰。

他不会再同她亲密了。

一切都烟消云散了，他想。

3

飞机在天空飞行的时候，刘绪源的心情慢慢好起来。阳光灿烂得很，机翼下是一片雪白的云海，非常壮观漂亮，简直是人间一大奇观。小薛仍然和他是坐在一起的。再过两个小时，他们就可以回到自己生活的那个城市了。刘绪源心情越来越放松，不管如何，他这次出来并没有特别的负担，小薛的旅行从一开始就是用她自己的钱。他们只是同一个单位出来共同旅行的人。

男小祁后来和刘绪源有点朋友的意思，刘绪源对他的恶感一点点的消失，觉得他并不坏。他有毛病，但我们这个社会毛病谁都有，刘绪源理解了这个快乐的年轻人，他觉得他的错误和缺点要比小薛少多了。早晨，小祁把他们送到海口机场，当然，更主要的是因为女小王，小祁看到刘绪源没有和小薛站在一起，就拍了拍他的肩膀说：“你呀……”停住了。刘绪源就拿眼睛看着他。他笑一笑，说：“她是你什么人？”刘绪源说：“什么也不是。”小祁就再次笑起来，说：“那你还气什么，嗯?”

刘绪源坐在飞机上，后来就一点点地通了。

他闻到了小薛身上的香味，感官有点活跃起来，他主动对她说：“你今天用了什么香水，这么香?”小薛一笑，露出了一口洁白的牙齿，说：“没有呀。”刘绪源说：“不可能，没用身上怎么这么香?”小薛不说话，却用一双会说话的眼睛含情脉脉地看着他，看得他体内的激素开始发生了一系列的化学反应。

小薛后来去洗手间，她离座的时候，臀部从他眼前经过。那个裹在裙子里的臀部很性感，刺激了刘绪源同志的想象。那种想象突然活跃起来，刺激了他稍后也跟着去了，但小薛对他的想象一无所知，在她完事后拉开门，看到立在外面的他，以为他已经急了，红着脸笑着把他让了进去。

刘绪源插上内销，下意识地解下裤子，却一滴尿也滴不出来。

他拉了一下水闸，轰的一声水响，直入耳鼓。这一水响，让他惊醒过来一件事：上了一趟卫生间，解开裤子没有尿出尿，拉了一回水闸，白白冲了一回水。

步出机场，刘绪源在乘坐民航大巴前，一抬头，看见头上有一道白烟，非常清晰鲜明。车子没有马上开，它还要等客。坐到座位上的刘绪源，心里想着那道白烟，就一直盯着那道白线看，直看到它一点点地消散着……

那消散的白烟，正像他心中的一点点欲望。

姊　妹

夏青和赵小雅是一对非常要好的姊妹，她们同吃同住同进出，简直就到了形影不离的程度，有时连上卫生间都要一起。用赵小雅自己的话形容，就是她们好得像是一对连体姊妹。

她们在一个机关里上班，只是不在一个处里。夏青在计划处，赵小雅在外经处。说起来她们毕业于同一所大学，但进这个机关之前却并不认识。

夏青在上大学时学的是经济管理，毕业后直接进了机关。赵小雅学的是外语专业，毕业后先是分配在一家公司，干了一年多时间，非常的不开心。提起那个公司她的气就不打一处来，她甚至不想再听到那个公司的名字。在那里，充满了她的屈辱和仇恨，还有些往事不堪回首的意思。接下她就跳槽到了一家旅行社，干了几个月。最后不知通过了哪一个渠道，调进了机关。当然，肯定费了不少的功夫。所以，事实上，夏青进机关，比赵小雅早了三年。

机关里宿舍紧张，夏青当时也只是住了一个三十多平米的单室套。赵小雅进来，自然只能让夏青克服一下，大家挤一挤吧。办公室主任甚至还故作幽默地对夏青说："这样好啊，省得你这样一个漂亮姑娘独住，让我们不放心。"

姑娘们就是这样，有时一见面就喜欢上了，有时，则是慢慢喜欢上的。夏青和赵小雅她们好像介于这两者中间。开始的时候，夏青对赵小雅并没有什么特别的热情。表面上看，她是多了一个伴，但事实上她却是一个入侵者，占领了原来属于她的空间。而且，多了一个人，个人的隐私就不那么方便了。

夏青早已经到了恋爱的时候了。

但是夏青还没有。

夏青和外面的社会接触不多，而且她心里有一种非常古怪的想法，觉得外面的小伙子有些不太稳重。她觉得自己无法了解他们的过去，不能知根知底。本机关里倒是有小伙子追求夏青的。有一两个小伙子甚至条件相当不错。在本单位的机关里谈对象有一个非常明显的好处就是分房时可以多加分。但是夏青又觉得那一点也不浪漫。在她心目中，爱情虽然很现实，但到底还是多少要一点浪漫的。

有了赵小雅，夏青感觉自己的生活里还是有了些变化。赵小雅是个闲不住的姑娘，下了班，回到宿舍里就不停地整理房间。又是拖地，又是抹擦家具，宿舍里比过去更加地干净了。她还爱买零食，不是话梅就是瓜子。有时，突然想起了什么，她能独自一人跑下七楼，来到超市、小区的菜市或是路边，买上两斤草莓或是葡萄。再就是夏青过去一人是不大逛街的，虽然她在心里很喜欢逛街。自从和赵小雅在一起，两人一起逛街就别提有多开心了。

人人都说夏青是个有自己主意的姑娘。过去她在家时，妈妈就经常说，她在三个姐妹中，最有主意了。可是，只有夏青自己心里清楚自己，自己并不是一个特别有主张的人。就拿最简单的一件事说，她喜欢偏深颜色的衣服，可她过去一直拿不准自己这样的选择是否正确。在商场里，她能犹豫很久也下不了决心。现在，赵小雅是她这样选择的坚定支持者。她说夏青是那种天生的淑女，穿上深色衣服特别的高贵，有气质。

有了赵小雅，仿佛就有了主心骨。

工作之余，两人经常一起逛街，东张西望，疯狂购物。一起看电影，一起下馆子。两个人用起钱来，都有点不要命的劲头，仿佛那钱只是身上的负担，非要把最后一分钱花出去，心里才能痛快。

计划处在五楼，外经处在十一楼。平时上班，不是夏青到赵小雅那边，就是赵小雅到夏青这边。两人一天也不知要碰见多少面，但还是嫌不够。两人在一起，仿佛总有说不完的话。下了班，回到了宿舍里，更是有说不完的话。

夏青后来想起来，事实上自己在过去的生活里，是有过不止一个像赵小雅这样的朋友的。夏青身上天生有一种亲和力。但是，那些朋友中，没有一人可以做到像赵小雅这样的。赵小雅对她完全是掏心掏肺了。

赵小雅完全把自己交给她了。

第一次，赵小雅悄悄告诉她，说自己有一个男朋友时，让夏青吃了一惊。因为，在这之前，她一点也没有觉察。而当赵小雅进一步说，那个男朋友是个四十岁的已婚男人时，更是让夏青惊愕不已。

夏青当时的心里是复杂的。她想不到赵小雅竟然会做出这种事情来。赵小雅虽然不够漂亮，但是，她也犯不上和已婚男人恋爱啊。不管时代进步到哪一天，夏青在心里还是固执地认为，和一个已婚男人建立那种感情关系，是不怎么道德的。男人都是吃腥的猫，这里面的责任主要在女方。不管这个男人多么的优秀，只要他已经结婚了，他实际上就已经失去了爱恋别的女性的权利了。“如果碰到我，我一定会拒绝他，不理他。谈也不要谈，根本就不应该给他这样的机会。”夏青当时在心里这样想。

所以，责任还是在赵小雅身上，她给了那个男人进一步的机会。

赵小雅说，那时候她还在过去的公司里上班，一个偶然的机会，她认识了那个男人。那个男人非常有风度，相当成熟。他事业有成，而且非常有幽默感。他像一个大哥哥一样地呵护她，嘘寒问暖。

从她的话语里，夏青能够听得出，她对那个男人有着相当的好感。她问：“你们好到什么程度了？”赵小雅笑笑，说：“也没有好到什么程度。”夏青看她态度暧昧，也就不好再说什么了。但她心里感觉，赵小雅和那个男人之间肯定有猫腻。

赵小雅不算漂亮，但给人的感觉是非常可爱。身材修长，特别是那双长腿，匀称、结实，穿上牛仔裤，特别的性感。她的嗓音尖尖的，相当的悦耳。这样一个年轻姑娘，对于一个四十岁的已婚男人，自然是一口不可多得的美食。新鲜、干净，充满朝气，不让他流口水才怪。从某种程度上说，赵小雅是天真的，单纯的，她对男人有着非常美好的想法，那种想法有时近乎天真。她对男人根本就没有防备，总以为人人都对她好，真心的好，没有一丝杂质。这怎么可能呢？

夏青对任何已婚男人都保持着足够的警惕。她问：“你想嫁给他？”

赵小雅说：“我不知道。我还没有想好呢。”

“你不要陷得太深啊，”夏青以一个好朋友的身份认真地说，“要不到时候你一定会非常痛苦的。”

赵小雅问：“你要不要见见？”

夏青在心里觉得好笑：这个赵小雅，居然把自己认识的一个四十岁的男人当成宝物一样，要推荐给人。她可不像她一样稀罕。“不见。”

“你先别有成见啊，”赵小雅说，“他这人真的挺好的。”

“好也是别人的。”夏青说。

她希望这句话能够提醒赵小雅。

赵小雅还是笑嘻嘻的，好像一点也不介意，至少她没有把这句话听进去。“就算是一个朋友吧，见见有什么关系？哎，不要对单位里任何人说。”

夏青笑了一下，说：“怎么可能？放心吧。”

那个晚上熄灯以后，夏青躺在床上，好久没有睡着。她在屋内微弱的光亮中，看到了躺在另一张床上的赵小雅。这么年轻，怎么就和一个已婚男人好上了？那个人不能做她的父亲，也是叔叔辈了。她想不明白一个年轻姑娘怎么就会喜欢上一个中年男人。反正，自己是对中年男人没有好感的。那个男人和赵小雅好到了什么程度？她不知道，但她能想象得到。

夏青想到在一本什么书上看到这样的话：年轻姑娘是不能碰中年男人的。中年男人对于年轻姑娘就是一剂毒药。不，是毒品，一旦沾上，一生也摆脱不掉，它就像毒魔，影响你的一生。

赵小雅的事情当然没有人知道，机关里谁也不知道这个姑娘守着怎样的惊世骇俗的秘密，夏青直替赵小雅感到担心，她觉得她和那个男人之间的这种关系是危险的，不正常的。有一次赵小雅惊魂未定地对她说，某个时段她和那个男人在肯德基或是超市，或是其他什么地方见面，正在交谈，突然就见到机关里的某个人匆匆地经过，吓得她赶紧别过脸去，大气都不敢喘。“你这是何苦？”夏青说，“不值。”

一段时间，夏青对于赵小雅的婚姻问题，比对自己的还关心。是的，她和赵小雅是一对非常要好的朋友。赵小雅的事就是她的事。她替赵小雅担心。隐隐的，内心里，时而淡淡的，时而又非常的强烈。总之，一直挥之不去。有人说："夏青啊，你该恋爱了，给你介绍一个对象吧。"她就笑着说："你们先给赵小雅介绍一个吧。"

事实上，人家赵小雅一直就在恋爱之中的。虽然在外人眼里，赵小雅和夏青几乎就是寸步不离，但事实上还是各有各的空间，各有各的自由。每周里，赵小雅总有一两个晚上不在宿舍。有时，是她所在的处里有活动；有时，那恐怕就完全是属于她的个人活动了，她们只是大部分时间在一起罢了。

夏青从来不问她的个人活动。因为，她知道，如果赵小雅想说，她一定是会说的。如果她回来不加说明，那一定表示她内心里并不想坦白，夏青感觉这个丫头可能是陷得越来越深了，但这种事情是她的个人自由，她不好深说。

大概过了有半年多时间，夏青见到了那个男人，事先她一点精神准备都没有，那是个周末的晚上，赵小雅约夏青一起去工人影城看电影。她们来的时间不在档，下场还早，两个买了票后，就来到边上的一家服装精品店闲逛，就在她们俩左看右挑的时候，有人叫了赵小雅的名字，夏青一回头，看到了一个四十多岁，相当有风度的男人站在她们的身后，而赵小雅是一脸的惊喜。

"你怎么会在这?"她问。

"我前两天给儿子买了一双皮鞋，有点不合适。"那个男人说，"你们逛街?"他的眼睛非常温暖地看着赵小雅，接着又把目光礼貌地关注了一下夏青。

"我朋友，夏青。"赵小雅欢快地说，她的个头只到他的前胸。她的眼睛看着他，说话的时候还轻轻地踮了一下脚尖，似乎是要和他比一个高低。她的动作里，透着欢喜和俏皮以及对他的信赖。

那个男人就大方地对着夏青伸出了手，说："啊，你好。"他的大手是温暖和绵和的。他的眼睛看着夏青，"经常听她说起你。"

赵小雅这时又调转脸来对着夏青笑了一下，俏皮地眨了一下眼睛，说："这个嘛，我就不用介绍了。你知道的。"

夏青看着赵小雅半偎在那个男人胸前的样子，就知道是怎么回事了。

"我们一起出来看电影的电影还没有开场我们就来这里逛逛。"赵小雅飞快地同那个男人说着。夏青根本没有听清她说了什么，她只看到那个男人宽厚地笑着，然后说："我请你们先去吃饭吧。"

赵小雅跳过来挽着夏青的胳膊，笑着说："好啊好啊正好我们还没有吃饭呢。"

那个男人仿佛是轻车熟路，带她们来到相隔工人影城不远的一家餐馆。那家餐馆是个韩国料理，看上去相当不错。他笑着对夏青说："这里的泡菜非常好吃。"

赵小雅点菜。她毫无顾忌地点了一大堆。夏青心里有些不好意思，她阻拦赵小雅说，"你点那么多干什么？三个人吃不了的，浪费。"那个男人笑着说，"没有关系，每样都尝尝吧。这里的量并不大。吃不完就算。"赵小雅就愈发得意起来，笑着说："不点白不点，今天一定要好好敲你一下啊。"

那个男人就一直亲切地笑着。夏青看到，他对赵小雅真是有着非常的耐心。他是一个亲切而随和的男人。他是干净的，看上去，他也非常有修养，夏青忽然对他有了一些好感。看来，他也许并不坏。至少，表面看上去不坏。原来夏青没有想过这个男人会是个什么样子，但至少她觉得他一定是个好色的男人，可现在，看不出他有一点好色的样子。

他一点也不猥琐，甚至可以称得上器宇轩昂。他衣着讲究，合身、体面。裤缝笔挺，皮鞋锃亮。那是一双名牌皮鞋，并不算新，但是却擦得非常干净。他是一个注意小节的人。

电影并不好看，但是她们的心情不错。那个男人没有陪她们一起看，一直把她们送进影院检票口才走，并说下次由他来请她们。当然，这只是一种客气，夏青想。他和赵小雅一起是合适的，如果她再参加，那就完全是多余的了。

“还不错吧?”回到宿舍里，赵小雅这样问她。

夏青笑笑，是的，不错，真的不错。只是，他已经是别人的丈夫和父亲了。作为一个男人，也许他真的是优秀的，看得出来，赵小雅是真的喜欢他。可是，会有结果吗?

也许是兴奋了，赵小雅那天晚上对着夏青说了许多关于自己和那个男人的故事。她说她事实上和这个男人已经保持了有两年多的关系了，她喜欢这个男人，这个男人对她也相当不错。他们认识了不久，就发生了性关系。

她说，那个男人说他事实上在生活里非常平淡，除了妻子，再没有多余的女性。赵小雅当然不会信，他就有些不好意思地承认在婚前也还是有过几次的，但婚后就没有了。赵小雅当然还是不能相信，因为他在性事上是那样的老道，经验丰富。当然，这跟她有什么关系呢?她爱他，仅有这一点就够了。

她说，第一次是发生在他的办公室里，他大胆地抱住了她，然后吻了她。那天她根本没有想跟他发生什么，可是她不自觉地一步步滑入那种情欲的深渊。他就像一个非常优秀的驯兽师，相当耐心地对待每一个微小的动作。他并不急于表现出占有她的迫切欲望，而是非常认真地、小心的，吻着她，如果遇到她哪怕任何一点小小的反抗，他就会停止抚爱的动作，在原地观察她，观察她非常细微的情绪变化。一旦看到她稍稍平静的时候，他会突然发动新的一起猛烈的进攻。如果再遇到抵抗，他会再次停下，如此反复。再三之后，让她在他几乎是粗野的间歇性的轮番进攻中意志瘫痪。

他就是这样循序渐进，循循善诱，引她进入最后的圈套。

她说她喜欢和他做爱，简直喜欢得要死。在这之后不久，她主动打电话约他见了面。她说她从来没有想到一个男人会有那样大的魅力。过去，在大学里读书，她也恋爱过。她不是一个没有尝过爱情滋味的女孩子。但在他面前，她完全像个什么也不懂的小丫头。她被他征服了，他让她干什么，她都愿意。

她从来不往他家里打电话，她也从来不在他不方便的时候要求他陪她逛街。多了她这么一个情人后，他还完全是自由的，就像她根本不存在一样。她没有成为他的负担，她从不让他感觉到有一丝的为难。

他们的幽会是不定期的。有时，他们会在宾馆里开房（当然是非常的小心），有时，则在她过去的宿舍里。她说他和她在一起的时候，并不会表现出迫切的性事愿望，倒是她每每主动。然而，他一旦行动起来，却又是那样的沉着和稳健，有力、霸道，无往而不摧，所向披靡。他像她的恋人，老师，兄长，还像父亲，她在他的身底下，只有臣服，她甚至想在他身下，就那样于激烈的性爱中死去。

夏青听得面红耳赤，心惊肉跳。她想象不出那个男人是如何的凶猛。看上去，那个男人甚至可以说是文静的，如何到了床上就成了一只猛兽？她进一步想到赵小雅怎么会如此的大胆，如此放纵？这样做，是不是和一个姑娘家应该有的矜持相去甚远？一个姑娘家，是不该走到这一步的。她这样做，简直让她有点看不起她了。

“他爱你吗?”她问。

赵小雅笑着，说：“这种话每个男的都会说。事实上我不想听到他这样说，那只会让我感觉到虚伪。他有自己的家庭，表面上看他好像还相当幸福，关键是我爱他。”

“那你就甘心当他的小情人？不需要一点回报?”

“我也不知道，”赵小雅叹了一口气，“我不敢想象他要离婚了娶我又是一种什么样子，一切都顺其自然吧。我从来没有想过要取代他的老婆，我不想把自己置于一个和他妻子势不两立的位置。她是她，我是我。我不希望他离婚是因为我的原因，但是如果有一天他提出娶我，我一定不会拒绝。”

他提出离婚娶她？那是绝对没有可能的事。赵小雅可是太浪漫了，或者说是太傻了。要是换作我，就绝对不为看不到结果的前途下注。当然，赵小雅好像也没有下注，夏青在心里想。“那你还是要为以后考虑。”她说。

很长一段时间，夏青无法从赵小雅和那个男人这样的关系中，建立起自己的看法来。这两个人的关系，让她感到非常的迷惘。她真是不明白赵小雅是怎么想的，是什么让她走到了现在这一步？仅仅是情爱的快乐？和赵小雅天天相处，她又不能说她是个不正经的姑娘。除了和这个已婚男人发生关系这件事，她真是个非常好的姑娘，各方面正常得很。

也许，是她和她太好了，已经不能从道德上对她进行评判了。

然而，夏青还是希望赵小雅能有自己真正的恋爱。大概又是在半年之后，夏青有了自己的男朋友。小伙子非常帅，一米七八的身高，眉清目秀，相当精神。他就是本市人，父母都是机关干部。他也是毕业于一所相当不错的高校，现在某个机关工作。

赵小雅第一次见到夏青男朋友的时候，就滑稽地冲夏青伸了伸舌头，小声地在她耳边说："哇，一个小帅哥，被你钓上了。"夏青心里甜甜的，夏青心里想：如果你愿意，其实也有这样的可能啊。可是，你把自己轻易地交给了一个已婚男人，一点价钱也不值。

夏青的恋爱是甜蜜的。

多少年后，夏青才想起来，在她恋爱的那段日子，自己几乎完全把赵小雅给忘了。虽然，赵小雅还是她最最要好的姊妹，但其实在她心里已经不占有主要地位了。她那时候整天想到的就是男朋友。上班的时候，两人每天都要通好几次电话。那种甜腻腻的电话，都让同处室的人嫉妒了。但是她那时候一点也不计较别人的态度。下了班，两人不是相约了看电影，就是去逛街。或者偶尔也会到他家里去，看望他的父母，一起吃一顿饭什么的，热热闹闹。

在谈这个男朋友之前，夏青事实上也谈过好几次恋爱。两次是在大学读书的时候谈的，工作后又谈过两三个。但是，她都是努力把握住自己应有的尺度，有过亲吻，也有过抚摸，但是在最后的关口，她从不妥协，她真是非常庆幸自己那样做。

所以，在现在的这个男朋友面前，夏青感觉自己是自由的，无愧的。爱情之火迅速地升温，燃烧。很快，夏青和男友就突破了她和过去男友的那种关系。

夏青感觉第一次性爱真是刻骨铭心，但是好像也没有赵小雅形容得那样神奇。可是，夏青是甜蜜的，幸福的，因为她的第一次是完整地献给了自己的男友，未来的丈夫。当她把这件事情告诉赵小雅的时候，她笑了一下，说："幸福！"

"你最近怎么样？"夏青问她。

赵小雅笑得还像过去一样，说："就那样。"

"还和那个人见面？"夏青笑着问。

"见啊，见过两次。"

"我给你介绍一个对象吧。"夏青说。

"好啊。"赵小雅说。

夏青正色说，"我是说真的，我是认真的。"

赵小雅说："我当然也是认真的。"

有了赵小雅这样一句话，夏青就格外认真起来。在她心里，觉得赵小雅是在罪恶的深渊里，她一定要把她解救出来。如果赵小雅不能找到一个合适的小伙子，感觉自己就是对不起她。把她从那个婚外恋中解脱出来，简直就是夏青的责任所在。

除了和自己过去一些要好的同学，和男友说，甚至还有男友的父母说。接下不长的时间里，她真的就让赵小雅先后和一些小伙子见过好几次面。但是，有赵小雅看不中人家的，也有人家看不中赵小雅的。反正就是这样，总也没有双方都满意的时候。

夏青简直是有些气馁了。

慢慢地，她觉得是赵小雅的不是了。她觉得赵小雅太挑剔了，赵小雅是不能和她相比的。在她看来，赵小雅能马虎点就马虎点算了，因为，毕竟她过去的生活里是有那种事情的。而且，事实上她现在和那个男人恐怕也还是有些藕断丝连。当然，她已经事先警告过她了，如果她一旦正式谈了男友，一定是要和那个男人断掉的。

也许是因为没有谈到正式男友的缘故吧，所以，有一次夏青还听到了赵小雅在和那个男人通电话。

“你要是不和他断掉，你是谈不到男朋友的。”夏青有一天正色对赵小雅说，“你总会在心里拿他们同他比，什么没有他成熟啦，没有他幽默啊，甚至没有他那么会哄女人啊，一大堆。其实你不要说他有多优秀，他再优秀，也是别人的老公了。你还是找一个吧。你要是实在不满意，你再和他保持情人关系也不迟。你这样一个姑娘家，就这么为他一个人守着，不值吧？多傻呀。你醒醒吧。”

赵小雅皱了一下眉，装出一副愁眉苦脸的样子，优雅地叹了一口气，说：“好吧，我坚持到二十八岁，到那时候，一定不管三七二十一，也要把自己嫁出去。”

夏青说：“二十八岁？现在你还有青春，那时候你连青春都没有了。”

然而赵小雅是不急的。

赵小雅仿佛是个根本脑子里就没有忧愁这根筋的人。

她照样每天快快乐乐的，有说有笑，该吃就吃，该睡就睡。

心情好得很。

有一次，她休了假，休了整整一个星期。当时她出去的时候，夏青就感觉她有点不对头。她说她是回外地老家的，但是她却看见她精心地准备着衣物和洗漱用具（对于一个真正要回到父母身边的人，事实上没有必要那样精心准备的），也没有见她买票。果然，在她回来以后的第三天晚上，她终于忍不住了，告诉夏青，说她和那个男人出去了。

那个男人认识外地某个风景点的老板，一个度假村。有山有水的地方，风景特别好。那里离当地的城市也不远。事实上那个风景点就在城郊，他们住下了。豪华套间。白天，他们一起到湖面上去玩，或划船，或钓鱼；爬山，在石头旁、林荫里嬉戏。晚上，在房间里看电视，洗澡，疯狂做爱。神仙一样的生活，尽情享乐。

在那样一个陌生的地方，她完全放松了。他也完全放松了。暂时没有了家庭的累赘，也没有了对公众的顾忌，甚至，忘掉了道德的约束。

她一直对他的性能力非常满意，然而，这一次，有一个细节却让她不能忘掉。某个晚上，两人相偎着，躺在床上看着无聊的电视，还好，有一档香港凤凰台和法国时装台的节目。他们已经在宾馆里呆了一整个下午了。其实，他们本来是要计划到市内去玩的，结果外面却下起了雨。法国时装台节目里的美女如云，有些模特居然是无上装表演。那个男人忽然起了兴致，他把赵小雅压在身下，抚摸着她的乳房，亲吻着，用舌尖轻轻地触碰着，吮吸着。

做爱！

那些天，他们简直像是把一辈子要做的都做了，除了吃饭、睡觉和游玩，剩下的时间就是做爱，仿佛永不满足。当他们完全赤裸的时候，赵小雅却发觉她的口服避孕药已经用完了。赵小雅现在比过去胖了不少，很重要的原因是口服避孕药的结果。那种口服避孕药中含有一种增胖的激素。年轻的姑娘都以瘦身为美，赵小雅也一直在想减肥。可是，她知道，她没有更好的选择，她的这位老兄不肯戴安全套。偶尔的几次，他都有些委屈，她不想让他委屈，只有自己服药。

她爱他，有什么办法呢？只能牺牲自己。

一方面没有了药，一方面又欲火中烧，怎么办？赵小雅看着他那张受着欲火煎熬的脸，充满了爱意地说："就这样吧，来。"他停下正在进行的动作，担忧地问："那要是怀孕了怎么办？"她笑一下，想：怀就怀了吧。她真的愿意为他怀孕，他家里是一个儿子，他说事实上她喜欢女孩子，希望有一个像赵小雅一样温顺的女儿。赵小雅有次就笑着说："那我为你生一个女儿吧。"他笑了一下，说："傻瓜。"

他进入了她的身体，她紧紧地抱住他。电视被关了，赵小雅这时能听到外面的雨声。外面的雨淅淅沥沥，湿了山，润了水。赵小雅感到，这夜，她完全为这个男人洞开，她敞开了身体，也敞开了心。这夜，她是纯洁，没有服用任何药物。

她感受到了他的力量，也感受到了他的凶猛。他简直像是一柄铁锤，沉重而有力地敲打，而她，则像是一枚铁钉，正被他钉到这夜的黑暗深处去……

不知什么缘故，在高潮即将到来的时候，她想到了夏青，想到了夏青的男友，那个非常帅气的小伙子，她又想到了自己的现在。她想：我这样是不是有点傻？也许真的应该像夏青那样找一个正常的男友，而不是现在这种偷偷摸摸的样子。就在她如是默想的时候，她突然感觉到了身上男人的疲软，就像一只软体动物正在蜕皮，逐渐地从她体内退了出去。

如期的高潮并没有到来，他向来以长时间地鏖战而让她惊奇，而这一次他却提早失败了。"怎么啦？"她问。他一脸的懊丧，"紧张，我太紧张了，"他说，"我怕你怀孕。"赵小雅说："不会那么巧吧？你害怕我怀孕？"他不说话。"如果我怀孕了，你怎么办？"她问。他沉默着，半晌，说："还能怎么办？只有打掉。”

夏青对赵小雅这又一越轨行为，并没有表现出太多的吃惊。她只是惊叹一个姑娘家怎么就会可以为一个已婚男人付出那么多的牺牲，这个男人当真有那么大的魅力?

赵小雅是有些疯了，夏青想。她不够理智。人说人在恋爱的时候是愚蠢的，那么像赵小雅这样和一个已婚的四十岁男人恋爱，那更是愚蠢至极!

没有结果的爱恋，最后受到伤害的必然是赵小雅。

夏青对赵小雅说：“小雅，你真的应该找个男朋友了，你年龄不小了。”

赵小雅一副满不在乎的样子，笑嘻嘻地说：“好吧好吧，我马上一定找，找一个，像你一样的一定结婚。”

“可是你要不同他断掉，哪个男的也不能忍受。”

赵小雅说：“断，当然要断，你放心吧，我不会脚踩两只船的。”

夏青说：“我真的不知道你心里是怎么想的。”

“什么也没想。”赵小雅叹着气，说，“爱一个人真累。”

夏青笑笑，想起了一首歌名，说：“爱上一个不该爱的人。”

“说不定我真的会嫁给他，”赵小雅说，“如果让我选择，我还是会选他。”

“他会选择你吗?”夏青问，“你父母会同意吗?”

赵小雅没有回答。

夏青一直怀疑赵小雅能从这样的恋爱中获得幸福。那种性的快乐，多大程度上能满足对生活幸福的追求?她很是怀疑。

性的快乐与生活中的幸福感是不能等同的。

虽然说起来，在他们这样的关系中，是那个男人采取主动的。但是，人们却只会把赵小雅说成是“第三者”。“第三者”，看起来每个字都是中性的，但是它却充满了强烈的感情色彩。“第三者”，包含了太多的东西，不道德、淫乱、罪孽。一旦他们的那种秘密被曝光，她能承受得了那么大的社会压力么？

夏青的担心并不是多余的。

一天夏青正在班上，突然就接到了赵小雅的电话，“你快来一下，我在二院。”夏青吃了一惊，“怎么啦？”她问。“我有点事，你来一下吧。”赵小雅在电话里急促地说。当时，夏青也有些慌了。她能出什么事呢？是怀孕了？不会啊。如果是怀孕，她不必那样慌张的。现代医学，流产只是一个非常简单的小手术。

夏青来不及骑车，她出了机关大院，就匆匆拦了一辆的士，径直来到了二院。在第二人民医院四楼外科走廊的长椅上，她一眼就看到了披头散发垂头丧气的赵小雅。

赵小雅的脸颊上和身体其他裸露的地方都有伤。她脸色苍白，眼圈红红的，显然是哭过不久。看到夏青，她眼神里充满了茫然。“你怎么啦？”夏青走过去，搂着她，关切地问。她低着头，不吭声。“你怎么啦？说话呀。”夏青急起来。赵小雅捂着脸，低声地抽泣起来。“和人吵架啦？和人打了？谁？”夏青问。她还是不吭声。夏青从包里取出两张面纸，递到她手里。她攥着，还是哭。夏青心里生出更泛滥的同情，夺过纸巾，亲自为她擦着泪水。

“碰到他家那个泼妇了，在友谊商城门口。”她说。

“你一个人？”夏青问。

她摇摇头，“他也在。”

“他人呢？”夏青问。

“死了。”她叹了口气说。

这件事是必然的，夏青想。她搂着她的肩膀，说：“伤着哪了？看看吧。”

“你帮我挂个号吧。我这样子不好挂号。”赵小雅说。

夏青匆匆去帮她挂号，然后又到了外科，请医生们帮她敷些外用药。医生居然从头到尾没有问赵小雅致伤的原因，也许，他们在这里见过的事情太多了。本来，夏青在心里已经准备了一套谎言，就说是骑车的时候被一个妇女撞了，然后发生了争执。这个谎言虽然不怎么高明（因为，把她自己说成了一个事实上的殃及池鱼的隔岸观火者），但至少可以免去赵小雅的在道德上尴尬。

回去的时候，她们统一了口径，就说是她黑夜的时候，骑车摔了一跤。夏青把赵小雅送回了宿舍，然后又帮她向处里请了一个星期的假。

夏青始终没有追问那天事情的具体经过。她想，那会叫小雅感到难堪的。当然，事实上也不用问，事情是明摆着的：小雅是个失败者，那个女人的委屈得到了伸张。那个男人在这中间充当了一个什么样的角色呢？两边都要护，先是哄老婆，然后又来哄小雅，两个女人都觉得他的态度有问题。照小雅的想法，既然他和那个女人已经没有什么感情可言，就应该好好地教训那个年老色衰的婆娘一顿；而对于那个受着法律保护的当家夫人而言，自己的男人应该在这个时候毫不犹豫地帮她（关键时候，夫妻应该是统一战线的）痛打这个小狐狸精一顿，让她今后再也不敢随便勾引人家的丈夫。

在赵小雅休养的那一个星期里，那个男人给她打了多少电话？也许是无数次，夏青不用问，也能知道。无非是再三的表白，再四的道歉，再五的请求。目的只有一个：重归于好。夏青想：赵小雅应该从这件事中吸取教训，彻底地同那个男人断绝关系。

因为，保持这样的关系对赵小雅一点好处也没有。

赵小雅是个国家机关干部，一个独立的人，在物质上，她又不依赖那个男人。她依赖的是感情，可是，那个人背叛了她。

时间一点点的过去，那件事情好像也越来越淡。夏青没有感觉到赵小雅和那个男人再有什么联系。有一次赵小雅自己也亲口对夏青说："没有联系了！我把呼机、手机号码都换了，办公室里的电话也不接。"

夏青和男友说了赵小雅的烦恼事。她的男友当时笑了笑，说："这个赵小雅蛮傻的。"夏青说："怎么不是呢？她脑子里缺筋的，认为每个人都对她好，每个人对她都是真心的。"夏青还没有敢向男友说赵小雅和那个男人之间发生的那些事情，只说是那个男人追她。她怕男友由此而看不起她们，看不起赵小雅，就是看不起自己。她的女友，不该是那样的！

接下来，好像一切又恢复了常态，不，应该说是比过去更平静了，赵小雅除了上班，大部分时间都是在宿舍里，自己看看书，或是听听音乐。而这时，夏青和男友却如胶似漆，频频地相会。

赵小雅是知道体谅人的，好多次，都是她主动让出来。只要夏青男友的身影一出现，她就借故出去，一个人到大街上闲逛，一般都要到一两个小时后才回来。夏青也是自觉的，赵小雅一走，她就迅速地和男友行动起来，争取在最短的时间里结束战斗。然后，再迅速地把床铺收拾整齐，干净，看起来就像根本没有发生过那种事情，力求不留下一点的蛛丝马迹。大冷天，她甚至都要打开窗子吹一吹风。可是，事实上，那种气息怎么也消散不尽。

夏青有时真的挺过意不去的。

她觉得要是小雅没有那件事情，简直就是一个完美无比的好姑娘。

尤其让夏青后来感到高兴的是，又有人给赵小雅介绍对象了。在这方面，经过了多次失败后，夏青已经感到力不从心了，这时有别人来给她介绍，那简直就像别人给自己介绍一样可喜。在那些小伙子中，有机关的，也有医生、教师、律师、公司白领，简直是任她挑选。

但是，赵小雅还是一个都没有确定。

机关里最后一次福利分房的时候，夏青居然得着了一个小套。

这当然是个意外的收获。

本来夏青想，哪怕是个单室间的可能都不是太大，但谁也不知道是怎么搞的，她居然就分到的。机关里有两个去年刚分来的小伙子都没有分到。

机关里在分房上历来有个传统，分男不分女。

很自然的，夏青和赵小雅就结束了同居的生活。

而稍后不久，机关里突然有了一些流言。大家在底下议论，说赵小雅怎么怎么。夏青想不到事情已经过去这么长时间了，怎么倒有人知道了呢？许多人来向她求证，她都一口回绝了，说她根本不知道这件事。她说：一定是有人误传。那些人就反驳她说：世界上没有空穴来风的，人家谁谁，说得有鼻子有眼的。还说，有人亲见一个男的，跑到赵小雅的宿舍里什么的。

两人虽然不在一起住了，但她们之间还是有着较多的接触。

不是赵小雅来找夏青，就是夏青去找赵小雅。一般来说，上午或下午的某个时段，她们会相约一起下楼，转个二十分钟。机关大院的外面就是一条繁华的商业街，各种店铺林立。夏青问她，是不是又和那个男的有接触了？赵小雅坚决地一口否认了。

四个多月后，夏青突然听人说，赵小雅要调走了，调到一家国际旅行社。那是一家市属的国际旅行社，据说福利什么的相当不错，比在机关里强多了。

夏青在心里有些失落，这么好的朋友，她怎么一直没有告诉过她？调动这种事情，她一定早就开始计划进行了，如果她把她当作好朋友，她应该说的。

难道她们不是最好的朋友吗？

当然是了，否则她们过去怎么会说那样私密的话？

可是，现在看来，她们好像是生分了。

为什么会生分呢？夏青想：那只能是她赵小雅。她这么做，对她是不公平的。

夏青见着赵小雅的时候故意装成不知道的样子，没有问。直到三天后的下午，赵小雅约夏青到楼下的一个咖啡店里，才告诉她，她要调走了。夏青在心里想：其实我早就知道了。

两人说了许多话。赵小雅先掉了眼泪。

夏青见她掉了泪，她不由也就红了眼圈。

“好了好了，我们以后还会常见面的。”赵小雅又破涕为笑了。

夏青说：“反正是越来越少了。”

赵小雅说：“我们会经常打电话的。”

就像她承诺的那样，调走了的赵小雅经常会打电话过来，问候夏青。她也讲她在那里的一些情况，听上去相当不错。夏青真的为她高兴，赵小雅过去不到三个月时间，就被派到德国去了，虽说是去进行业务培训，但毕竟也是出国啊。要是还在机关里，恐怕一辈子也轮不上的。出国的永远只是处长厅长们。

事实上，不管过去两人如何好，只要一分开，肯定就不如原来亲热了。没有了共同的利益，也缺少了更广泛的共同话题，各人都有各人的事情要做，各人都有各人的麻烦要处理。夏青在这过程中，出了一点小事。她怀孕了，然后去了一趟医院。流产也不算什么，这只是一个小手术。可是，就是这样的小手术，夏青却被刮伤了，不知怎么搞了，大出血。

应该算是次医疗事故。

这种事情却又不好声张。

打落的牙齿，只能悄悄地咽回肚里。

夏青在家里休息了有一个月。

一个月后，她就和男友分了手。

谁也想不到这一对本来是要结婚的人，怎么居然就分了手。

很多人都不理解，都非常关心地问她，“怎么啦？怎么啦？”夏青心灰意冷地说：“没怎么，就是不想和他谈了。”

夏青心里痛，一种无法对人言说的痛。

那痛，当然是她的男友给她的。

所以，她才决定要和他分手。

事实上，她为这个问题已经考虑了很久了，最终，在流产之后，她做了最后的决定。

惨痛而伤心，让她想起了赵小雅。

小雅出国了。

赵小雅在从德国回来之后，就再也没有安心过。正像谁说过的一样，“出国之前，中国之大，没有世界；出国之后，世界之大，没有中国。”去了一趟德国的赵小雅是坚决不想再呆在国内了，她要想方设法到国外去。她所在的单位，给她的联系提供了许多的便利。又是半年之后，当单位再次派她去美国进修之后，就再也没有回来。

公元20××年9月，赵小雅携着她的丈夫回到了中国，回到了N市。她的丈夫比她还小两岁，祖籍英格兰，毕业于美国的名牌大学，现在政府部门工作。在五星级中山宾馆，赵小雅宴请了夏青和她的丈夫。

夏青的丈夫是位公司经理，身价数百万。他开了一辆黑色的宝马。夏青自己平时还挺骄傲的。

席间，两个男人坐在一起。夏青的丈夫五大三粗，人高马大，相比之下，赵小雅的那个外国丈夫倒是非常精干，长得有点像俄罗斯总统普京。

赵小雅看了一眼昔日女友的丈夫，悄悄地问：“他多大?”

夏青笑了一下，轻声说：“四十五。”

她还没有说，她的丈夫其实还有一个孩子，女孩子，跟他前妻了。